U0008173

GOBOOKS
& SITAK
GROUP©

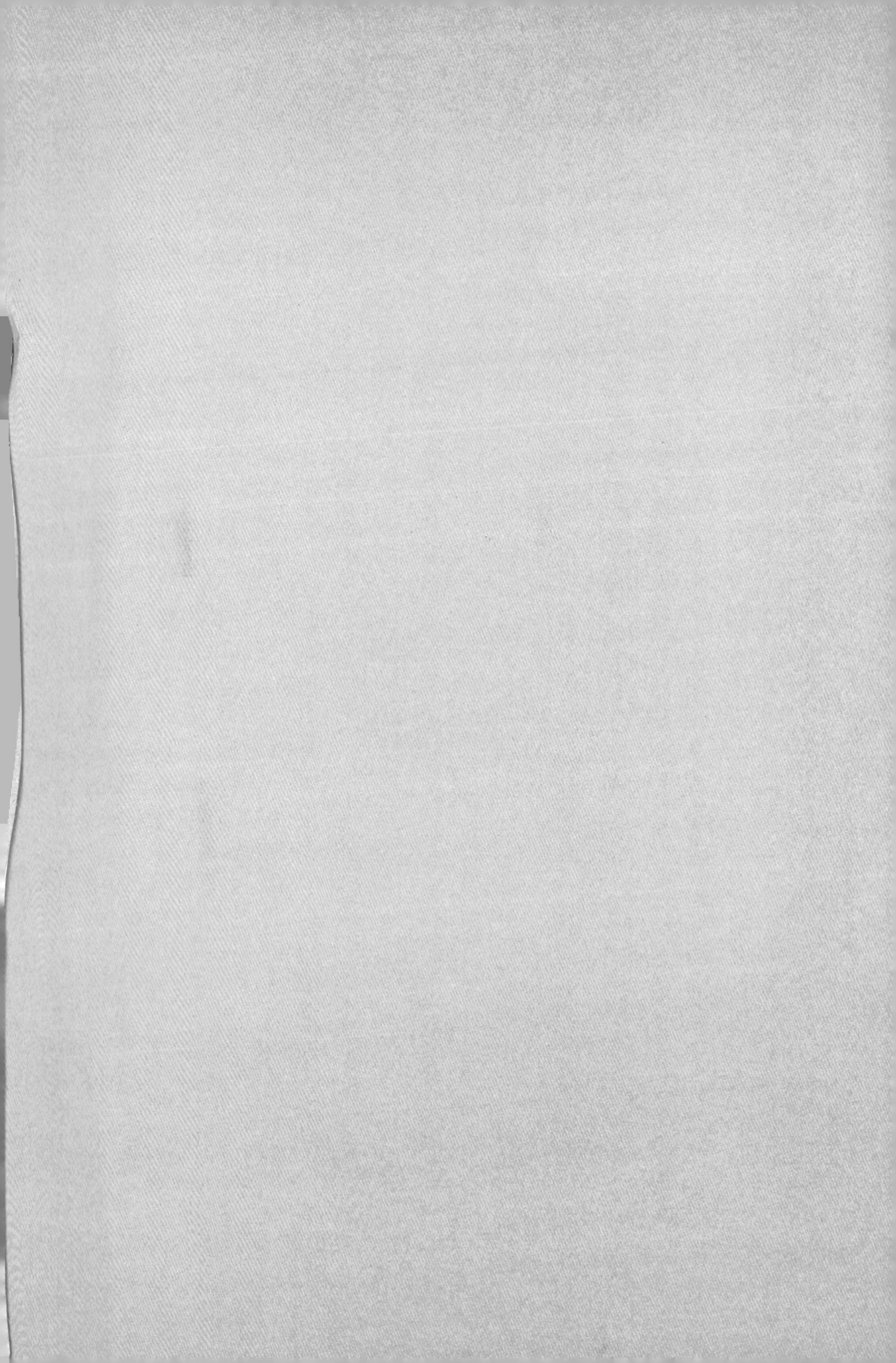

# 冷酷復仇

# Served Cold

艾倫・巴克斯特（Alan Baxter） 著
曾倚華 譯

# Contents

# 序

我們就不必拐彎抹角了。

艾倫．巴克斯特真的很會寫棒得該死的短篇小說。

我是在讀過出色的《Crow Shine》選集後，才認識他的。在那之前，我從沒聽過艾倫的名字，並且很滿足地閱讀了一位以前不為人知的（至少對我來說）作者精心塑造的故事。他的故事真的寫得很好，令人不寒而慄，難以忘懷。

讓我先從通篇讚美的序言中暫停一下，講講我終於實際見到艾倫的故事吧。劇透警報：你會從這裡得知兩件事：艾倫的故事有多麼讓我記憶猶新，還有我的年歲幾乎讓我失去了記住名字的能力。

無論如何，我在二〇一八年參加了在羅德島州普羅維登斯舉辦的恐怖作家協會年度集會StokerCon。出發前，我的好朋友兼出版商東尼．李維拉告訴我他剛剛簽了一位作家，對方也會參加，問我能不能找他打個招呼？

當然。我是一個還算友善的內向人。我能辦到的，我告訴東尼。

畫面切到集會現場，我坐在飯店附屬的星巴克內，邊喝咖啡邊做著筆記。一個男人走了過來，自我介紹說他是艾倫．巴克斯特，說灰質出版（Grey Matter）的東尼希望我們能見個面。我請他坐下，我們聊了幾分鐘，然後就分道揚鑣。

是個好人，我想。好像來自澳洲。很高興見到他。

那天晚上稍晚，我回到房間，去處理當天剩下的事，如果你懂我的意思的話。我開始思考與艾倫的見面，還有為什麼他的名字對我來說如此熟悉。

所以，我拿出我的平板電腦，打開亞馬遜，輸入：艾倫．巴克斯特。

噢！呃。《Crow Shine》。我喜歡那本選集。

我覺得自己很蠢。我向你保證，這是我的正常發揮。第二天，當我再次見到艾倫時，我不得不為第一次見面時我沒有把兩者連結在一起道歉，然後我們因為我的愚蠢而大笑起來。

「別擔心，兄弟。」他用他的母語口音告訴我。

我繼續讀了很多巴克斯特的小說。《Manifest Recall》是一部優秀、令人欲罷不能的中篇小說，它融合了大多數作家都難以處理的兩件事，更不用說兩者一起處理了——黑色犯罪小說和超自然恐怖。太多作品都把這兩個題材處理得很糟糕，所以在我讀《Manifest Recall》之前，還對把這兩者混合在一起的點子感到厭惡不已。誰知道呢！

他的小說《Devouring Dark》也很棒。超自然殺手？算我一個吧！

但我不是來讚美這些作品的，儘管它們都很精彩。我是來告訴你，你現在手裡拿著的這本《冷酷復仇》是一本精彩的選集，收錄了許多你這輩子可能讀到最好的短篇小說。

在小說甚至中篇小說中好好處理議題，與在短篇小說中處理好議題，是完全不同的兩回事。較長的作品就像坦克——巨大笨重，可以完成任務，但效率不是很高。我不是說小說就不難寫（的確很難），也不是說許多作者寫不出精彩的小說（就像巴克斯特，他們寫得很好啊！）。不，我只是堅信，衡量一個作家的標準，是他們怎麼寫短篇小說。

短篇小說對作家有某些特定的要求，有些東西是某些作家難以傳達的。短篇小說篇幅短小，更需要作者的清晰與專注，將故事、角色發展和氛圍精簡到接近速記的程度。

簡單來說，長篇小說就像蓋摩天大樓，而短篇小說則是在切割鑽石。

艾倫．巴克斯特是一位專業的寶石切割師。

在這樣的選集中，讀者可以一口氣體驗他的幾顆寶石，讓他們有機會看到他的印記。你知道，就是作者留在書頁間的那種難以形容的光環，足以讓你認出他們。在寫作中，這有時被稱為作者的聲音。拜託，難道你不能透過短短幾行身分不明的文字，認出史蒂芬．金或克里夫．巴克的聲音嗎？當然可以。

在《冷酷復仇》中，有幾篇偉大、最容易讓人辨識的故事。你可以輕易辨認出艾倫．巴克斯特的聲音。

他的故事經常與邊緣人和壞地方有關，這是恐怖小說的兩個重要指標。比如那些被霸凌的孩子，或是壓力過大、不太合乎常理的人。還有幽深、黑暗的森林和街上奇形怪狀的房子，那種被人遺棄多年的房子。因為艾倫知道，恐怖就像掠食者一樣，會尋找弱者和粗心的人，尋找陰暗和孤獨的地方。

這就是恐懼和掠食者最喜歡撕咬的對象和地點。

像〈夢之影〉這樣的故事，還有與本書同名的〈冷酷復仇〉這種關於超自然力量幫助主角復仇的美味小故事，都非常成功地深深咬住陷入糟糕境地的邊緣人。

〈黃心〉則是一篇令人愉快的野蠻故事，幾乎像超自然版的《激流四勇士（Deliverance）》，在這篇作品中，森林是一個糟糕的地方，主角——實際上是你和我——則是邊緣人。

艾倫．巴克斯特在他的作品〈隧道墓穴〉中寫到的軍隊是另一種邊緣局外人——士兵們進入了不同文化的未知領地，此外，依然包括各種個人衝突。但即便如此，他們真的是局外人嗎？那個糟糕的地方真的是最糟糕的嗎？還是在糟糕的地方裡，還有其他更糟糕的生物，甚至更糟糕的地方？艾倫的答案，是特別強調、令人害怕的：沒錯！

在令人痛心的〈平息石頭的海洋〉中，人物和地點都被內化了，而且更糟糕的是，無論我們生活在哪片大陸，我們內部的地理環境都是一樣的。

這本書取名為《冷酷復仇》真是再貼切不過了。十六個令人身臨其境、無比冷酷的故事，成為了艾倫．巴克斯特的明確標示。他是創作出偉大恐怖小說的出色作者，無論長篇或短篇都是。

我不敢相信，自從我第一次閱讀巴克斯特的作品以來，在短短的時間裡，我已經從一個粉絲變成了健忘的粉絲，再變成毫不掩飾的狂粉，最後被他邀請為選集寫序言。我希望這本書也會為他帶來一大批毫不遮掩的狂粉，如果還沒有的話。

準備好打開這個名副其實的寶箱吧，看看你同不同意（如果你現在還不同意的話），艾倫・巴克斯特真的很會寫棒得該死的短篇小說。

——約翰・F・D・塔夫

寫於美國，南伊利諾洲

二〇一九年七月

# 冷酷復仇

喬納森嚥了一口口水，但還是感到如鯁在喉。*你十二歲了*，他告訴自己，*不是在旁邊流鼻涕的小孩了*。他的繼父在心情好的時候，就是這樣稱呼他的。他試著忽略肚子裡那種有蛇在游泳的感覺，回頭瞥向過長的雜草之間，那條幾乎看不見的小徑。街道上三個年紀較長的男孩對他示意繼續。其中一個人揮舞著手臂，動作像雞一樣。

喬納森再度轉向斑駁的前門。一份理事會的命令貼在門上，因歲月而泛黃，覆蓋著一層細碎的橘色黃沙，告誡業主整理院子。多年來，這間屋子都荒廢著，就在空曠的沙漠旁，位於最遠的住宅區邊緣，遠離鎮上的礦山工業。他伸出手，推了推。

門晃動著，油漆紛紛剝落。但是門上鎖了。

他看向街道上的男孩們。

「從窗戶進去啊！」雞翅男孩喊道。「你想要加入我們這夥嗎？」

喬納森連他們叫什麼名字都不知道，但是他想成為某個團體的一部分。他唯一的朋友布蘭登搬走後，他就感到孤獨不已。喬納森想和其他人產生連結，而不只有那個喝醉就會為了好玩而打他的繼父，還有太努力工作以致沒發現這件事的媽媽。因為如果她知道的話，她就不會讓這種事繼續發生了。他必須這麼相信。

雞翅男孩指了指一扇紗窗，它的底部已經打開了大約十八公分高。喬納森用力抬起它時，紗窗在窗框中顫動著。他又把窗戶抬高了大約二十公分，它才完全卡住。喬納森可以擠進他打開的這道入口。房裡的陰影彷彿要將他吸入。乾燥的氣味，還有另一股沒那麼討喜的味道，飄進了夏天的空氣中。他碰了碰自己的大腿內側。隔著學校制服褲單薄的棉布，他可以摸到柔軟起伏的皮膚。這讓他平靜了下來。

他會讓他們知道誰才是膽小鬼。他低哼一聲，爬上窗臺，溜進房裡，雙手做好準備，迎接下方骯髒的木板地。橘色的沙塵覆蓋著房間，就和這個茫茫荒野中的小鎮各處一樣，就連雨水都拒絕來訪。

他站起身，腎上腺素像賽車一樣在他的血管中流竄。屋內的空氣冷了許多，有著陰暗和腐朽的味道。一股沉重的靜默將這裡與窗戶外的世界切割開來。從狹窄的縫隙看出去，甚至有點超現實之感。從屋裡看出去，綠色與橘色的污點使窗外的景色看起來像海洋，又像夢境。不像從明亮的戶外看進來那樣，這裡其實沒那麼陰暗。碎花壁紙從牆上剝落，像被曬傷的皮膚。

現在呢？

一抹微笑浮上喬納森的臉。他要走過房間，從後門出來，然後再走到屋前。他想像著他們看見他從長得很高的雜草間走出來的樣子。他媽媽警告過他不要在這裡玩，但並不是因為這裡有什麼好怕的，而是因為這裡很危險。這棟房子快垮了，而且長滿寄生蟲。

他試探性地往前走，地板在他腳下嘎吱作響。在他的球鞋下，地板感覺十分鬆軟。這裡充滿了乾燥與真菌孢子的氣味，隨著他走過走廊，更深入陰影中，味道變得更加強烈。

一個衣櫃的門半開著。他往裡頭瞥了一眼，便僵住了。肚子裡游動的蛇突然變成了一汪冰水，他的心臟在喉頭怦怦直跳。在衣櫃的黑暗中，一個微笑溫和地發著光。兩排黃色的牙齒咧成一個寬大的笑容，明亮得正好足以在黑暗中看見。喬納森渾身一陣顫抖。一聲尖叫從他的心底竄出，隨著心跳卡在喉頭。他的呼吸變得短淺而快速。

喬納森的雙眼違背他的意願，逐漸適應了黑暗。齜牙咧嘴的微笑周圍浮現出一張臉，皮膚緊貼著頭骨，黑得就像古老的木頭。它的頭歪向一邊，像帶著疑問。它的鼻子狹窄尖銳，雙眼是兩條漆黑的隧道，似乎要把喬納森的理智都吸乾。這東西高高站著，甚至有點太高了，比一般的男人都高，瘦得就像一根木樁。它從衣櫃門的縫隙中，一動也不動地盯著喬納森看。

尖叫聲衝破了喬納森緊縮的喉嚨。高聲尖叫劃破了寂靜，他的雙腳鬆動了起來。他拖著身子，慌亂地爬出窗戶，屁股摩擦著木頭。雙手著地時，他還扭傷了一隻手腕——

**是鬼魂幹的**

——受傷的手一軟，讓他的臉頰撞上乾燥而堅硬的土壤。

他衝過庭院，奔出大門，反胃的感覺隨著恐懼一起浮現。他壓傷的右手腕隱隱作痛著。他是不是聽見了一個聲音？淚水使他的視線模糊了。

一片模糊中，他看見那幾個較年長的孩子們正快速跑過轉角。他再也不在乎他們或他們那一夥了。他緊抓著自己疼痛的手腕，一路狂奔，直到他跌跌撞撞地跑進自己的家裡、自己的房間，然後在床上緊縮成一團。

◆

喬納森醒來時，外頭的天色已黑。他的手腕腫了起來，疼痛不已。他知道這種傷需要冰敷，但是現在時間夠晚了嗎？他可以溜出房間了嗎？時鐘顯示九點十八分，泰瑞也許已經喝得不省人事了。喬納森的媽媽至少還要一小時才會回家。

他爬到房門邊傾聽著。電視在前面的房間發出模糊的聲響，但是他聽不見鼾聲。他緊張地接近客廳，好像那是熊住的洞穴一樣。泰瑞正弓著身子，坐在扶手椅上，全身的肌肉僵硬，充滿了憤怒與怨恨。幸好椅子是面向電視的方向。喬納森看著他的繼父舉起一個罐子，湊到嘴邊，深深喝了一口。地上已經散落著幾個空罐。隔天早上，喬納森的媽媽會靜靜地把它們都收拾掉。

他下定了決心，疼痛驅使著他繼續前進。他溜進廚房裡，在冷凍庫中尋找可以拿來當冰袋的東西。冷凍玉米。他小心翼翼地把包裝一點一點往外拉，並輕柔地關上冷凍庫門。

「你他媽的在幹嘛？」

聽到泰瑞的聲音，喬納森嗚咽了一聲。他的聲音粗糙而沉重，帶著暴力的暗示。

「我受傷了。」喬納森用近乎耳語的聲音說道。「我想要冰敷。」

「你覺得那值得浪費食物嗎？我們負擔得起嗎？」泰瑞大步跨過破爛的地氈，從喬納森手中搶過那一袋玉米。他抓起他受傷的手腕，湊到眼前。

喬納森嚎叫起來，一波疼痛使他的腸胃翻攪——

**沒有正義**

——痛楚竄過了他的手掌和手臂。

「不要哭，你這流著鼻涕的白痴！」泰瑞放開喬納森，反手打上他的臉。為了避免受傷的手受到更多折磨，喬納森的肩膀重重撞上地面。「滾回你的房間，不然我就把你打暈在這裡。」

這以前也發生過。喬納森手忙腳亂地爬起身，啜泣著回到房間，關上房門，靠著門板坐下，抱著受傷的手腕。泰瑞在外頭吼他浪費錢，好像自己有為這個家賺過一毛錢，而不是像水蛭一樣吸附在喬納森的媽媽身上似的。他把所有的錢都花在酒精上，然後抱怨自己的人生有多糟糕。他並不一直都是這麼生氣，但他一直都是個爛人。在纏上喬納森的媽媽之後，他真實的本性就像池塘裡的浮渣般浮上了表面。**她一整年都是我的夏天**。他以前總是會把她的名字拿來玩雙關。但是現在，泰瑞卻是他們每個人的殘酷冬天。現在已經超過七年了。喬納森已經厭倦了和他相處，卻連自己的生父叫什麼名字都不知道。他對泰瑞的恨意在腹中燃燒著。如果可以，他真想看著那個混蛋去死。

◆

喬納森醒來時，微弱的光線透進了他的窗簾裡。他伸展了一下四肢，堅硬的地板使他的肌肉緊繃。為了不讓人打開他的房門，他只好用自己的身體擋住。他不記得自己當門擋多少次了，但這沒辦法每次都替他擋下那些痛揍。有時候，這只會導致情況變本加厲。

他抬起手腕。腫脹似乎已經消了，紫色的瘀血從怒張的紅色之間透出。受傷的記憶使他打了個寒顫，他又想起從衣櫃裡那個瘦高的東西面前逃走的畫面。那一定是他自己的幻想，是光影造成的錯覺，是他的恐懼帶來的後果。但是，他在逃跑時聽見的聲音又是怎麼回事？他昨晚在廚房裡又聽見了。它感覺好真實，那東西在衣櫃中的姿態看起來如此輕快，面容如此憔悴，又如此靜默地觀察著他。這一切又是那麼確切。

他又開始顫抖，恐懼和從不曾淡去的孤寂感再度襲來。他一直想成為某個群體的一部分，但那只加深了他的孤獨。他真希望布蘭登還在鎮上，這樣這一切就不會發生了。他還可以跟誰說那個怪物的事？也許他晚點可以打電話給朋友，但是他又怕泰瑞會責備他打洲際電話很浪費錢。

他瞪視著自己的手腕，舉起另一隻手的食指。疼痛感會和平常一樣嗎？他屏住氣息，按壓著顏色最深的那塊瘀青。錐心刺骨的疼痛感在他的手臂炸開，他悶住一聲哭喊。

**救我救我**

他倒抽一口氣，緊繃感使他暈眩。又是那個聲音。他是不是要瘋了？連環殺手也都說自己會聽到聲音。但這不重要，這股疼痛感太不對了。太廣泛也太隱晦，太深刻又太不受控制。就像泰瑞揍他的時候，或是他用打火機燒自己的皮膚時，那股痛覺並不精確，沒有刀片割過時那種銳利的控制感。那些割傷都是屬於他自己的，不受其他人的管束，那是他的自由意志所創造的感覺。

他活動了一下受傷的手，抿起嘴。也許他可以把手包紮起來。如果他夠幸運的話，就只是扭傷而已。他從髒衣籃裡拿起一隻襪子，緊緊綁在紅腫的傷處，把尾端紮起，然後打量著自己信手捻來的繃帶。有了支撐後，疼痛已經感覺好多了。

他打開房門。泰瑞的鼾聲傳來，就像遠處的雷聲般。喬納森瞥了一眼父母的房間，看見他媽媽的身體在被單下縮成一團。她晚上都會在米勒酒吧工作到很晚，疲憊都還沒有恢復，她很快就要起床去做打掃工作了。在匆忙的早餐時間中，他們有時候還能說上幾句話。

喬納森進入浴室裡。他把門鎖上，站在馬桶上，伸手到水槽上方的置物櫃頂部。在視線之外，藏在櫥櫃和牆壁的縫隙之間，是他的小刀。他把刀片翻了過來，讓光線反射。這把刀片他才用過幾次，還要再用幾次才需要替換。他不知道為什麼，但是刀片很快就會報廢了。轉瞬之間，它就會從純潔而閃亮的工具變成無用的廢物，他一看就知道了。

他脫下長褲，坐在蓋起來的馬桶上。他把刀片握在受傷的右手中，襪子繃帶似乎奏效了。他的左手握著一坨衛生紙。

他光裸的大腿在日光燈下顯得蒼白，細小的白色傷疤沿著兩條大腿內側排列。喬納森深吸一口氣，悄悄溜進了自己的小世界。他瞪視著自己的腿，直到正確的位置浮現出來，就在四角褲的範圍內。他把無瑕的刀片壓在皮膚上，然後往下一拉。一聲尖叫被他含在嘴裡，他吞下了疼痛，並——

**幫幫我救救我幫幫我**

——享受著冰冷而銳利的完美傷口。他的恐懼和擔憂逐漸流逝，只剩下他和刀片，只剩下他純淨無瑕的疼痛。

他看著血液湧出，沿著他皮肉上的裂口滲出。他試著忽略他聽見的那串話。血液繼續湧出，漫過了皮膚的邊緣，匯聚成一條細小的水流，往地上流去。他把衛生紙壓在腿上，以免血滴到地上，享受著痛苦緩緩降臨的感覺，還有傷口逐漸產生的刺痛。

**沒有正義**

喬納森的雙眼大睜。那個聲音在他腦中顯得好清晰，而且好迫切。「誰？」他低聲說。衣櫃裡那個生物的畫面浮現在他的腦海，而割傷所帶來的快感再度變成了恐懼。清晰的畫面銳利地劃開了他的思緒，使一切變得破碎而紛亂。真不公平！這樣割一刀可以讓他的恐懼和孤單遠離他好幾個小時，有時甚至是好幾天。是那一刀觸發了那個聲音嗎？每一次他聽到那個聲音時，都是感到疼痛的時候。

他按了按新鮮的傷口，確保血止住了。他用冷水沖洗著刀片，直到它再度閃閃發光為止。還可以用。他從來不曾連割自己兩刀。

他重新進行準備工作，然後在前一個傷口下方，再度溫柔地割開一道傷口。美妙的痛楚使他倒抽一口氣，他讓這股感受將自己包覆起來。

**請幫幫我好不公平**

那張發皺而死灰的面孔，那兩個瞪視著他的空洞眼窩，還有那抹齜牙咧嘴的笑容。一聲啜泣從喬納森的嘴唇中逸出。

沒有正義

好孤單

請幫幫我

純淨而冰冷的感覺溜走了，兩條灼痛的傷口使喬納森的腿刺痛著。平靜消失了，但那迫切的懇求還在。恐懼盤據在他的腹部和腦中。

他得回去。

「親愛的，你在裡面嗎？」媽媽的聲音讓他的心臟怦怦狂跳。

「對，馬上出來！」他清洗了刀片，把衛生紙壓在傷口上，避免血液滲出，然後穿上長褲。他把刀片塞回原本的藏匿處，然後他意識到，一切都結束了。

當他打開門時，媽媽的表情很擔心。「你在裡面好久喔，親愛的。」

「他大概像個畜生一樣，在扯他的小老二吧。」泰瑞混濁模糊的聲音從臥室傳來。他一定是從扶手椅爬回床上了。也許媽媽就是因為這樣才起床的。

她的眼神好疲憊。「不要這麼粗魯，泰瑞。你還好嗎，甜心？」

「還好啊。」

「發生什麼事了？」她溫柔地抬起他的手臂，看著他的襪子繃帶。

「我只是扭到手腕而已。」

泰瑞的笑聲隔著臥室門板傳來。「我就說他在打手槍吧！」

喬納森的媽媽推著兒子的肩膀。「我幫你煎蛋。」

一如往常，她的時間不多，但是他們還有機會在早餐時間相處一下。這樣很好，泰瑞的打呼聲標示著他的距離。媽媽的視線頻頻落在喬納森包起的手腕上，但她沒再多問。他討厭她這樣，因為她一定是不希望他說這是泰瑞幹的好事。每次他說泰瑞打他，媽媽都會叫他別惹泰瑞生氣、別對泰瑞無禮，別做這個、別做那個。叫泰瑞去死吧。他還沒對媽媽生起氣來，就轉換了思路。她也怕他，泰瑞有時候也會打她。

「我去鬼屋了。」他還沒有反應過來，就脫口而出。

「我告訴過你，那裡不安全。」

「我覺得裡面有一隻怪物……」

「小喬！」

「但他很難過。他需要我的幫助。」

媽媽瞪視著他很長一段時間，最後轉開了視線，忙著收拾起餐盤。「你得離那個地方遠一點，小喬。那裡不安全。」

「但如果有人需要我們的幫忙……」

「離那裡遠一點！」她穿上藍色的工作背心，罩在T恤外面，左胸前別了一個寫著「嗨，我是夏茉（Summer）」的胸章。「我得去工作了。上學不要遲到。還有，別把泰瑞吵醒。」

◆

下課時，雞翅男孩和他的朋友們迴避著喬納森。排午餐隊伍時，喬納森和雞翅男孩對上視線，而年長的男孩只是搖搖頭，表情苦澀。也許他的尖叫聲把他們嚇壞了，而他們現在覺得，他只是在耍他們而已。無視他比為此揍他好多了。

放學回家的路上，他繞了遠路，站在遠處看著那間鬼屋。他真的想再進去一次嗎？

他撫摸著大腿內側，早晨的割傷開始發癢了。他討厭那股搔癢感，但有時候，抓著細細的傷疤可以稍微讓他重溫一開始傷口清晰的感受，能以某種方式抑制一些。

當然，一定是那怪物在搞鬼，想把他騙回它的掌握中。他倏地轉身，想要回家，但他受傷的手撞上了門柱。一股疼痛燃燒著他的手臂。

**幫我幫我幫我**

好清晰、好迫切。很明顯是從屋裡傳來的。

喬納森穿過庭院，再度望進窗戶裡，期待衣櫃的門會打開。這種心電感應能力令他困擾不已。疼痛是他的私事，他不能接受有東西這樣入侵他的私人領域。

在散亂的草地中，他的腳跟踩到了某樣東西。那是一把釘耙，長長的木柄經過日曬雨淋而富有光澤，金屬的尖叉彎曲鏽蝕，好幾處都斷裂了。他把釘耙從糾纏的雜草中拔了出來。

他用沒受傷的左手握著釘耙尾端，將它從窗戶塞進屋裡。他盡可能往內伸長手，尖叉在衣櫥門前幾公尺處揮舞著。他的手失去掌握，釘耙伴隨著一聲悶響落在地上。

「好吧。」喬納森鼓起勇氣，爬了進去。他弓起身，背貼著斑駁的牆，瞪視著衣櫥。他有時間，也有耐性。

什麼也沒發生。

最後，他拿起釘耙，舉在自己身前。他盡可能拉開距離，將生鏽的尖齒勾住門邊。他恐懼但下定了決心，大叫一聲，把門拉開。

他的大叫轉變成尖叫，跌跌撞撞地向後退，直到再度抵上牆壁。高瘦的生物還在那裡，光禿而黝黑，牙齒在昏暗中咧開，破爛的衣服像一層層布袋一樣掛在身上。

它的腳距離地面有半公尺高，腳尖指向地板。它困惑歪頭的姿勢，是因為脖子上繫著一條皮帶，綁在天花板上的一個掛鉤上。

喬納森喘著氣，尖叫聲逐漸平息。那是一個吊死的男人。

他記得一個故事，有個老女人死在自己家裡，沒有被人發現，她的身體在適當的陰暗和乾燥環境下，變成了木乃伊。

吊著的男人嘴唇向內皺縮，雙眼萎縮成黑色的小點，落在頭顱裡面。幾縷捲髮黏在他緊繃發黑的頭皮上。

喬納森坐在地上喘著氣，喉頭乾涸而苦澀。一個男人。這是自殺。他要怎麼幫助一個已經自殺的人呢？他究竟聽到了什麼？

幫幫我救救我幫幫我

請幫我好不公平

**沒有正義好孤單請幫我**

喬納森的視線從緊繃的皮帶移向懸在半空的腳趾。沒有正義。不公平。難道這不是自殺嗎？

「我能幫什麼忙？」他問。「你需要埋葬嗎？」B級恐怖片的畫面浮現在他的腦海中。祭祀的土地、焦躁的鬼魂、飢餓的食屍鬼。

沒有回應。

疼痛才是對話的管道。他知道，而他很討厭這樣。自殘是他私密、完美、晶瑩而不可碰觸的領域。但其他疼痛也有效果。

喬納森對著屍體瞇起眼。它仍然使他充滿了厭惡，但一開始的恐懼已經被苦澀取代。他不想遇到這個問題，不想要這東西的需求侵蝕他的自殘隱私。如果他幫助它的話，它的聲音也許就會消失了。

他把手掌貼在地板上，用那隻手臂撐起身子，彎曲、擠壓受傷的關節，支撐自己的體重。滾燙的疼痛感竄過他的手臂。不是那種乾淨而冰冷的精準割傷，而是一道殘暴而震盪的火焰。他大喊出生，視線在意識邊緣徘徊。

**為我平反他們殺了我那些鬼魂我試著救我兒子請找到他們懲罰他們正義**

喬納森癱倒在地，啜泣著。他抓著痛苦的手腕，沒辦法再忍受一秒的疼痛。他蜷縮在地，喘著氣，不斷哭泣，直到疼痛逐漸減低至隱隱作痛為止。

**他們殺了我那些鬼魂**

那到底是什麼意思？

喬納森知道，如果他太晚回家，會有人等著他。平時，他可以隨心所欲地回家或出門，只有星期三，是他媽媽結束打掃工作之後，不用直接去米勒酒吧上班的一天。「那是我們的時間，親愛的。」她一直提醒他。星期三晚上和星期天。這已經比很多孩子好了。

他抬眼看著吊掛的男人。「讓我想想。」他用釘耙將衣櫃門關上，然後爬出窗戶。

◆

喬納森與媽媽的午後時光完美無瑕得有些奇怪。醉鬼泰瑞去朋友家了，而有那麼一段短暫的時間，屋子真的令他感到安全。喬納森和媽媽一起打發時間，她煮了一頓晚餐，他們一起在餐桌上用餐。他們一起看了電視。

這幾個小時之間，一切都和泰瑞出現前一樣。那些模糊的記憶對喬納森來說太久遠，也太難真正回想起來，但他記得愛與安寧的感覺。又或者，只是他以為他記得。無論如何，這都無比珍貴，而他盡可能地珍惜。但是這段時光仍被吊死男人漂浮的身影籠罩，總是在喬納森的意識邊緣徘徊。每次他的手腕一抽痛，那張緊繃而凹陷的臉便會從他的腦海中閃過。

他試著無視它——

*他們殺了我那些鬼魂*

——但他心靈中的污點卻難以消除。

時針逐漸指向八點，一輛操勞過度的輕型貨車從遠處開來，隆隆聲響逐漸變大。一股陰鬱籠罩了他們兩人。當車頭燈掃過窗戶時，喬納森說：「明天要上學。」

他媽媽微笑，吻了吻他的臉頰。「沒錯。晚安，甜心。」

「晚安，媽。」

其他話就不用說出口了。而在前門被人甩開前，喬納森已經來到自己的房門口。熟悉的孤獨再度襲來，他懊惱自己沒有機會打電話布蘭登。布蘭登是他唯一的真朋友，他對此感到懊惱。他以前從來沒有思考過這代表了什麼，直到布蘭登的爸爸在皇后島找了一份工作，他們便舉家搬走了。

泰瑞模糊的嗓音在夜裡大喊著，從前門傳了進來，輕型貨車便倒車離開了。泰瑞的語調變低了，帶著情慾與誘惑。「嘿，我明豔的夏茉……」

喬納森的媽媽回應他，聲音挫敗而猶豫，包裹著一層虛假的慾望。喬納森爬上床。當媽媽假裝快感的痛苦喊叫聲從隔壁房傳來時，喬納森戴上耳機，把隨身聽的音量調高。

◆

隔天早上，喬納森繞了遠路去上學。他來到遠離鄰近社區的鬼屋前，在巨大的街角停了下來。街道對面除了橘色塵土和灌木外什麼都沒有，直到兩公里外的高速公路在景色中切出一條灰色的傷疤。這是個迷路的好地方，一個遙遠小鎮被遺忘的邊緣。讓這個地方保持生計的礦場都遠在主要街道和商店的另一邊。比較好的社區也是，甚至是學校，它們都只想遠離這個荒蕪的邊境。

喬納森推開過高的雜草，走到窗戶邊，靠在窗臺上。「你說鬼魂殺了你是什麼意思？」他喊道。「我想幫忙，但我不懂。」他深吸一口氣，緊捏住自己受傷的手腕。疼痛怒放。

沙漠鬼魂

毒品和槍

我兒子

格蘭特

喬納森倒抽一口氣，向後摔去。他的手腕絕對沒斷，雖然痛得要命，卻只是一股鈍痛。他需要用刀片來釐清。但也許他已經有了足夠的資訊。

沙漠鬼魂是一個機車幫派。喬納森聽泰瑞提過他們，他們會販毒，警察則睜一隻眼、閉一隻眼，因為幫派的人數遠多於警察。泰瑞聽起來很崇拜他們。「當個不法分子真好！」他當時邊笑邊這麼說。喬納森希望繼父也可以加入他們，但是這個男人沒用得連幫派也參加不了。

而格蘭特是這個死人的兒子。這個吊死的男人想尋求正義，他死於沙漠鬼魂之手，只因為他試著幫助兒子。在這個地方殺人很不錯，因為永遠不會被人發現。把他們吊在廢棄屋的櫃子裡。喬納森皺起眉。他想，他大概得找出格蘭特發生了什麼事。如果他想為他們平反，並重新找回心靈平靜的話。

他知道沙漠鬼魂的俱樂部在哪裡。在他閒逛的時候，他欣賞過幾次停在院子裡的那些鍍鉻、畫著火焰的哈雷機車。放學後，他要去那裡打探一下。他微笑著，感覺自己像警匪劇裡的警探。他真希望布蘭登能和他共享這個冒險。但當然，如果布蘭登在這裡的話，喬納森就不會試著加入那些較年長的孩子，這一切也就不會發生了。

◆

午餐時間，喬納森看到卡梅隆・赫利在布滿沙塵的操場另一邊。那個男孩比他大一歲，也比他高一個頭，是那種永遠不需要霸凌別人，也不需要宣揚自己主權的男孩，因為他的主權天生就存在了。沒有人會惹卡梅隆・赫利，因為他很強悍，而且他爸爸是機車騎士。沙漠鬼魂的一員。

喬納森鼓起勇氣，走向卡梅隆和另外兩個男孩坐著的地方。「嘿。」

卡梅隆抬起眼，挑起一邊的眉毛。

「你爸也是沙漠鬼魂之一對不對？」喬納森問道，嘴角帶著一抹緊張的微笑。

「怎樣？」

「一定很酷吧。」

卡梅隆笑了起來，對朋友們翻了個白眼。「你這樣想嗎？」

「不是嗎？」

「我怎麼會知道？我又不是。」

喬納森點點頭，迫切地想在耗光男孩們的好奇心之前，把話題引導到他想要的方向。

「但他會用機車載你來上學，對不對？那輛哈雷超帥的。」

「也快到不行。」

「一定是。你爸認識一個叫格蘭特的人嗎？」

前後不連貫的問題使卡梅隆皺起眉。「你是說格蘭特．卡特嗎？」

「噢，我不知道他姓什麼。」

「格蘭特．卡特是鬼魂之一。干你什麼事？你認識格蘭特？」

喬納森驚慌了起來。現在對話要怎麼進行下去？他是個笨拙的白痴。

「嘿，喬納森！」

這個聲音令他厭惡，卻又鬆了一口氣。雞翅男孩和他的朋友們站在他身後，眼神憤怒。雖然不算很理想，但也分散了卡梅隆的注意力。

喬納森試著露出微笑。「嗯？」

「你覺得耍我們很好玩嗎，你這瘦皮猴？」

他們經從驚嚇中恢復過來，現在要來報仇，重新建立他們的威勢了。

「我在那裡看到了什麼東西，我被嚇到了。但你知道，我猜那只是個影子而已。我當下被嚇傻了，就只是這樣而已。」

卡梅隆．赫利站起身，對他的朋友們抬頭示意。「就讓這些傻子去處理吧。」

他們漫步離開，雞翅男孩的臉色更難看了。現在，他在同年紀裡最酷的大男孩面前丟臉了。這個惡霸沒有浪費時間，直接揮拳。喬納森荒謬地笑了一聲，他意識到，他到現在還不知道這傢伙叫什麼名字。然後拳頭就落下了。他向後摔倒——

**我兒子**

——他沒有看見另一拳朝他揮來，擊中他的肚子，讓他無法呼吸。他彎下腰——

**還是個鬼魂**

——然後摔倒在地，他的雙眼被第一拳帶來的疼痛蒙蔽。

雞翅男孩和他的朋友們踏上前來，踢著他的頭和身體，疼痛刺穿他的肋骨——

**以為他們把他也殺了呢**

——還有他的臉。聲音逐漸淡化為遠處的低吼。然後是大人短促尖銳的呵斥。攻擊平息了。

喬納森的視線清晰了起來，他大口將空氣吸進痛苦的肺部，兩個老師則把攻擊他的人們拖走。他們離開時咧開了嘴，沉醉在剛才贏得的榮譽之中。在他們眼中，任何處罰都值得。

卡梅隆．赫利站在一旁，臉上帶著微微的尊敬。

一個老師把那三名惡霸帶走，弗雷太太則回到喬納森身邊。「你還好嗎？」

他點點頭，淚水停留在眼皮上。

弗雷太太用指尖碰了碰他的眼周。他瑟縮了一下。

「之後會有瘀青的。」她說。「我帶你去醫護室拿冰塊吧。剛才那是怎麼回事？」

喬納森的呼吸開始減緩，心跳也逐漸慢了下來。「只是個愚蠢的誤會罷了。」老師咋了咋舌，溫柔地扶著他的手肘帶他離開。途中，喬納森努力回想卡梅隆說的話，還有那個無形聲音喃喃說的話。它聽起來好遙遠，在他被拳打腳踢時，幾乎單薄得難以聽見。格蘭特・卡特是一名沙漠鬼魂。他是那個死人的兒子。但那個死人以為鬼魂們也殺了他兒子。這令他好困惑。雖然付出的代價不小，但在今天的午休時間，喬納森至少得到了一點資訊。他只是不知道要拿它怎麼辦。

◆

沙漠鬼魂的俱樂部坐落在一間大型的灰色金屬建築中，和工業區沿線其他廠房類似，沒有招牌，也沒有驕傲的身分標記。十幾輛哈雷機車在鐵絲網圍欄內停成一排，閃閃發光。那些機車騎士倒是自豪而挑釁地秀出了本色。有一次，和媽媽出門辦事的時候，喬納森問他媽媽，為什麼他們的總部沒有同樣鮮豔的標示。「他們是在法律和無法無天之間的平衡中留有一點餘地。」她當時是這麼說的。喬納森想知道成為一名法外之徒是什麼感覺。這個點子很有吸引力。

現在他一路走到這裡，才覺得自己真蠢。而且很痛。他的臉因遭到毆打而腫脹瘀傷，肋骨抽痛著。就算他知道這一切，那又怎麼樣？他能怎麼辦？在他愚蠢的人生中，他到底能些做什麼？

也許他該向警方報告找到屍體的事，然後就會有人建立起連結，鬼魂們就會為謀殺付上代價了。但他不是才一直在想，他們是多麼不受法律管束的一群人嗎？

大門緩緩動了起來，電動馬達在門滑開時轉個不停。喬納森看見三個機車騎士，穿著皮衣和丹寧外套，留著大鬍子，身上布滿補丁，從建築物裡走了出來，往機車走去。引擎發出像機關槍般深沉的轉動聲，一輛接著一輛衝了出去。最後一個離開的人對著喬納森行了一個小小的舉手禮。大門震動著，再度關上。

大門的內側還有一個小門，用一個大鎖和門閂鎖著。另一名騎士沿著步道走，手上拿著速食店的紙袋。他斜眼看著喬納森，一邊伸手摸索著鑰匙。「你在這裡想幹嘛？」他的聲音強硬而粗糙，像泰瑞一樣。

「我只是來看機車。」喬納森心虛地說。「它們看起來很酷。」

高大的男人點點頭，鬍子在他的胸前顫動。「你以後也想要騎車嗎？」

「當然，我想。」他可以從這段對話中獲得什麼資訊呢？「哪一輛是你的？」

男人指向一排機車中間的美式巡航機車，有著高高的把手和低矮的雙人座位。水滴形狀的油箱閃爍著藍色的火焰，鍍鉻的零件反射著炙熱的陽光，使人雙眼都要泛淚。「你喜歡嗎？」

喬納森咧開嘴，雙手勾在鐵鍊上，往裡看去。「太讚了。」他突然抬起頭，露出他最無辜的表情。「我可以坐坐看嗎？」

騎士皺起眉。「靠，小鬼，真的嗎？」

「可以嗎？」

大鎖打了開來，男人把大門推開。「你叫什麼名字？」

「喬納森。」

「你臉上有瘀青喔，小小喬。打架了嗎？」

「學校裡有些人喜歡欺負我。」

高大的男人哼了一聲，點點頭。「我叫馬格。去吧。但你不准刮傷它。」

喬納森跑了進去，把書包丟在巨大的後輪旁。他把一條腿跨過塞有內襯的皮坐墊，坐了上去，由於機車由側柱立著，他的身體也歪向一邊。他伸手想去抓握把，而他的手指只能勉強摸到邊緣。

馬格笑了起來。「你還有得長呢，小小喬。」他從紙袋裡拿起一顆漢堡，咬了下去，番茄醬沾在濃密的鬍子上。

喬納森覺得自己很酷。騎著這樣一臺機器在高速公路上飛馳的畫面，使他內心充滿了深深的渴望。爬上一輛閃耀的機車，然後騎走。遠離一切。永遠離開。

「你認識格蘭特．卡特嗎？」他隨性地問道。

馬格揚起一邊的眉毛，大口咀嚼著。「認識。你認識他嗎？」

「不算是。只是我學校有一個人認識他，就這樣。」

「是嗎？」馬格又大咬了一口漢堡，他只吃了三大口，整個漢堡就要沒了。「感覺你以後也想要成為法外之徒喔，小鬼？」

「我可以嗎?」

「當然。讓某個人推薦你成為候選者,然後贏得你自己的顏色。」

「你是怎麼得到你的?」

馬格咧開嘴,牙齒上都卡著漢堡和麵包。「我們不會跟外人討論這種事。」

喬納森點點頭,看向眼前閃閃發亮的儀表板和油箱蓋。他現在要怎模做?他完全不是當偵探的料。一陣憂鬱席捲而來。

「我的繼父以前認識格蘭特的爸爸。」他迫切地想繼續說下去,想要找到一點什麼。

馬格僵在原地,瞇起眼。儘管天氣炎熱,一股冰涼氣息依然爬過了喬納森的皮膚。

「是嗎?」馬格問。

喬納森嚥下一口口水,腦袋快速運轉。「你也知道。在這種小城鎮裡,每個人都互相認識嘛。」

「嗯哼。」

沉默沉重地懸在兩人之間,氣氛開始危險。

「總之呢。」喬納森的心臟狂跳著。「我的繼父和卡特先生以前是朋友,而我學校的朋友認識格蘭特。世界很小吧,我猜。」

「非常小。」

「我繼父說,卡特先生離開這個城鎮了。是這樣嗎?」

「你為什麼在乎?」馬格問。

喬納森搖搖頭，緊盯著畫在車殼黑色底漆上的藍色火焰，這樣他就不用面對自己頭頂上那雙冷酷的眼睛。「我只是覺得有點有趣而已。」

空氣又沉默了。喬納森對著把手伸出手，感覺自己愚蠢至極又脆弱。一陣紙袋的窸窣聲傳來，馬格把紙袋換了一隻手，從口袋裡拿出手機。一會之後，他的聲音說：「格蘭特？你到院子裡來一下吧。」

喬納森的心臟彷彿即將撞裂他受傷的肋骨。他不知道自己該不該跑，甚至不知道自己的腿究竟有沒有辦法支撐他奔跑。「我猜我該走了。謝謝你讓我坐──」

馬格的一隻手搭在他的肩上。「在這裡等一下。」

「如果我晚到家，我會有麻煩的。」

「一下子就好，孩子。」

俱樂部的門打開，發出尖銳的聲響，又碰的一聲關上。「怎樣？」一個聲音喊道。

「這位是喬納森。」馬格說。「聽說他繼父跟你的老爹以前是朋友。」

一個瘦高的騎士加入了他們的談話。他穿著沉重的靴子和牛仔褲，還有一件白色T恤。他的手臂布滿刺青，從指節一路延伸進短袖的袖口。「是嗎？」他微笑起來。喬納森忍不住聯想到了鯊魚。「誰又是你的繼父啊？」

喬納森得把他的舌頭從乾澀的嘴裡拔起來。「泰瑞・梅金斯。」

格蘭特抿起嘴，看向馬格。「從來沒聽過他。你呢？」

馬格搖搖頭。

格蘭特帶著掠食者的微笑，轉向喬納森。「我老爸已經不在啦。他，呃……離開了。」他對馬格眨眨眼，而大個子笑了起來。

他知道！喬納森驚恐地想。他知道鬼魂殺了他爸。而且他很開心。

「我不介意跟你繼父聊聊，這個泰瑞．梅金斯。」格蘭特說。「能和認識我老爹的人敘敘舊，感覺也不錯。」

「當然，我猜是吧。」喬納森的聲音細若游絲。

「他住在哪裡？」

「我不該把我的地址告訴陌生人。」喬納森看見自己的雙手顫抖起來。這是當然的了。格蘭特傾身向前，準備開口，但馬格說：「你繼父也跟其他人一樣愛喝酒吧？」

「可能比其他人更愛喝。」喬納森說，一邊發出一聲有點歇斯底里的笑聲。

「你是對的，不要告訴陌生人你住哪裡。」馬格說。「尤其是又高大又可怕的機車騎士。但我們想要和泰瑞喝杯酒，敘敘舊。他都在哪裡喝酒？」

「萬寶龍飯店。」喬納森來不及阻止自己，就意識到自己說出了事實。礦工社群的需求量之大，他大可隨便舉出鎮上的任何一個酒吧。

馬格拍了拍喬納森的背，把他從車子上推了下來。「走吧，小子。你不會想惹麻煩的。我們會找一天晚上去酒吧見見泰瑞。」

喬納森抓起背包，盡可能快速地穿過鐵網大門。確定自己離開兩人的視線範圍後，他便開始狂奔。

◆

當暮光將街道染成褐色時，喬納森站在鬼屋外，喘著氣、渾身滾燙，汗濕的手中握著一盒新的刀片。

他想要在沙漠鬼魂面前賣弄小聰明，卻因此讓他們盯上了泰瑞。一方面，這使他產生了一種邪惡的喜悅，但是他肯定會招來一頓好打。也許是他人生中的最後一頓打，因為泰瑞一定會殺了他。喬納森得知道更多。也許他還有機會彌補。

他爬進窗戶裡，把衣櫃門拉開。面對真實的肉體威脅，他對這具屍體所有的恐懼都消失了。卡特先生吊掛在那裡，孤獨地風乾。

「我需要答案。」喬納森說。「我非得傷害自己才能得到嗎？」

什麼也沒有。

「去你的！」他不知道為什麼有這些規則，但似乎也別無他法。他的腿還在痛，但他以前也有割過上手臂，就在靠近腋下的內側。他的兩隻手臂都還有空間。

「你兒子知道你死了。」他對屍體說。「他和鬼魂在一起，而且他知道他們殺了你。我覺得他也有份。我很遺憾，但這是事實。他講到這件事的時候，我看到他的表情了。」喬納森頓了頓，深吸一口氣。「我搞砸了。我讓機車騎士盯上了我的繼父。他活該，我希望他去死！但是他會為了這件事打死我的。」他發出一聲啜泣，覺得自己年幼、害怕又孤獨。

「我能怎麼做？」

他盤腿坐下，捲起襯衫的袖子，打開包裝，拿出一片嶄新閃亮的刀片。他把它完美的邊緣壓在左手臂內側的皮肉上，然後緩緩地切入。他疼痛得倒抽一口氣。

他只聽見從遠處傳來的啜泣聲。

痛楚逐漸褪去。「卡特先生，別讓我白白割傷自己！我該做什麼？這都是你的錯！你必須幫我。」

他坐在逐漸聚集的黑暗中，瞪視著男人乾癟的皮膚。最後，他又舉起刀片，割下另一道痛苦的傷痕。那個聲音比過去任何一次都還要清晰。

**愚蠢試著逼他們格蘭特房裡有一大筆錢鬼魂的錢拿走藏起來可以還給他們把格蘭特踢出去**

疼痛再度褪去，聲音也是。但是喬納森知道他還有更多話要說。他閉上眼，屏住呼吸，又割了一刀。

**從來不懂從沒告訴他們他們在哪裡殺了我以為他們也殺了格蘭特好難過他們也殺了他真是個傻子**

喬納森的手臂依然灼痛著，那個聲音卻開始淡去。「專心點！」他喊道。「幫我！」一個點子逐漸成形，一個急切、瘋狂的點子，讓他的腦中充滿了各種可怕的可能性。他舉起刀片，展示給吊掛的男人看，然後再度動手。

**我得不到正義但是可以幫你也許能救你有一個名單**

他又割了三刀，但當喬納森從黑暗中離開時，他心中已經有了一個計畫。一個大膽而糟糕的計畫，幾乎令他想吐。這可以救他，而如果他成功了，這或許可以讓卡特的死有一點最後的意義。現在是星期四晚上。泰瑞都在星期五和星期六去酒吧。喬納森有一天的時間。

◆

隔天一整天，喬納森在學校都無法專心。他一直反胃，但是他只能等待。就連和那三個霸凌者在校長室的會面也是一片模糊，而當他們得知自己要被停學到這週末時，都對他露出了譏諷的笑容。只有一天！最後，喬納森終於可以回家了。

他想知道泰瑞去酒吧了沒。他通常都是下午去，然後很晚才回來。

「你他媽的在這裡幹嘛？」泰瑞從客廳對著他大喊。

真可惜。「我剛放學。我有功課要寫。」

泰瑞的齒縫間發出噺聲。「那就快去啊。但你要自己準備晚餐。我要去萬寶龍了。」

他什麼時候不是自己準備晚餐了?他媽媽表現得好像泰瑞有準備兩人的晚餐一樣，但她一定已經知道這不是事實。憤恨再度燃燒起來，而他把它推到一旁。

他回到房間，心不在焉地開始寫起作業。他可以偷偷溜出去，但如果泰瑞發現他偷拿鑰子，他會惹上大麻煩的。一小時後，前門打開，又再度甩上。喬納森從窗戶偷窺。泰瑞爬上一個爛朋友開的破爛福特汽車。他們開走後，喬納森的腸胃便開始翻攪。

他得在機車騎士們去酒吧找到泰瑞之前，結束掉這個食屍鬼小任務。他不知道他們多快會找到泰瑞。他抓起背包，跑到倉庫裡，找到一把鏟子，然後跳上他鏽蝕的腳踏車。他往鎮的溪邊騎去，騎上一座低矮的山丘，來到俯瞰著下方小鎮的墓園裡。他很高興這裡一個人也沒有。

他把腳踏車靠在墓園邊緣的一棵樹上，那裡有一片乾渴的藍桉樹林和灌木叢，穿過山丘，一路延伸。他扛著鏟子，掃視著墓碑，後頸因為緊張而發麻。他才找了兩排，就聽見一個聲音大喊：「喂！你在做什麼？」

喬納森驚嚇地大叫出聲，鏟子落在他身後的地上。墓地另一邊的小維修棚，從遠處看似乎空無一人，但此時門口站著一個老人。他大步走向前，再次和喬納森對峙。

當喬納森跳上他的自行車時，他把鏟子留在那裡了。他奮力踩著踏板遠離老人，鑽進糾結的桉樹之間的涼爽陰影中。樹枝抽打著他的臉和手，他繼續往前進，直到確定自己遠遠超過了那個老人的追趕。沒有時間了！

他絕望地等了幾分鐘，然後小心翼翼地走回墓地，藏身在灌木叢中。老人在他的小屋裡，像烏鴉一樣蹲坐在門口的凳子上。喬納森的鏟子靠在門框上。

光線淡去，影子被拉得很長。蠢蠢欲動的恐懼演變成全面的恐慌。暮色迅速消逝，變成了黑暗，而老人仍然留在原地。是不是已經太遲了？

夜幕降臨時，墓地管理員終於站了起來。他把鏟子扔進屋裡，關上小屋的門，鎖上掛鎖，然後大步穿過墓地，往鎮上走去。

喬納森一直等到管理員的身影完全消失在漆黑的道路上。早早露臉的半月發出蒼白的光芒，將一切都染上一種奇怪而平面的銀色。他瞪視著墓地管理員的小屋，他的鏟子被鎖在他碰不著的地方了。他洩氣而失落地移動到灌木叢的邊緣，最終找到了一塊側邊扁平的大石頭。他沒有更多時間可以找更好的替代品了。

他又花了五分鐘，才終於找到那個墳墓。

**愛德娜・卡特**

**受人愛戴的妻子與母親**

卡特先生的媽媽。格蘭特的祖母。喬納森跪在地上，找到他得知的位置，開始急切地挖掘。他試著不要去想自己在幹嘛，只是依賴著他想要修補的衝動。修補一切。在炎熱的夜晚，用沉重的石頭挖洞實在很辛苦。他的手被磨破了皮，汗水流進他的眼睛。

但在堅硬的紅色地表下方不到三十公分，他的石頭就敲到了那個錫盒。他又挖掉更多土，把盒子拉了出來。他把洞填回去，並把土壤撥好，隱藏他的傑作。

盒蓋上的卡榫不情願地彈開了。一團團黃色的紙鈔躺在裡頭，用橡皮筋綁著。喬納森快速地數了一遍，預估至少有五十萬元。上面有一張紙條，寫著一串名字，還有像車牌號碼和電話的數字。對他來說，這張紙比紙鈔更有價值。他的口腔乾澀，但是他露齒笑了起來。

騎車回家的路比出發時辛苦，他疲倦不已，只能祈禱自己時間還來得及。他上氣不接下氣地沿著通往房子的小徑騎著車，卻聽見V型雙缸的低沉震動聲響徹了空氣。他的心跳得更快了。一排單個的車頭燈從大約兩百公尺遠的主要道路上冒出，照耀著夜間的黑暗。喬納森家在他與機車之間，離他近得多，但是他只有兩條腿，卻要對抗他們的巨大引擎。

他大喊出聲，站在踏板上，將全身的力量都踩了上去。

他繞到屋子後方，把腳踏車丟在快要死光的草皮上，此時，他便聽見引擎如雷般的聲響出現在屋前的道路上。他跑到倉庫裡，把金屬盒塞到角落。少了錢之後，它就輕得多了。他的包包裡塞滿現金，腦中充滿了罪惡感與恐懼。他衝到後門，穿過廚房進入屋內，然後躲到床上，心跳像鐵鎚一般敲打著他的喉頭。

屋外，哈雷機車的引擎聲短暫地變得震耳欲聾，然後它們並排停在一起，陷入沉重的沉默。前門被人撞開，泰瑞的抗議聲聽起來高亢又恐懼，堅稱他不認識叫卡特的人，也不知道他們想幹嘛，說他們犯了一個可怕的錯誤。

一個粗暴的聲音發號施令，指揮人們搜索屋子，又叫一個人去屋外檢查車庫。

喬納森把棉被拉起來，蓋過他的頭，並顫抖地縮成一團。他盡可能安靜地喘著氣，想恢復正常呼吸。

「我們不如直接逼他說出資訊就好了。」一個聲音咆哮道。「他一定把現金都花光了。」

「他不會記得全部的。我們已知的每一個競爭對手的名字、電話號碼，還有車牌？你記得了這麼多嗎？我們花太多時間記錄那份名單了，而且放棄它就是放棄一大優勢。如果那張該死的名單在這裡，我們一定要找到。再說，他一定和卡特同夥，想要偷我們的錢。」

「我不知道你們想幹嘛！」泰瑞害怕地尖聲說道。「什麼名單？我如果知道，就會給你們了！」

喬納森的房門被人打開，走廊上的燈光流洩進來。他坐起身，眼中透露出真實的恐懼。

「這裡有個小孩。」門口的人影宣布道。

「別管他。」某人說道。「那個房間最後再找吧。」

喬納森的房門關上，黑暗再度降臨。

「你們絕對不敢相信！」一個聲音在屋外喊道。後門被人撞開，然後一個金屬製品被砸在廚房桌上。

笑聲和驚訝的喊叫聲此起彼落。「把錢花光了，但是那張該死的名單在這裡！」一個人不可置信地說道。

「我這輩子根本沒看過這個東西！」泰瑞尖叫。

一個短暫而脆裂的聲音傳來。喬納森太熟悉了。那是拳頭打在臉上的聲音。泰瑞啜泣著。喬納森嚥下一股由恐懼和興奮組合而成的噁心情緒。

「這是要保留給你的朋友卡特的，是吧？」粗暴的聲音說道。「我們走。」

扭打的聲音再度傳來，泰瑞繼續啜泣和否認，這個地方逐漸安靜了下來。喬納森還想他們是不是全部離開了，他的房門又再度被人打開。在昏暗的光線下，他認出了馬格。

「你什麼都沒聽到，對吧，孩子？你睡得很熟。你沒問題吧？」

喬納森試著嚥下喉頭那股乾燥粗礪的感覺。「對。」他沙啞地說。「好。」

「我想也是。再見啦。」馬格關上門。沉重的腳步聲穿過房子，然後是大型 V 型雙缸引擎的轟鳴聲，隆隆作響著，慢慢消失在夜色中。喬納森在漆黑的寂靜中坐了很長一段時間，腦子一片空白。最後，他跳起來跑向廁所，在嘔吐物溢出之前，正好俯身在馬桶上。

◆

接下來的日子是一團黑暗，恐懼得令人作嘔，而喬納森知道自殘也無濟於事。星期六，泰瑞沒有回家。在工作之間的休息時間，喬納森的媽媽只是不斷發出咋舌聲，皺著眉頭，抱怨著他只會和那些酒肉朋友們鬼混。

每當喬納森聽到引擎聲或巨響，他都會感到恐慌不已。罪惡感折磨著他的心，幾乎要扼殺了他勉強升起的希望。幾乎。

在他的母親離開前往米勒酒吧後，喬納森在逐漸籠罩的暮色中匆匆穿過城鎮，來到還能使用的公用電話前，打了一通匿名電話給警察。那是他欠卡特先生的。在回家的路上，他彷彿看到泰瑞潛伏在陰影中，好像隨時都要朝他撲來。

當他媽媽在午夜過後回家，並打了好幾通電話時，他都還醒著。**通常不會這麼久的，還有他不在你那裡嗎？**

喬納森好幾個小時沒睡，只是等待著引擎的聲音、關門聲或喊叫聲。

星期天是屬於他們的時間。他媽媽在早餐時問他，有沒有看到或聽到泰瑞的消息。

「沒有，媽。」他還想說更多卻無法說出口，他的胸口像掛著鉛塊一樣。他不停地揉搓著上臂發癢、發燙的地方。

他們去了公園，然後她買了漢堡和奶昔給他，味道卻像硬紙板和金屬。他們玩了一下午的棋盤遊戲，喬納森一直忍著淚，腸胃翻攪不已。他媽媽時不時地瞥向他，但什麼也沒說。

她打開電視，頭條新聞讓他們兩人都安靜了下來。警方在鎮上發現了兩具屍體。螢幕上出一張鬼屋外面的照片，不過現在已經用藍白條紋的膠帶封鎖了起來。喬納森無法吞嚥，而他媽媽倒抽一口氣。

「死者於昨晚深夜在廢棄的房屋中被發現。警方表示，兩人都是自殺，沒有理由懷疑是謀殺。」

喬納森的媽媽發出一聲微小的哼聲，幾乎像啜泣，又幾乎像笑聲。眼淚奪眶而出，靜靜地流過喬納森的臉頰。

他的手腕正在復原，但離痊癒還有很長一段時間。他轉移自己的重心，壓在手腕上，讓一陣劇痛竄到他的手肘。

**至少我救了某人的兒子祝好運**

那聲音如此遙遠，消逝無蹤。

喬納森虛弱地笑了笑。**安息吧**，他默默地祝禱。

他的母親低頭看著他，她的表情難以解讀。「不知道泰瑞在哪裡。」

喬納森對上她的視線，一會後，終於嚥了一口口水。「他永遠不會回家了，媽媽。」

很長一段時間裡，她什麼也沒說。最後，她用一隻手摟住他的肩膀，用力擁抱他，親吻他的臉頰。喬納森靠在她身上，不知道到底該怎麼解釋那五十萬現金。

# 曝光的補償

每次按下快門時，我身上的每一個細胞都像在燃燒，但隨之產生的滿足感幫助我吞下了這股痛苦。這樣有效。狡猾的女人告訴過我，這會很痛。她就是這樣稱呼自己的——一個狡猾的女人。**不是女巫嗎？**我問，而她只是笑了笑。

快門再次啟動，而我也是，魔法從我身上竄過，撕裂了我。儘管熔爐般的熱浪席捲過我的全身，我還是強迫自己保持微笑。希望我有力量完成這場拍攝。他拍的張數越多越好。

**你確定嗎，凱特？**狡猾的女人問我，她的灰色眼睛看起來像石頭一樣堅硬。**是的，**我回答。**比以往任何時候都更確定。**

**你真的了解後果了嗎？**

我點點頭。**反正我快死了。**

快門再次關閉，就像它正一口一口啃咬我一樣，我痛得渾身發抖。

葛斯在他的老式相機前看著我。「振作起來，親愛的。怎麼了？你看起來好像聞到大便之類的一樣。」

我搖了搖頭，盡我所能地對他微笑，讓自己在鏡頭前看起來越火辣、越性感越好。

「挺胸一點，親愛的。把胸部頂出來。」

我照做，而在聽到快門聲之前，一股微風吹過我裸露的皮膚。我準備好再次迎接火焰的流竄。

很久以前的那天晚上，當比佛莉跟我提起那個狡猾的女人時，我還不相信她。我不相信她的魔法有多真實。「復仇魔法。」比佛莉這樣稱呼它。「而且它的代價總是很高。」

我們在俱樂部的貴賓席抽了一支大麻，喝了昂貴的香檳，因為這個復仇魔法而大笑不已。但隨著夜幕降臨，比佛莉變得清醒，並嚴肅了起來。「我要去見她。我會讓他付出代價的。」我以為我聽錯了，但她是認真的。

「他是個卑鄙小人。」我告訴她。「忘掉他和他所有上過的婊子吧。繼續過你的生活。」

「但我愛過他！」

當時比佛莉的眼中充滿了激情。等我下次再見到她時，是在聖馬可醫院，她的心靈受創，嚴重到不認識我了，她的眼神呆滯而遙遠。前一天晚上，她出軌的未婚夫被人發現在一條小巷裡，幾乎要被活活打死。警察說他看起來像被流氓襲擊了。他在醫院裡接受了幾個月的治療，最後一隻眼睛失明，永遠都會跛腳，一隻手臂半癱瘓，產生了言語障礙，還做了結腸造口。他再也沒有彈過吉他。

比佛莉的眼神是很呆滯，但裡面有著什麼東西。深沉、難以察覺，但對我來說，卻像滿足。她的身體沒有受到傷害，只是她的精神被用來驅動魔法了。醫生說，她最後一定可以走出來的，而且很可能不會留下永久性傷害。那是她的賭博，而她顯然認為自己夠強大，可以使魔法奏效。**完全值得冒這個險**，她說。

但我永遠不會知道。她選擇的魔法與我購買的種類不同，因為她還想活下來。有趣的是，那天我也是在聖馬克醫院得到我的檢查結果。那是個可怕的消息——當醫生告訴我，我的生命就要結束了，他的眼神是如此警慎。他開始列出各種選項和療法，但我搖了搖頭，然後走出診間，去見比佛莉。在那時候，我就已經看到了她眼中呆滯的滿足感，有一些想法開始圍繞著我的悲傷打轉。各種可能性。復仇魔法。

再過幾個月，狡猾的女人說，比佛莉應該已經冷靜了，開始自己的復健之旅。狡猾的女人在各種情況下幫助過許多女孩。她告訴我，她在七零年代時可是熱門人物，但她在職業生涯中一直被人利用和虐待。所以她非常樂意幫助我。

快門關上，而我燃燒著。「挺出胸部，翹起屁股。」葛斯咧嘴笑著說。「給我一個側面吧。」

我轉過身，像貝蒂娃娃一樣拱起身子。我甚至把一隻食指放在下唇上，噘起嘴。

葛斯大笑起來，聲音沙啞而邪惡。「太可愛了！」

喀嚓，喀嚓，喀嚓。我的皮膚感覺就要從肌肉上剝落。我瞇起眼睛，但我很自豪我沒有退縮。

葛斯站起身來，吸了吸鼻子。「這卷拍好了。今天就這樣吧，嗯？」他的雙眼在我的裸體上打量，卻從頭到尾都沒有和我對視。

「你還有多少？」我問。

「兩卷三十六張的底片。應該能在這批照片中找到幾張堪用的吧。我們可以賺到不少錢的，你還有本錢！」

「希望如此。不然就浪費底片了。」

「你從來不會浪費底片，凱特。你那麼美！」

他真心認為這是一種稱讚。好像我不記得在我才十五歲時，他那滿頭大汗、色瞇瞇的臉。他一邊在我體內進出，一邊向我說得天花亂墜，保證我總有一天會登上全世界最大的廣告牌。我和所有被他騙過的其他女孩。他不敢相信，這麼多年後，我又回到了他身邊，他的自負阻止他懷疑我背後的動機。我想我把這個落魄而絕望的蕩婦角色演得非常傳神。

「我明天再回來，好嗎？」我問，一邊盡可能讓聲音聽起來像個小女孩。

「好。十一點左右到吧。」當他強調「到」這個詞時，他瞥了我一眼，對我眨眨眼。

我點點頭，微笑著穿上長袍，踩著我已經穿不慣的十五公分高跟鞋，身子微微搖晃。透明的絲綢就像帶刺的鐵絲網，覆蓋在感覺像被剝了皮又烤過的肉體上。我得竭盡全力才不會踉踉蹌蹌，但我還是挺直身子，溜進了浴室。

我強忍著眼淚和痛苦，預期他會在我更衣時走進來，但他沒有。也許他打算把這一步留到明天再說。他是不可能改變的。他甚至還在用底片呢。不過我也一樣。

◆

躺在冷水浴中減緩了我拍攝時的折磨。癌症吞噬著我，痛苦永無止境，但我幾乎已經習慣了。我還這麼年輕，就要奪走我的生命，實在太不公平了——我還不到三十歲——但人生有什麼公平的呢？醫生們也真的無能為力，所以我就拿來當成一個機會了。如果不是這樣，我就得開始化療，並失去我的容貌、力量，最後也一定會被奪走生命。就算選擇治療，我的機會仍然渺茫得可笑。我看過我媽走上那條路，她在死前受了那麼多苦。我現在走的這條路則由自己掌權，而且我可以獲得一些什麼。

當我閉上眼睛時，我就能看到他，也能看見他所看到的一切，就像那個狡猾的女人說的一樣。

**這是個強大的魔法，凱特。你會和他連接在一起，而當他——**

**我知道。沒關係，真的。**

她睿智地點點頭，開始調製藥水和咒語，從我的每個指尖、每個腳趾中取出幾滴血。過程令人著迷不已。當藥水製作完成並施了咒語後，她把小瓶子給了我，並說，**在你開始之前，先一口氣喝完。不要錯過你的窗口。它不適用在這些現代數位產品上。你需要的是寫真照，而不是像素照片或其他這類的東西，不管它叫什麼。**

狡猾女人的魔法算是很現代了，使用各種底片和磁帶、二極管和電晶體來為她的咒語提供動力。但世界已經在進步了，科技在誕生不久後，就將她的魔法拋在腦後。希望她能快點適應，繼續幫助像我和比佛莉這樣的女孩。比佛莉用一種方式處理了她的人渣音樂家未婚夫，而我會用另一種方式來處理葛斯。這永遠不會是問題。老葛斯，他一直都喜歡正宗電影「粗糙的真實性」。

我閉上眼睛，看見葛斯的暗房裡有一排排正在晾乾的照片，懸掛的圖像被血紅色的光芒照耀成單色調。他將化學物質倒進瓶子裡，收拾好工具，退後一步，檢視自己的作品。七十二個我微笑著，噘著嘴，對他擺出各種姿勢。他看著每一張照片，舔著嘴唇，一手消失在褲子裡。

我的眼睛倏地睜開。他可以獨享這一切，我不需要看到，或是感覺到。我嚥下湧進嘴裡的胃酸，肉體和皮膚的疼痛感再次升騰起來。我又在浴缸裡放了更多冷水。

◆

我終於爬回床上，躺在柔軟的被單上方。幾瓶伏特加平靜了我的心，我已經準備好了。準備見證。我很平靜。魔法正在運作，正在消耗著我。我閉上眼睛，一開始卻只看到一片黑暗。我驚慌起來，以為有什麼事出錯了。我深吸一口氣，等待著。

一個聲音出現，而且是從他那裡傳來的，不是我這裡。刮搔和拍打的聲音。我感覺到了分離時的第一種感受。我看一間臥室昏暗的輪廓，並意識到被聲音吵醒的葛斯已經睜開了眼睛。

「誰在那裡？」他喊道，聲音虛弱而恐懼。他清了清喉嚨，裝出強硬的樣子，又喊了一次。「誰他媽的在那裡？」

他站起身，走過房間，進入一條走廊。他跟隨著聲音走下樓，站在暗房前，歪著頭，困惑地皺起眉。現在我如此接近死亡，我便能輕易地轉換視角。我有時候可以從他的頭頂上方看著，有時候又是從他的雙眼看出去。我已經死了嗎？他的手顫抖著往前伸。門打開了，他倒抽一口氣，跌跌撞撞地向後摔倒。

我走了出來，赤裸而自豪，只穿著高跟鞋，帶著戾氣與野性的飢餓，對他咧嘴笑著。但這只是我的一部分，我的寫真照。我像幽靈一樣，門框透過我清晰可見，但就算如幽靈般虛無縹緲，我也是致命的。這是女巫答應過我的。

在暗房裡，我看到我自己從每張照片中剝離出來，走到地板上，逐漸擴大為我完整的身高。葛斯尖叫起來，跌跌撞撞地退到一間休息室裡。他翻過沙發扶手，再度跳了起來。越來越多的我從照片分離，走出來迎向他。我圍著他繞圈，眼睛又大又白。他喃喃自語著，吐著口水，試著用話語來表達他的恐懼。「你……誰……發生……什麼事？」

更多的我赤身露體，身材高挑，美麗無比，從暗房走進休息室柔和的燈光中。我圍繞在他身邊，組成一支凶暴的軍隊，透過無數雙眼睛盯著他。「你不會再傷害任何女孩了。」我的每一張嘴都在說著。

數十個我向他襲去，我的自然能量令他恐懼不已。七十二雙手舉起，十指勾成爪子。葛斯跌在地上，倒在自己的尿液中，尖叫著求饒。

我們的嘴張大，七十二道復仇的聲音嚎叫著。我們撲向他，撕碎了他。

葛斯死去時，我們都笑了起來，而這是我所知的最後一件事。

## 精品

提姆・瑞尼曼從沒碰過他打不開的鎖。這是他的專長，他的驕傲。這也是他的詛咒，因為這已經成為他無法抗拒的強迫行為了。他咧嘴笑著，在最新的目標門前工作著，隱藏在前廊的暗影之中。他在這間酒館裡待了將近一個星期，鎖定了一個孤獨但看起來很有錢的男人，大約四十多歲或五十多歲。每天晚上七點到九點左右，他都會去布萊克飯店喝酒。簡單的目標。

鎖筒轉動著，提姆發出了一聲幾乎不可聞的「讚啦！」他把開鎖工具塞回深灰色夾克的口袋裡，然後推開門——每個人都知道，如果你想在晚上偽裝，絕不要穿黑色的衣服。他的羊毛帽低低地壓在額頭上，一條灰色的頭巾遮住了下半臉。緊身的手術用橡膠手套則可以保護他的指紋不外露。

他之前被抓過兩次，兩次都逃過牢獄之災。第一次，他還未成年，只被要求做出兩年的良好行為保證。然後，在他成為法律上的成年人後，他立刻再次被捕，但最終只被判了社區服務和三年緩刑。只要有任何進一步的違法行為，他都得立刻去坐這三年的牢，再加上法官為了懲處他的新罪行而判定的刑期。但他就是沒辦法控制自己，而且他不會被抓的。他過去曾經年輕又愚蠢，而現在他二十二歲，還年輕，但已經不蠢了。他有著世故的智慧和街頭的小聰明，精明能幹。所以他才知道這裡的房客每晚都在布萊克飯店喝酒，就像某些該死的鑑賞家一樣。門在他身後喀噠一聲關上了。他在陰暗的走廊裡站了一會兒，雙手插腰，享受著闖空門帶來的單純快感。然後他對自己點了點頭。「該上工了！」

通常，女性才會提供最棒、最好攜帶的戰利品，例如珠寶。但是贓物對他的吸引力遠比不上犯罪本身帶來的共鳴。不管如何，最近要偷筆記型電腦、平板電腦之類好攜帶又貴重的東西也很容易。當然，要避開這些物品內部的安全系統又是另一個更現代的麻煩了，但是提姆有人脈可以處理這些瑣事。

他爬上樓梯，看見了三間臥室。其中一間是個簡陋的小房間，裡面有一張雙人床和一張邊桌，除此之外什麼也沒有。下一個就像一個老派的閨房，布滿紅色的絲綢和紫色的天鵝絨，還有象牙色的梳子和水晶香水瓶。提姆瞪視著房間。他知道這個人獨居。他是不是有點性別認同問題或異裝癖？不管如何，提姆不是那種會批判他人的人。這個房間裡有一股博物館的氛圍。一個收藏豐富的博物館。提姆竊笑著，開始把珠寶盒裡的東西倒進背包的側袋裡。這些東西看起來古老又有價值，鑲嵌著寶石，全是閃閃發光的金飾和銀飾。

第三個房間顯然是屬於屋主的，周圍的一切都讓人聯想到一絲不苟、井井有條的單身漢。梳妝臺上放著一支昂貴的手錶，提姆也把它拿走了。他的心怦怦直跳，腎上腺素因盜竊的快感而飆升。提姆．瑞尼曼在他的原生環境裡，做著他最擅長的事。

回到樓下後，他在背包裡裝進了筆記型電腦、一臺三星的平板電腦、櫃子裡的幾件銀器，還一個亞洲村莊的雕刻像，細節精緻，將一整個村莊全刻在一根象牙上。此外，還有將近兩萬元的現金。老實說，人們到處亂放、收在未上鎖抽屜裡的東西，一直都讓他感到驚訝不已。沙發椅背上鋪著一條針織毯，他用它包裹住戰利品，然後舒適地揹起背包。肩上的重量令他安心，背包鼓脹得幾乎要裂開。

他滿意地走向出口。他回頭看了一眼房子後方的廚房，但廚房裡幾乎什麼都沒有。他停了下來。有時候板凳上可能會留下什麼貴重的東西……他快步進去掃視了一圈。什麼也沒有。很好。

回到屋前，他經過了樓梯下方的一道門。之前他並沒有特別留意，但一個新的細節卻引起了他的注意。門上裝著一個電子鎖，旁邊則是一個小環形金屬把手。誰會把樓梯底下的櫥櫃上鎖啊？他拉了拉把手，但門板動也不動。

好奇心燃燒了起來。如果一道門上了鎖，那只會是因為裡面有什麼貴重的東西。提姆拿出他的開鎖工具，開始工作。不到一分鐘，他就成功了。他咧嘴一笑，把門拉開。他發現裡頭不是櫥櫃，而是一道通往地下室的樓梯。光線從下方透出。他可真沒想到。

他原本答應自己在三十分鐘內就離開。他看了看手錶。截至目前為止，他用了二十五分鐘。聰明的小偷是不會耽誤計劃的，這就是他們制定計劃的原因，以避免在工作中出現什麼岔子。所以他有五分鐘的時間到地下室轉一圈，或者四分鐘，好讓他留出一分鐘的時間離開房子，維持在計畫內。

他悄悄走下樓梯，走進赤裸明亮的日光燈之下。映入眼簾的是一張靠牆的長凳，上面整齊地擺放著一排閃閃發亮的銀刀和鑽頭。還有骨鋸。還有十幾樣提姆無法認出的手術工具。

房間裡一塵不染，就像外科手術室。他走到樓梯的一半時，注意到幾個玻璃櫃子。金屬氣瓶放在帶輪的架子上，上面掛著透明的塑膠面罩。還有十隻血淋淋的腳趾。他的腳步一晃，驚嚇地停了下來。

他的胃酸翻攪，心跳加速，又往下走了兩步，直到可怕的畫面完全暴露在他眼前。一個男人躺在一張金屬桌上，傾斜得幾乎垂直。他的雙臂像被釘上十字架一樣，被綁在兩側，他的頭靠在黑色的橡膠墊上，用另一條棕色皮帶固定著。輸血袋用纏繞的管線接在他身上。其他清澈而難以辨認的液體則固定在另一側。那人赤裸著身體，就像被獻祭一般。

他的腳趾流著血，因為他的每根趾甲都被拔掉了，他的手指也一樣。在他的腿和軀幹上，到處都有小塊皮膚被割開、向後掀起，整齊地露出下方濕潤的紅色肌肉。沿著一隻前臂，幾公分長的白色尺骨暴露在空氣中。他的陰莖被垂直剖開，掛在兩條大腿上方。他的下顎被一個鍍鉻的裝置大大撐開，原本應該有牙齒的地方只剩下幾個暗紅色的凹洞，點綴在他的牙齦上。他的眼皮不見了，眼眶猩紅。那雙眼睛！它們正用如此懇求、如此急迫的眼神緊盯著提姆。男人的舌頭在他大張的嘴裡舞動著，正發出短暫、急促的呼吸，還有含糊不清的喉音。

提姆大叫出聲，他的視線一陣模糊，嘔吐物湧入喉頭，只是心臟已經堵在了嗓子眼，才沒有真的吐出來。他跌跌撞撞地後退，手忙腳亂地爬上樓梯，只想要逃到屋外。他只想要新鮮的空氣，不要這棟房子，也不要那個畫面。他想離得越遠越好，睡個好覺。那個殘暴的景象永遠、永遠無法從他腦海中抹去了。淚水從他的臉頰流下，他喘著粗氣，身子轉了三百六十度，砰的一聲關上地下室的門，穿過房子，然後從前門衝了出去，背包重重地撞擊他的肩膀。他頭也不回地關上門，沿著小徑狂奔，跑到街上，並一路跑了十幾個路口，累得他頭暈目眩。

提姆找到一家酒吧，點了一杯雙份波本威士忌。他一口喝下，又點了另一杯。他現在到底該怎麼辦?他把帽子和頭巾塞進背包裡，裡頭還裝滿了戰利品，但他突然覺得，這是一個人所能承受的最大負擔了。他應該把這些東西從橋上扔進河裡，讓它沉下去，讓人永遠找不到。他沒有在房子裡留下指紋，他也很確定沒有留下頭髮或任何法醫小組能鑑識的東西。他可以直接轉頭，讓這一切結束，假裝這件事從沒發生過，除了那個可憐的混蛋在他腦海中烙印下的模樣。他不應該逃走的。

他怎麼可以拋下那個傢伙?但如果他報警，警察就會想知道他是怎麼發現這個情況的，而那只會讓他被捕。這意味著原本的三年監禁，再外加新的刑期。如果可以的話，他絕不要這樣去坐牢。

他也可以匿名報警，但不能保證警察會認真看待這一切。而且，他也無法了解情況，無法得知受害者獲救了沒。然後他意識到，他所有的不情願，最後全都歸咎到自己驚恐逃走的事實上了。看看那個可憐人的痛苦，那難道不是最殘忍的事嗎?救贖就在眼前，對方卻一邊反胃、一邊哭著逃走了?提姆必須導正這件事。

一個令人顫慄但肯定的決定降臨在提姆心中。他要回去救那個男人。這個念頭再度使一陣寒顫竄過他的全身。他是個賊，但他不是個壞人。他可以分辨善惡，只是有時候會選擇做一點小惡而已。他在酗酒、冷漠還拒絕送他去上學的父母身邊長大，這並不是他的錯。最後他沒有接受教育，又沒有辦法工作，只能做這些小奸小惡，也不是他的錯。

嗯，也許有一部分還是他的錯。就算他沒受教育，他還是很聰明，而他還是可以做出一些改變的。他可以去夜校什麼的，學個一技之長。如果只是為了繳房租，他可以掃掃街道就好，這樣安全得多。但是重點不是這個。他重視的是那股刺激感，那種不守成規的頹廢感。但現在一切都變了。他嚥下威士忌，然後又點了一杯，用剛才偷到的現金付款。現在才剛過八點。他今晚絕不會再回去了，以免遇上那個邪惡的變態屋主。

他明天會開皮特叔叔的車過去，然後拯救那個可憐的混蛋。他會把他留在醫院急診室，然後逃之夭夭。簡單。皮特叔叔會借他車的，這不是問題。

**如果這傢伙因為家中失竊，所以明天就不出門了呢？**一個小聲音在提姆的腦中嘲弄道，但他把它推到一邊。明天。他會回去拯救那個男人的。

◆

月光把夜晚照得十分明亮，提姆把皮特破舊的休旅車停在路邊，凝視著一旁陰森森的房屋。屋子的外觀看起來很正常，就像兩側的那幾十間房子一樣。

他坐在那裡等著，手指撥弄著口袋裡的手機。**我應該匿名打電話報警的。找公用電話。**但他留在原地看著。

前門打開，那個高大的男人出現了，提姆跳了起來。男人穿著標誌性的三件式西裝、絲綢襯衫，夾克口袋裡放著成套的手帕。還有領結。他的鞋子像鏡子一樣閃閃發亮，在夜色中反光，就和他向後梳起的黑髮一樣。

他就像平常的晚上一樣，前往布萊克飯店。提姆對這個男人的冷漠感到憤怒。也許他會出門，是因為儘管他一定發現自己被闖空門了，但他認為這個賊還沒有發現地下室的地獄。根據他地下室裡的東西，這個混蛋肯定不會報警。這對提姆來說有一種不證自明的感覺。昨晚，他偷了那個人的物品和動產。今晚，他則要剝奪他噁心的樂趣。他看著那名屠夫走過兩個路口，直到遠處的身影左轉彎，向布萊克飯店前進。

提姆第二次打開前門的鎖，他的心怦怦直跳。他沿著走廊前進，反覆嚥著口水，壓抑他緊張的神經。他已經預期到自己接下來會見的景象了。那個男人所受的折磨會不會更進一步？想到整件事可能早已結束，他突然感到一陣恐慌。由於前一晚的入侵，屍體或許已經被移走了。只有一個方法可以找到答案。

他撬開地下室的鎖，快步跑進下方的亮光裡，並在看到那一幕時，嚇得尖叫出聲。男人所受的折磨果然更進一步了。他的兩條小腿都被割開，肌肉像鮭魚生魚片一樣向兩邊折疊，露出光禿的骨頭。他的睪丸垂在膝蓋附近，只靠一絲組織連結，但陰囊已經不見了。閃閃發亮的器官在他腹部開出的窗口中跳動。但最糟糕的，還是那個可憐蟲的腦袋。他眉毛以上的頭骨被摘下，裸露的大腦布滿了細絲般的針灸用針。

但不知為何，這個人依然活了下來。他的一隻眼睛在眼窩裡翻著白眼，另一隻眼睛則是一個空洞的凹槽，紅黑相間。他的舌頭不見了，喉嚨中發出嘶啞而濕潤的呼吸聲。提姆瞪眼看著他，頭暈目眩，渾身發抖，不禁發出一聲啜泣。他不可能在不弄死這個男人的狀況下移動他的。他的腦袋都被挖出來了！

「讓他們活著，才是真正的藝術。有剛好足夠的新鮮血液、抗生素和休克療法就行。」

提姆大叫一聲，轉過身。打扮光鮮亮麗的男人站在樓梯頂端，他寬大的身形填滿了門框。

「當然，他們付費給我，就是為了這個。」

提姆搖著頭，幾乎快失去意識。「什麼？」

男人緩緩地走下來，拿出一張名片。「這就是我。」

提姆用顫抖的手接過名片，麻木地讀著上面的字。

**派翠克．密斯洛夫斯基**

**精品供應商**

「什麼？」提姆再度說道。

「你又回來了，這讓我倍感敬佩。」密斯洛夫斯基說，語調平靜，整個人無比放鬆。「你想救他嗎？真是高貴的心意。但是正如你所見，他現在正深入他的體驗之中，如果現在打斷或提早結束，那就是曲解它的美好了。」

「曲解……？」提姆可以感覺到有什麼東西在啃噬著他的心靈邊緣，而他意識到，那是一種瘋狂。他覺得他腦子裡的一部分好像隨時都會崩斷。「你是個他媽的怪物！」

「我是個藝術家。」

提姆瞪視著他，一句話也說不出來。他相信，他接下來就要接受和那個被綁著的男人一樣的命運了。

「我可以無視你昨晚在我家大部分的踰矩行為。」密斯洛夫斯基繼續說道。「但是我得堅持，你必須歸還我母親的珠寶。然後你就可以離開，我們就算扯平了。如何？」

「我……我不能留下……留下他……」提姆感到頭暈目眩，急切地想找出自己能採取的行動，或是召回自己的理智。

「房子裡到處都是隱藏的監視器，提蒙西．瑞尼曼。」密斯洛夫斯基說．提姆的膀胱再也撐不住了。高大的男人不知道是沒有注意到，還是選擇忽視。「我知道你是誰，我也知道你離入獄就差臨門一腳。我可以說服你，這個男人是自願來這裡的。事實上，為了享有這個特權，他還付了很大一筆錢。這樣我和你就可以繼續過我們各自的日子了。我們都有一些見不得人的小祕密，對吧？」

男人的平靜終於給了提姆一點可以緊抓不放的東西。「幾年的偷竊行為怎麼可以跟這個相比！」他對著眼前的殘暴景象打了個手勢。

密斯洛夫斯基從口袋裡拿出一張照片，遞了過來。照片中，高大男人的手臂搭在一個年輕人的肩上。兩人都面露微笑。他們之間拿著一張紙，上面寫著：**疼痛是唯一真實的體驗。精品則是最終、囊括一切的釋放。我同意。**這幾個字的下方寫著日期，正好是一週多一點之前。

提姆看向金屬床上的男人。他還記得他昨天晚上看起來更完整的樣子。這絕對是同一個人。

「我總是會保留一張照片。」密斯洛夫斯基說。「一部分是幫每一個客戶做紀念，一部分是為了在事情出錯時作為可能的辯護。當然，這也沒有實質作用。一個人不能授權讓人奪走法律賦予他們的生命權，這些照片不能讓我從謀殺脫罪。但他們確實是同意的，他們付了非常大一筆錢，而我是這個產業中最優秀的選擇。」

提姆回想著昨天晚上，一個可怕的頓悟浮現在他腦中。他爬下樓梯時看見的那雙懇求的眼睛。現在有了這些情境之後，就顯得太明顯了。那個男人並不是在懇求提姆救他。他是迫切地在拜託提姆離開。那雙眼睛不是在說「救我！」，而是在哀求：「別毀了這一切！」

◆

提姆．瑞尼曼從沒碰過他無法打開的鎖。但他再也不會使用這些技能了。他現在成天忙著為外面水泥院子裡的巨大回收箱堆放壓扁的空紙箱，並思考著下午的堆高機駕照考試。能在這麼大的倉庫裡工作最完美了，沒有太多人，又能讓他的身心靈保持忙碌。沒有太多人要觀察，也不需要猜想他們的地下室裡可能藏著什麼，或者猜想他們心中最私密的慾望。

# 十字路口與旋轉木馬

馬克．庫柏大汗淋漓地躺在床單上，希望微風能從敞開的窗戶吹進來。窗簾沒有一絲動靜，而炎熱的夜晚顯得更加沉重。他嘆了口氣，翻了個身。他終於平靜下來，夜晚的寂靜再度籠罩著他，而他聽見了藍調吉他的聲音，微弱的聲響，就像黑暗牢房中的一絲微弱希望。他屏住氣息，轉過頭去，用一隻耳朵聽著和弦。臉頰貼著枕套時所發出的聲音蓋過了音符。他正開始覺得這是自己的想像，音樂卻又再度從身邊飄過，微弱卻優美。他正是希望自己能如此彈奏。

他從床上溜了下來，站在窗邊，豎起耳朵，仔細聆聽。旋律遙遠而完美，令人心頭一揪。他只穿著短褲便走進夜色裡，站在前廊上便聽得更清楚了，儘管那道聲音仍然像從另一個宇宙傳來的。他走到大門邊，來到安靜的鄉間小路上。夜晚一片靜謐，空氣中瀰漫著濃濃的夏日氣息，那首樂曲卻像涼爽的雨水一樣流過。音符之間的停頓堪稱完美，讓他起了雞皮疙瘩。

馬克想也沒想，便跟著聲音走上了小路。誰會在深夜的這個時間彈奏吉他，還是在這種偏僻的地方？他的腳在仍然帶著熱度的瀝青路面上踢起了灰塵。幾個星期以來，這些安靜而破碎的道路上沒有淋到一滴雨水。他路過了幾間鄰居的房子，每間都相距了數百公尺，油漆剝落，鐵皮屋頂生鏽。對面的牧場裡，一頭母牛用濕漉漉的眼睛警戒而冷漠地注視著他。

音樂越來越響亮，這是他聽過最深情的藍調了。他想像著和他的樂團站在舞臺上，像那樣彈奏著和弦。儘管現在酷熱難耐，他還是瑟瑟發抖著。他轉向右邊，朝海岸公路走去。他看到一個人坐在前方圍欄上，沐浴在月光下。人影手中的吉他在無色的月光中反射出一抹深紅。

馬克停頓了一下，音符更清楚地朝他飄來，那把吉他像天使般歌唱著。**他插電是插在哪裡？**

馬克發現自己再度往前走去。柵欄上的人影抬起眼，露出微笑。他的牙齒在黑夜中顯得十分明亮。他停下彈奏，而馬克感覺自己的心臟好像被人揍了一拳。「嘿，老兄。」

馬克回給他一個微笑。「嘿。」

「我是尼克。」

馬克點點頭，不太確定自己還要說什麼。尼克看起來很年輕，也許只有二十五歲左右，不修邊幅得十分時髦。他有著蓬亂的黑髮，雙眼明亮。馬克打量著血紅色的吉他，它有著滑順的楓木琴頸，因為多年的指尖彈撥而磨損。

「你會彈吉他嗎？」尼克問。

「彈得沒有你那麼好。」

尼克微微一笑。「啊，我還可以啦。」

「你是從哪裡學來的？」馬克問，一邊繼續欣賞著那把漂亮的吉他。

尼克忽略他的問題，只是舉起他的樂器。「你喜歡嗎？她很美，對吧？」

「你的揚聲器在哪？」馬克越過柵欄，尋找電線。但是什麼也沒有。

「如果你想，你也可以彈成這樣。」尼克說，再度露出燦爛的微笑。

馬克瞇起雙眼。他的眼神從吉他轉向尼克，然後又轉向後方的街道。另一條路與它相交，通向馬克的農場和北方的城鎮。尼克坐在圍場角落的柵欄上。就在岔路上。馬克笑了起來，搖搖頭。「我在做夢。」

尼克咧開嘴。「捏你自己看看。」

「對，當然。把我自己叫醒吧。」他拉起自己前臂上的一寸肌膚，捏了一把。但什麼也沒變。他的微笑變成了皺眉，他又捏了自己一把。「噢，靠。」

「不是做夢吧。」尼克依然帶著微笑。

他們瞪視著彼此很長一段時間。尼克坐在柵欄上，放鬆不已。馬克只覺得越來越不舒服了。最後他說：「不可能，老兄。這不可能是真的。」

「你有多想要彈得和我一樣好？」尼克問。

「沒有那麼想，老兄。」

尼克從膝蓋上拿起吉他，手指開始滑過琴弦。馬克的雙眼立刻就被逼出了眼淚，每個音符、每一個停頓都碰觸到了他的靈魂。他轉過身，開始狂奔。他的腳踩在冷冰冰的柏油上。

當他甩上前門時，已經大汗淋漓，上氣不接下氣。樂聲在夜晚中飄蕩。

◆

一整天，馬克都渾渾噩噩地在工廠裡度過，和所有人一起抱怨炎熱的天氣和缺乏雨水的事實。他們都知道抱怨也無濟於事，但是還是會咒罵那些他們不相信的神，然後再懇求其他的神明。

哨聲響起時，他和薪水奴隸夥伴們一起艱難地回到陽光下。幾個人在停車場裡揮了揮手，互相祝福對方週末愉快。馬克回過神來，驅車前往海岸邊的鹽霧城。唯一可以讓他逃離壓抑的夏天的，只有偶爾吹來的海風，還有在迴旋車與雲霄飛車周圍呼嘯的空氣。這裡是他的遊樂場，他的避難所。他漫步在木棧道上，深深吸入灰塵和柴油的味道。旋轉木馬吵雜的音樂聲和閃爍的彩色燈泡衝擊著他的感官。這家機械娛樂工廠已經擁有百年的曆史，糖果和爆米花，笑聲與尖叫聲，成千上萬張大汗淋漓的面孔在海灘道路上微笑著。這裡有音樂和遊樂場，也有馬克的心和靈魂。

他走進一家電子遊樂場，被操勞過度的巨型風扇與從「獨臂強盜」角子機賺錢的慾望吸引。如果你知道如何操弄機器，就可以對調角色，自己成為強盜。音樂聲響起，硬幣掉落，馬克便讓這個地方吞噬了他。

他微笑著，看著金色的硬幣傾倒在金屬托盤上，發出財富的碰撞聲。當他把錢幣撈出來時，一隻手正好拍在他的肩膀上。「馬克啊馬克！老兄，你今晚有什麼計畫？」

他轉過身，看到葛雷格和克雷格站在他身後，穿著白色背心和沙灘褲，頂著一頭被太陽曬得發黃的頭髮，咧嘴笑著。「我不知道，各位，都可以吧。你們呢？」

「就在嘉年華會閒逛啊，我的朋友，就跟往常一樣。還有什麼其他事情要做，嗯？」彩色霓虹燈在葛雷格的皮膚上舞動著，他黝黑的皮膚使牙齒顯得閃閃發亮。

克雷格向前傾身，好讓聲音蓋過喧囂。「我們要去搭幽靈列車。逗逗那些漂亮的女孩們，讓她們尖叫。你要來嗎？」

馬克笑了起來，把那一把硬幣塞進口袋，跟著他們走出電子遊樂場，走進塵土飛揚的射擊場和投環遊戲區。他們帶著當地人的自信行走著，在觀光客和一日旅客中特別自豪。**我們一直都在這裡**，他們的姿態就像在這樣說著。**但是你們現在玩得開心點，聽到了嗎**。

在幽靈列車的硬紙板和混凝紙板製成的布景中乘坐了一圈之後，葛雷格便跟著一位穿緊身牛仔短褲的漂亮金髮女孩離開了。克雷格和馬克花了幾十元，用空氣槍射擊了凹陷的金屬標靶，又把木球扔向他們不想贏得的椰子，並搭訕來這裡度假的十幾歲城市女孩。

馬克看了看手錶。「我得走了，老兄。」

克雷格皺起眉頭。「現在還早欸。你是生病了還是怎樣？」

「不，老兄，我有演出。在帕利塞酒吧，過去兩年的每週五和週六都是。你到底認識我多久啦？」

克雷格皺起的眉頭融化成了笑容。「酷！我也去看看吧。嗯，我一定會喝醉，但我喜歡在喝酒的時候聽你們表演個十二小節。」

當他們經過雲霄飛車時，馬克看著尖叫的面孔在模糊而明亮的燈光和隆隆作響的電子音樂中打轉。有那麼一瞬間，一雙眼睛對上了他的目光，只定格了一秒鐘，而她的尖叫變成了微笑。她是他見過最漂亮的女孩，有著深綠色的眼睛和棕色長髮。

克雷格把手搭在他的肩上拖著他。「來吧，老兄，你讓我現在想喝啤酒了。」

馬克跟在他身後，而美女則消失在旋轉的燈光和色彩中。

◆

他的樂團成員像往常一樣，三三兩兩地到達帕利塞酒吧。他們在十點過後登上舞臺，面對一屋子喝醉的當地人和警戒的度假遊客。他們打出藍調的節拍，大汗淋漓。一如往常，少數死忠粉絲在舞臺前跳著舞。兩年來，他們每週將達美樂團帶到帕利塞酒吧兩次，這是馬克的命脈。但他想要更多。他想為成千上萬的觀眾演奏。他想像尼克一樣表演音樂，坐在農場的柵欄上，不為任何人演出。好吧，也許是有為了馬克表演。他肯定是在做夢。

那個陌生的年輕人和他彈奏的完美藍調，不斷出現在馬克的心中，使他在彈奏時出了差錯，他的樂團成員便向他投去關切的目光。慌亂中，他彈錯了更多音符，團員的表情變得惱怒起來。他把那個陌生吉他手的記憶從腦海中抹去，重新振作起來，但他們的演出充其量也只回到一般水準而已。

夜幕降臨，廉價啤酒滲透了大家的血液。他又看見了她，那個來自遊樂園的美女。她看著他演奏，當他們的目光交會，他的手指便飛舞了起來。他從靈魂深處挖掘出特別的巧思，並用一串精彩的刷弦結束了整場演出。

團員原諒了他稍早的失誤，並在收拾裝備時拍了拍他的背。但是當他走下舞臺時，女孩已經消失了。

◆

那天晚上，當他躺在床上，一邊再度祈禱微風可以吹過窗戶時，馬克聽見尼克的吉他聲從黑暗中飄了過來。他嗚咽起來，用枕頭蒙住頭，咬著牙，直到他斷斷續續地睡去。

◆

週末就如同孕育它的一週一樣，炙熱而明亮，但一陣溫柔的微風帶來了一點來自南方的涼意。馬克睡晚了，煮了咖啡，懶洋洋地待在陽臺上，身上只穿了一條短褲。他練了吉他的指法，並下定決心，下一場演出時，整場都要像昨晚閉幕時那樣。當午後的陽光遠離了天頂，開始將整個陽臺包裹在足以將人融化的金黃熱氣中，他便拖著身子回到屋內，穿上衣服，帶著他殘破的吉他盒上了車。

馬克開到遊樂園，招牌上寫著「歡迎光臨鹽霧城」。這是他的習慣，也是他的儀式，好躲避內陸的炎熱烘烤。條紋帳篷和化妝的小丑包圍著他，他則在餘興節目中漫步著，思索著尼克和他的承諾。那真的有可能嗎？在午夜的十字路口所做出的那個提議。那真的發生過嗎？如果他同意了，他得犧牲掉什麼？又會得到什麼？

他對著摩天輪下方玻璃包廂裡的山姆拋去一枚硬幣。摩天輪已經這樣轉了幾十年了，帶著歡笑的人們看海景、沙灘和城鎮，讓這一切在他們腳下展開，就像衛星地圖。他爬上其中一個鋪著絨布的座位，讓摩天輪帶著他進入涼爽的空氣中，在嘉年華會上方三十公尺的高處。隨著高度上升，吵雜的聲音逐漸安靜下來，又伴隨著下降而逐漸恢復。

繞到第二圈的頂端時，他把手肘靠在安全柵欄上，讓高空的冷風吹過後頸，並低頭看向下方的迷你車道和歷經風霜的建築物。電子遊樂場的屋頂上方滿是裂縫，電纜在石棉小棚之間盤繞。氣球和三角旗幟在下方柔和而溫暖的微風中舞動。

然後，他看見她抬頭看著他。她深棕色的頭髮就像斗篷一般披在肩上，她一手遮著翡翠色的眼睛，微笑著。她看起來如此渺小，如此遙遠，卻是唯一沒有消失在模糊背景中的事物。當巨大的摩天輪轉動、將馬克帶回地面上時，他站起身，靠著欄杆。「小山！嘿，小山，你得放我下去。」

山姆在破舊的座位上傾身，T恤的袖子下有著深色的汗漬。他咧嘴一笑，用一隻肥胖的手指戳了一個按鈕，摩天輪便停了下來。馬克向他眨了眨眼，表示感謝，然後抬起安全護欄，從椅子上跳了下來。他悠哉地走下鋁製臺階，摩天輪又開始從他身邊轉過。她等著他，臉上仍然掛著微笑。

「我就想說那是你。」她說。「我昨天看到你了。」

馬克點點頭。「對，你昨天在雲霄飛車上。然後你到帕利塞酒吧看我們表演了，對不對？」

「對。」

「你叫什麼名字？」

她抬起眼，透過輕盈的深色瀏海看著他。「我們就別擔心名字的事了。我比較喜歡當陌生人。」

馬克抬起一邊的眉毛。「真的嗎？好吧。你想要喝一杯嗎？找點東西吃？」

「當然。」

整個下午，他們吃著棉花糖和熱狗，搭乘了旋轉木馬和雲霄飛車。他們大笑著、開著玩笑，對不疑有他的觀光客們惡作劇。馬克問她是來度假還是住在這附近，但她拒絕回答，就和所有人一樣，和他玩著戀愛遊戲。他不介意，因為她的陪伴讓他感到興奮。他帶她見識了東尼刺青店的帥勁，裡頭瀰漫著抗菌劑的氣味和針頭的震動聲，這裡也是他刺青的地方。「這算是一種有儀式感的自我折磨吧，你懂嗎？你有刺青嗎？」

她垂下視線，沒有回答。

午後陽光逐漸褪去，進入涼爽一些的夜晚，隨著時間繼續過去，馬克開始看起手錶上的時間。在他看第三次手錶後，她便對他微笑。「我讓你無聊了嗎？」

「不！完全相反。我想和你聊天，但我很快就要走了。」

「又要去帕利塞表演了，對吧？」

「對，你要來嗎？表演完之後，我們可以喝個一兩杯。」

她微笑。「也許吧。嘿，你看！」

她轉過身，抓著他的手，拉著他走上吱吱作響的木頭階梯，來到一座小亭。當他讀到粉色與紅色的字母時，不禁露出微笑——愛之隧道。

她把硬幣放在殘破的塑膠盤上。「給我兩張吧，先生。」

老比爾．丹頓留著灰色的鬍渣、長著一口泛黃的牙，一邊接過她的硬幣，一邊用奇怪的眼神看了馬克一眼，然後給了她兩張票。馬克咧嘴笑著，依然牽著她的手，並讓她領著自己走進一艘模仿得很差勁的義大利獨木舟。他們搖搖晃晃地穿過沉重的絨布簾幕，進入了黑暗的隧道，柔和的紅色與藍色燈光照耀著由厚紙板和木夾板裁切製作的單薄布景。溫柔的音樂在四周播放，但有一半被外頭的雜音掩蓋了。她轉向他，將一隻腳跨過他的膝蓋，手臂環過他的脖子，吻上了他。馬克回應了她的吻，享受著這種匿名的快感。

劣質的獨木舟再度駛入遊樂園喧鬧的夜晚後，馬克覺得好像才經過幾秒鐘，又像一輩子，而他覺得內心似乎有什麼東西改變了。他們走下船，牽著手，重新回到街道、燈光和喧鬧聲中。馬克領著她在餘興表演之間穿梭，遠離熙熙攘攘的人群，想要享受更多她在航程中給他的一切，她簡直就是完美的天使。

「你不是要走了嗎？」她問道，一邊把他拉到一堵髒兮兮的白牆和轟隆作響的柴油發電機之間，停下腳步。

他看了看手錶，對著錶面皺起眉。他會遲到的。「要走了。跟我來吧！」她把手伸到頸後，解開銀鍊上的釦子。她從光滑的乳溝間取下一個項鍊墜，把它舉在兩人之間。它緩緩轉動著，在一千個閃爍的燈泡下，反射出一百種色彩。他歪了歪頭，感到困惑不已。當他開口打算問問題時，她便吻了他，用舌頭堵住了他的嘴。他感覺到她的手滑進了他的口袋。

她中斷了這個吻，馬克覺得她好像把他的呼吸也一同奪走了。當她開始往人潮洶湧的地方走去時，他才終於深吸了一口氣。

「嘿！」他在她身後喊道。「今晚來看表演好嗎？表演完之後，我再請你喝一杯。」

她回頭看了看，對他拋出一個飛吻。他可以追上她，請她一起前往酒吧，但有一股力量讓他留在了原地。

「如果你不來看我的演出，也許明天我們再在這裡見面？」他的聲音消失在發電機的噪音中，而她則溜進了人群裡，就像太陽被雲朵遮蔽一樣。

他掏出她的銀製鍊墜，想知道裡面有沒有她的電話號碼。但當他打開時，精緻的銀色夾層下，只夾著一朵小小的乾燥花，其他什麼也沒有。

◆

帕利塞酒吧同時顯得繁忙又空虛，馬克則試圖找到前一天晚上的高潮時刻。他注視著人群，卻沒有看到她閃亮的棕色頭髮或閃閃發光的綠色眼睛。

樂聲死寂而空洞，就和他的靈魂一樣失落。在打烊前，人群就開始逐漸稀少。在最後幾首歌中，他的手指笨拙不已，而他已經等不及要結束了。要是他能找到前一天晚上的那種高亢激情，那種藍調的閉幕樂章，能夠洗去過去三個小時的錯誤和亂掉的節拍就好了。如果他能像在農場柵欄上彈奏的尼克一樣就好了。

演出結束後，他咬著牙，忍受著夥伴們的斥責。他為他的疲倦找著藉口，說天氣太過炎熱、工作又太辛苦。高大健壯的貝司手克萊夫諷刺地說他需要找人打一炮或什麼的，他無意中說對的真相令馬克不禁畏縮。

◆

那天晚上，他獨自一人躺在酷熱之中，感到沮喪又失望。他再次聽見了尼克的吉他聲，在牧場的另一邊呼喚著他。他憤怒地吼了一聲，打開音響，用齊柏林飛船尖銳的顫音掩蓋正在嘲諷他的天才年輕人。最終，他陷入了不安穩的沉睡之中。

◆

星期天，馬克花了一整個白天和晚上的時間，在旋轉木馬和電子遊樂場中尋覓，試圖找到那一頭閃亮的棕色頭髮。他知道他不會找到她，但還是四處尋找著，滿懷希望。他的朋友們遇到了他幾次，但他只是打發掉他們，並無視他們困惑而受傷的表情。

遊樂園開始關閉、準備熄燈，攤位窗口用木板封了起來，馬克則在黑暗中坐在欄杆上，一手托著下巴。大海沖刷著他身後的沙子，遊客越來越稀少，最後只剩下昏昏欲睡的嘉年華會場，所有的木頭窗戶都緊閉起來，只留下影子，等待著作為命脈的遊客們歸來。

馬克從欄杆上溜了下來，沿著海濱，拖著腳跟，盯著從他身邊掠過的水泥牆，感覺自己就像個傻瓜。

◆

他發現自己在凌晨時分回到了家，疲憊又悲傷。他把鍊墜掛在臥室鏡子的角落，然後倒在床上。他明天在工廠會像殭屍一樣行屍走肉，他實在太累了。但他不在乎。除了那個沒有名字的女孩之外，其他一切都不重要，他不知道為什麼。少了她，他還有辦法找回曾彈奏的藍調嗎？她偷走的，除了他的心之外，還有什麼嗎？他和幾百個女孩談過短暫的假日戀情，這也是他這麼常泡在遊樂園的原因。但這個女孩很特別。

尼克的吉他聲從停滯的夜空中飄來，但這不再激怒他了。他只感到挫敗。他從床上爬了起來，腳步沉重地走過屋內，穿過陽臺，來到塵土瀰漫的道路上。

月光下，尼克坐在柵欄上，彈奏著血紅的吉他。馬克走了過去，站在那裡，仰起頭，淚水沿著臉頰滑落。尼克的魔法漂浮著，前往星星的方向。

最後一個音符消逝在夜晚中，迴盪了好幾分鐘後，黑暗的沉默才終於籠罩著兩人。

「我就知道你會回來。」尼克柔聲說道，聲音很是親切。

「我要付出什麼代價？」馬克問。「如果我想彈得像你一樣的話。」

「我覺得你知道。」尼克邊說邊把吉他放在膝蓋上，用溫柔的眼神看著馬克。

馬克的雙眼依然潮濕，臉頰閃爍著淚光。「代價太高了。」他低聲說。「這個代價太高了。」

「是嗎？就算是這麼好的天賦？」

他們再度陷入沉默，西風緩緩撫過兩人的頭髮。「你為什麼改變心意了？」尼克問。「你為什麼今晚回來找我？」

「我覺得我已經失去了……某樣東西。我剩下的，只有我的音樂了。」

「失去了某樣東西？」

馬克吸了吸鼻子，直視著尼克的雙眼。「一個女孩。」他說，依然很意外她能在他身上造成這樣的影響。「如果我有音樂的話，沒有她，我也可以活下去。如果我有你的音樂，就算我什麼都沒有，也可以活下去。但是這代價實在太高了。」他轉身準備離開。

「等等。」尼克的雙眼顏色很深，幾乎是黑色了。他把手伸進刷白的牛仔襯衫裡，拿出一個東西。「如果我把她也一起給你呢？」

當馬克看著銀色的鍊墜緩緩轉動，反射著純白的月光時，淚水再度從他的眼中流下。

# 希望的幻影

我在房裡聽見爭吵的聲音，試著無視它，但單薄的牆壁意味著在這個家中沒有一點祕密。昨晚很糟糕。午夜剛過不久，我就聽見前門甩上的聲音，在那之前，我媽啐道：「我真希望我從來沒有遇到你。我的人生都在你身上浪費光了！」

我聽見爸在哭，想著也許我該去抱抱他之類的。但是我才是家裡的小孩。我是小波的哥哥，沒錯，他只有九歲。當他哭的時候，我就會抱他。我現在十二歲，我不會假裝自己是大人。爸爸應該是堅強的那一個才對。我猜他從來就不是。

我讓他繼續哭，他逐漸安靜下來。我覺得我好像是全家唯一醒著的人，或許是全世界唯一醒著的人，除了開車沿著泥土路前進的媽媽。她會前往高速公路，然後呢？左轉還是右轉？去內陸，還是去距離這裡五小時的海岸？不知道她會不會回來，我也不確定我想不想要她回來。我幾乎沒什麼睡。我爸在七點時進了我房間，勉強露出愉快的微笑。

「要吃早餐嗎，小亞？」

「不要這樣叫我。」

他的笑容消失了。有那麼一瞬間，我感到很後悔。

「對不起，亞當。」他說。就算是面對我，也這樣哭哭啼啼的。「你想吃早餐嗎？我做了炒蛋喔。」

罪惡感席捲了我的全身。「好啊。你的炒蛋最好吃了！」

他的微笑再度浮現。這樣也沒關係，因為我不是在說謊。他的雞蛋料理真的很讚。

「媽媽呢？」小波從一盤吐司屑前抬頭問道。

我很意外他過了這麼久才問。我猜就連他都知道有什麼事不對勁。昨晚，他也醒著在偷聽嗎？

「媽媽要出去旅行一兩天。」爸爸的聲音聽起來輕鬆又愉快。我可以看見他的喉頭吞嚥著，試著忍住自己的情緒。

「去哪裡？」

「她只是需要一點空間，波可。她很快就會回來了。」

小波瞪視著自己的餐盤。沉默逐漸滋長，成為一股重量，壓在我們的背上，讓我們不得不弓著身子吃完剩下的餐點。一滴淚水滴在小波的盤子上，爸爸有點太快地站了起來，用椅子刮過地面的聲響打破了寂靜。

「我們得去砍柴和餵雞，孩子們。快來吧，今天是星期六，不代表我們就可以偷懶喔。」

◆

星期六和星期天，媽媽都沒有回來。爸爸一直檢查手機，或是走到廚房窗邊看通往大門的車道。他沒有把大門關上，他從來沒有這樣做過。媽媽又不是不知道要怎麼開那個該死的東西。我猜他可能是想吸引她回來。但沒有用。

星期一時，爸爸一早就去工作了，而我幫小波準備上學。通常媽會在我們身邊，爸則會在六點前就出門。我知道我們的例行公事，小波也知道。我們走出屋子，沉默地走到泥土路的盡頭。天氣已經變得很熱，晚秋的氣溫讓你可以感覺到季節的變化，但又還沒有完全進入新的季節。我們花了大約十五分鐘走到校車接送點，在這段時間裡，小波一個字也沒說。然後我們站在那裡，踢著地上的塵土，搖晃著身子，讓書包在肩膀上左右甩動。他終於說道：「她不會回來的，對不對。」

這句話不是個問句，而他微小的聲音使我內心的什麼東西破碎了。好像他是在承認，而不是在詢問。我不想對他說謊。不管發生什麼事，他和我都是一起的。「我不知道，小波。」

他抬眼看著我，雙眼濕潤，眼神卻不接受反駁。他的臉頰上沾滿了泥土。我們才剛從車道上走出來，他是怎麼弄髒的？「她不會回來了。」

我聳聳肩。「我們等著看吧。」

「如果她不回來，我們要怎麼辦？」

「我們會沒事的，小弟。」我是認真的。他和我，我們都會沒事的。總會有辦法。

「那爸爸呢？」

這個就更難回答了。但是我已經向自己保證過不會對他說謊。「我不知道。」我只能這麼說。

幸好公車很快就從山坡上出現了，一道長長的紅色塵土尾隨在後，老皮柏蒂太太的臉出現在車窗玻璃後，身子俯在方向盤上。

◆

我們放學回家時，都在想媽媽會不會出現在廚房裡，一邊拿著一壺檸檬汁，一邊問我們今天過得如何。我們都沒有說出口，但是那股希望還是沉重又濃烈。我們走過敞開的大門，但屋子還是像出門時那樣緊鎖著。我們的肩膀垮了下來。

我走進屋內，還是做了檸檬汁。媽媽有教過我。我們坐在前廊上，那裡在午後還有遮蔭，因為我們家是面向東邊，朝向距離十分遙遠的海邊。就在我們啜飲檸檬汁、享受著明天上學之前的自由時光時，一個女人沿著泥土路走了過來。

當我看見她時，覺得胸口有什麼東西顫動了一下。她好眼熟，卻又看起來如此陌生。她看起來才二十幾歲，有著長長的金色捲髮，披在肩上，臉頰狹窄、顴骨很高。她的身材纖細，腳步充滿自信，當她看見我們坐在屋子的陰影下時，臉上便露出了一抹微笑。

「兒子們！」她說，就像媽媽以前那樣。然後我才意識到，她為什麼看起來這麼眼熟。

滿屋子都是她的照片。她和爸爸九零年代時在雪梨拍的照片，穿著丹寧外套，在某種搖滾嘉年華中狂歡。另一個她則站在距離這裡四十公里遠的市中心一輛新車旁。另一個她穿著蓬鬆的白色洋裝，站在爸身邊，彩色的紙片從天空上落下，她放聲大笑著，就在聖瑪利教堂外。

「這是誰？」小波低語著，而我的心臟怦怦跳著，因為這就是她，但這是不可能的。

媽媽已經四十四歲了，她大約一個月前才在市中心辦了派對。隔壁家的塞拉來我們家當保姆。然後她和爸爸很晚才回家，喝得酩酊大醉，又發生了一次惡毒的爭執。只是那次是媽媽甩上臥室的房門，爸爸在客房過夜。朝我們走來的這個女人是媽媽，但是是半輩子前的媽媽。

當她走向我們時，她便瞇起眼。看到我的臉後，她臉上的微笑便消退了。我猜我看起來很驚嚇。

「怎麼啦，你們兩個？一切都還好嗎？」

小波靠在我的耳邊說：「這是媽媽嗎？」他的聲音因為困惑和恐懼而顫抖，就和我感覺到的一樣。

「你們不認得我了嗎？」她說。小波和我對看了一眼，然後她笑了起來。「我才離開幾天而已，你們會原諒我嗎？」

「你看起來不一樣了。」小波說。

她又露出微笑。「我感覺也不一樣。我覺得舒服又煥然一新。我只是需要休息一下。」

這句話讓她皺起眉，好像她試著要回想起什麼。「在城裡抛錨了。我搭了……喬伊的便車。他讓我在路口下車。你們在喝什麼？看起來很好喝耶。」

「檸檬汁。」

「你做的嗎？」

「對。」

她再度笑了起來。「你得教我怎麼做。」

小波站起身，憤怒而困惑。「你明明就會！是你教亞當的！」他看著我，又看向媽媽，因為恐懼而激動不已。

媽媽頓了頓，雙眼快速移動著，像突然輕微癲癇發作，然後再度露出微笑。「當然，我真傻。我記得啦。我們進去吧，我再多做一點。」

「我們喝夠了！」小波轉過身，往他的房間跑去。

年輕得不可思議的媽媽看向我。「你還想喝嗎？」

「我要去餵雞了。」

我不太確定要怎麼辦，所以我走掉了。我聽見小波甩上房門的聲音，而我知道他不會太快開門，所以他很安全。我一邊把飼料倒進塑膠食盤裡，一邊注意著廚房的窗戶。年輕的女人就坐在廚房裡的塑膠桌前，直直瞪視著前方，耐心地等待著什麼。

處理好雞之後，我便沿著後方的圍欄走到水塘邊，看著一片混濁的池塘。我跳過幾顆石頭，一邊注意到水位降低了一些，但上個月的雨還是把它灌得挺滿的。爸爸曾經說，他想要在裡面放一些小魚，這樣我們就可以坐在短短的木碼頭上釣魚了，但我媽說他是白癡，沒有生物可以在那裡面活太久的。我真希望她不要這麼說，就算是真的也一樣。她從來沒有下來這裡過。我有點希望我們現在正在這個荒唐的小碼頭上釣魚，就算木板都快爛光了也沒關係。你得跳過第四和第五片木頭，它們沒有比巴沙木好多少。爸爸一直說他會修好，但是從來沒有。這個水塘需要更好的回憶。

我們家以前有一隻狗，一隻土黃色的雜種狗，叫做雷克斯。他是你這輩子見過最友善的生物。有一天，他追著一隻袋鼠跑過圍欄，然後袋鼠很快地跳進了水塘裡。我以為牠會淹死，但是雷克斯立刻追了進去，而那隻袋鼠抓住雷克斯，把他壓在水裡，直到他溺水為止。我那時年紀太小，什麼也不能做，只能驚恐地看著、放聲尖叫。我爸衝了出來，甚至拿著那把幾乎沒有用過的老式獵槍，因為我的尖叫聲實在太可怕了。但是他來晚了。雷克斯已經動也不動地飄浮在那裡，背上的長毛在水面上擺動。袋鼠從水塘的另一邊爬出去，而我希望爸爸可以把牠打死，但他拒絕了。很令人難受，但是這就是大自然。我哭了一個星期。顯然袋鼠就是會這麼做，我爸說的。牠們會跑進水裡，把攻擊牠們的生物淹死，用以自保。聰明又殘暴的混蛋。我現在還是好想念雷克斯，想到就會心痛。

我不知道還能做什麼，看著這個池塘只讓我覺得更難受，所以我溜過廚房的窗戶下，進到屋內，來到小波的房間。

「我不喜歡這樣。」他說，但是這遠遠不夠貼切。我只是認同他的話，並試著用遊戲和漫畫轉移他的注意力。

我希望爸爸快點回家，他才是大人。他得做點什麼，他會有解釋的。

◆

當我們聽見爸爸的車子駛來時，我們便衝到走廊上。不是媽媽的那個女人依然坐在廚房桌邊，和兩小時前一模一樣。當爸爸熄滅引擎時，沉默降臨，而她看向窗外。一抹微笑出現在她臉上。

爸爸走進屋子，進入廚房時，我們都屏住了氣息。他看見她後，便停下了腳步，驚嚇地顫抖了一下。他的雙眼圓睜，然後瞇起，嘴巴張開又閉上，像那些永遠不會被養在水塘裡的笨魚一樣。

「凱蒂？」最後，他終於說道。

她站起來，走向他，雙臂環住他的脖子。「我們不要再吵架了。」

爸爸搖搖頭，把她推開。我微笑著。我就知道。爸爸等一下就會想知道發生了什麼事。

「凱蒂，真的是你嗎？」

什麼？

「當然是。你不認得我了嗎？」

「你看起來……」他再度搖搖頭，像他想要把腦中嗡嗡作響的某個聲音甩掉。「你很年輕。」

「只比你年輕一歲而已。」

「不，你看起來像……像……這怎麼可能？」

她向後退開，對她歪了歪頭，像一隻困惑的小狗。「你在說什麼？」

爸爸向後退到走廊上，抓起牆上的照片。媽媽穿著蓬裙、灑著色紙的婚禮照，還有去年聖誕節的照片。第二張中，媽媽胖了十五公斤，高聳的顴骨消失在開始產生皺紋的皮肉之下。婚禮那天長長的金髮已經剪短了。爸爸第一次看見時，說那個髮型銳利又凶狠。

他揮舞著聖誕節的照片。「這是你現在的樣子。但是你現在又變成這樣了！」他揮了揮婚禮的照片。

她來回看著兩張照片，雙眼又顫動起來。她的眉毛皺起又鬆開幾次，好像她在試著回憶起什麼似的。然後那抹微笑又出現了，表情再度柔軟下來，變回年輕而美麗的模樣。「我猜休息這幾天讓我好過很多。」

「兩天，凱蒂！你不可能減掉那麼多體重，又長這麼長的頭髮。」爸爸搖搖頭，臉上充滿了衝突的情緒。「你又變年輕了。為什麼……？怎麼會……？」他沉默下來，只是盯著她看。

小波抬頭看向我，我低頭看向他。我聳聳肩。這一切都太讓人困惑了。我完全不知道發生了什麼事。

「這是個奇蹟吧，我猜。」她說。她往前走來，雙臂環住爸爸的脖子。她把身體用力貼在他身上，親吻他。

他的身體僵硬了一會，抗拒著，但接著就像癱倒在她身上了。我感覺到空氣中有一股電流。

「我不想再吵架了。」她說。「讓我們回到以前的樣子吧，好不好？」

爸爸眼中有一滴淚水，而我討厭那一抹光芒。他怎麼可以這麼軟弱，又這麼沒用？

「我當然也想要，但是……」他說。

她再度吻了他，而他變得更軟了。她對他做了什麼？這樣不對，這不是奇蹟，有什麼事情大錯特錯了。然後小波從我身邊跑過去，進入廚房裡。

「媽咪，真的是你嗎？」

「對，親愛的。是我。」

小波看向爸爸，而爸爸微笑著，幾乎要大笑出聲。「對，這是你媽。」他說，聽起來醉醺醺的。「我不知道為什麼，但是她就是你媽，跟我記憶中的一樣鮮明和漂亮。」

她再度吻了吻他，而當她走開時，他的雙眼一片迷茫。「我來做晚餐！」她說。「一頓家庭大餐！」

小波用力盯著爸爸好一會，確保這樣真的沒關係。他還太小，不懂我們的爸爸有多軟弱。他需要穩定與安全感。他看向我，而我聳聳肩。一會之後，他便跳了起來。「耶！」

她彎下身，吻了吻他的臉頰，然後對桌子打了個手勢。他和爸爸坐了下來。她頓了頓，看向走廊上的我，挑起一邊的眉毛。我回瞪著她，拒絕對她露出任何表情。然後她笑了，好像她贏了某場比賽似的，並轉向冰箱。

◆

晚餐很好吃，但是我吃在嘴裡就像在嚼土一樣。爸爸和小波快樂地大笑，她則面帶微笑，溫柔地碰觸他們的雙手。某一刻，爸爸轉向我，看著我難看的表情。

「你不能為我開心就好了嗎？」他像做夢般問道。

為他開心？這一切都是為了他。我把盤子推開。「我吃飽了。我還要寫功課。」然後我回到房間，拒絕聽他接下來要說的話。

半小時後，小波走了進來，無辜的棕色眼睛看著我。「沒關係，對吧？」他問。

我能說什麼？他需要安全感。「當然了，小波。」

「所以你為什麼不開心？爸爸很開心，媽媽也是。」

「我知道，我也為他們開心。」

「所以沒關係吧？」他又問了一次。

他這麼信任我，讓我好痛苦。他需要聽到我的肯定。我很生氣，他爸媽不能好好照顧他。嗯，至少是爸爸，因為我很確定媽媽已經離開了。不管那個女人是誰，都不是媽媽。但是我們的爸爸一點用處也沒有，也沒有人會照顧我，所以我必須顧好小波。「對，沒關係。」我勉強露出微笑，撥亂他的頭髮。

他笑著揮開我的手，而有那麼一刻，我們開玩笑地扭打在一起，好像一切真的都沒事一樣。在扭打中，他抱住了我，他通常不會這麼做的。然後他就離開了房間，幾分鐘後，我聽見他在浴缸中拍著水。她發出愚蠢的哼聲，和他開著玩笑。

爸爸從我的門外往裡看。「你還好嗎，亞當？」

「你還好嗎？」我問，語調諷刺不已。

他瞪視了我一會，卻無法對上我的視線。他看著地面，然後轉過身，輕輕關上門。軟弱的混帳。

一小時後，我爸媽房間傳來的聲音清晰地穿過薄薄的牆，我咬緊牙關。她引誘著他，床鋪發出嘎吱聲，爸爸低哼著、喘著氣，說了好幾次：「我的天啊！」

一切都安靜下來之前，我聽見的最後一個聲音，是她一聲輕柔的笑聲。聽起來好像她完成了什麼事似的。

◆

我在黎明前醒來，感到擔心不已，家裡一片漆黑靜謐。接著我聽到了動靜，爸爸起床泡茶、刮鬍子、吃果醬吐司，這是他每個工作日都會進行的例行公事。這是在我這輩子的時間裡，他每天的例行公事。但這一次，他還加上了柔和的哼唱，嘴角傳來輕快的小曲。這讓我憤怒不已。

等聽到他的車離開後，我便輕輕走過走廊，向他們的臥室看去。她躺在床上，頭靠著枕頭，臉面向門口。在我的注視下，她的眼睛猛然睜開了。兩次。首先是眼皮，然後是一層薄薄的眼膜，從眼皮下面滑開。在微弱的光線下，她的瞳孔看起來像X形，然後才變成黑色的圓形。我倒抽一口氣，不由自主地向後退了一步。她露出微笑，全身上下只有嘴巴在動。她盯著我看，眼睛眨也不眨。我傻傻地等了好久，期待著她眨一下眼睛，或者移動身體的某個部位，但她就像一塊石頭一樣，眼睛睜得大大的。

我強忍住一聲啜泣，然後去叫醒小波，兩人準備去上學。

◆

在回家的公車上，我提議讓小波去查理・貝克家玩。他們是好朋友，而查理的媽媽總是會來公車站接他，就在我們家的前一站。小波很樂意接受這個提議，查理也是。貝克太太說：「晚飯後，我會讓喬伊送他回家。」

「讓他在你們家過夜怎麼樣？」我提議。

貝克太太笑了。「平日晚上不行。也許這個週末可以？」

「好。」

公車開走了，我從查理家附近的車站走了兩公里回家，但是沒關係。這給了我很多思考的時間。兩公里之後，我仍然什麼計劃也沒有。我到底該怎麼辦？一個十二歲的孩子，究竟能做什麼？

我沿著泥土路走回家，而她正站在廚房的窗前，眼睛眨也不眨地盯著我看。

「小波在哪裡？」她問。

「在查理家玩。查理的爸爸晚餐之後會送他回來。」

「你為什麼要這樣做，亞當？」她的聲音低沉得很危險。

我不知道我為什麼要這樣做。我只是希望小波可以去別的地方，但我只能幫他爭取到幾小時而已。

「你不希望我們成為一個快樂的家庭嗎？」她問。

「你不是我們家的一員。」

她的眼睛一黑，一抹看起來像純然痛恨的神情閃過她的面孔。我突然感到反胃，便衝進房間，關上門。

◆

爸爸回家的時候很快樂，好像一切都好到不能再好了。我留在房間裡，餓得要命，但拒絕出現在餐桌上。爸爸跟她說，也許我太早進入陰陽怪氣的青春期了，好像我才是有問題的人。小波回家時累翻了，幾乎是直接上床睡覺。當喬伊把他送回來時，我低聲問：「你星期一的時候，有把我媽從城裡載回來嗎？」他皺起眉，搖搖頭。

他們房裡傳來的聲音跟前一天晚上一樣，可怕又瘋狂。當一切都安靜下來後，我便溜進廚房，用冰箱裡的剩菜做了三明治吃，因為我的肚子叫個不停。

當我轉向桌子時，她就站在那裡，擋在門口，渾身赤裸。我大叫一聲，差點就把食物弄掉了。我的身體開始顫抖。

「你不能毀了這一切。我不會讓你得逞。」

我瞪視著她，口腔乾澀，一句話也說不出來。

「反正我在這裡也不會太久了。」她對我露出邪惡的微笑，轉身離開，當她溜回臥室時，沒有發出一點聲音。

我的胃口完全消失了，但我強迫自己吞下食物，我覺得我需要力量。

◆

回到房間後，我坐在黑暗中，瞪大雙眼，完全睡不著覺。隔著薄薄的牆，我聽見了一個認不得的聲音。一開始，我以為那是鼾聲，卻又比那種聲音濕潤許多。我無法無視它，所以我沿著走廊躡手躡腳地前進，透過父母臥室房門的隙縫偷看。

我爸仰睡著，而她正跨坐在他身上，脊椎不自然地高高聳起，過凸的脊椎骨從緊繃的皮膚下隆起。她的手臂太長，臀部的骨頭尖尖凸起，被繃緊的灰色皮肉包裹，雙腿細得就像木棍。她的胸部像扁塌的水管般下垂，摩擦著我爸的胸膛。她正對著他的嘴吸吮著。她的脖子蠕動著，吞嚥著。

我嚥下一聲恐懼的啜泣，靜靜地逃回自己的房間，趴在枕頭上哭泣，直到昏睡過去。

◆

隔天早上，聽見爸爸在屋子裡移動的聲音時，我就醒了。他又在做那些令人憤怒不已，每天重複不止的例行公事了。我在廚房裡找到他，他對我露出微笑。他的眼睛下方有著深深的黑眼圈，臉頰有點凹陷。他看起來好像瘦了好幾公斤，雙眼仍然迷茫。

「嘿，亞當。」

「爸，你還好嗎？」

他點點頭，微笑著。「不知道為什麼，我今天早上覺得很累，但我很好。重點是，你還好嗎？我需要你接受這件事。」

他需要。不是**想要**我能接受，不是**希望**我接受，而是需要我接受。我看向他消瘦的模樣，想起了她說的話。**反正我在這裡也不會太久了**。他完全不知道她是怎麼操縱他的。

我應該讓他虛弱的身體受苦的，讓她把他吞掉好了，但那樣誰要負責繳帳單呢？我不想去收容所。我不想要小波失去所有人。但是我能怎麼辦？

「我沒事，爸。」

他再度露出微笑，對我舉起他的茶杯。「謝了，冠軍。」

該死的廢物。我回到我的房間。

◆

放學之後，我試著再把小波送去查理家，但他說查理今天要去拜訪親戚。我們在午後的熱氣中拖著腳步回家，踢起塵土。我說：「等我們回家之後，我需要你回去房間，好嗎？在那裡待一陣子。」

「為什麼？」

「我需要跟媽媽說一些事。」

「什麼事？你還是不相信她，對不對？不要毀了這一切，亞當。她終於又變得快樂了。」

我捏了捏他窄小而骨感的肩膀，在他的淺藍色制服下顯得好小。「沒事的，小波，我只是想問她一些事。」

他抬眼盯著我好一陣子，然後點點頭，一邊走路一邊踢著石頭。當我們到家時，小波便照我的要求回到房間。他一直都是個好孩子。我在雞舍旁逗留了一下，將穀物倒進食盤裡，然後拿起一卷我們維修籬笆用的鐵絲。我把鐵絲塞進褲子後面的口袋裡，然後進到屋內。

她在廚房裡，用她不自然的僵硬姿態坐在那裡。她把這一面隱藏得很好，只對我展現。她渾身上下紋風不動，只有眼睛轉向我。那兩片瞬膜從眼睛兩側覆蓋上來又打開，嘲弄著我。

「你在計畫什麼，小猴子？」她問。

我深吸一口氣，試著忽略內心的顫抖。「我懂，沒關係。但我需要讓你看一個東西。」一抹微笑在她臉上展開，就像血浸透一件白色T恤那樣。「是嗎？」

「拜託？我需要讓你理解一些關於我們的事，然後我才能讓他離開。」

她的頭歪向一邊，雙眼眨也不眨。最後，她站起身，動作太過突然，使我整個人向後彈開。「好吧。」她等待著。

我用力吞了一口口水，轉過身，走出屋子，穿過庭院，走到後面的圍欄外。午後的陽光在水塘的棕色水面上反射著。我們走到池邊，我站在可悲的小碼頭前堅硬的泥地上。我對著水池打了個手勢。

「你先請。」

「你以為你在幹嘛？」她的雙眼瞇起，但依然眨也不眨。「你是個孩子。」這是個侮辱，但也是事實。我以為我在幹嘛？但我必須做點什麼。

**牠們就是會這麼做。牠們會跑進水裡，然後把攻擊牠們的生物淹死，用以自保。**

「你先請。」我又說了一次。

她聳聳肩，一抹嘲弄的微笑浮現在她年輕而完美的嘴角。她有自信地走在碼頭上，然後在走到第四塊木板時大叫出聲。

她掙扎著，水淹過了她的腰部，腳陷入泥巴裡。她的眼中閃過怒火，但也帶著有趣的光芒。我跑上前，伸手拿出鐵絲，繞在她的一隻手腕上。我拉扯著鐵絲，讓它陷入她的假皮肉裡，她便嘶聲大叫起來。她伸出另一隻手，我便又在她的另一隻手臂上用鐵絲繞了一圈。興奮像暴風雲中的太陽一樣升起，我把她的手臂拉起來，舉過她頭頂，將她的手腕綁在一起。也許這**真**的行得通。我跳起來，落在腐爛的木板上，直接踩穿它，壓到她的背上，把她踩進水裡。她的臉埋進了水中，我用膝蓋頂住她的背部，一邊頂著上方的碼頭。

「淹死吧，你這隻怪物！」我大叫道，淚水從我的臉頰上流過，消失在翻騰的棕色水塘中。

然後她的雙臂以違背自然的方式向後翻轉，把那根鐵絲像棉線一樣扯斷了。她的肩膀從水面下冒了出來，而她的頭轉得太過頭了，所以無法看著我。她笑著，瞳孔又變回了X形，閃爍著噁心的綠色光芒。她抓住我的手臂，把我壓了下去，然後把我從碼頭下方拖到寬闊的水壩中央。我尖叫起來。她的肩膀和脖子扭轉、跳動著，然後又恢復了正常的外表。

「你只是個孩子！」她不可置信地笑著說道。她把我壓倒，棕色的水淹沒了我的臉，陽光變得朦朧而模糊，她的輪廓隨著水面波動和翻騰而搖晃不止。我的肺開始感到劇痛，然後她又把我拉了起來。我大口喘著氣，嘴裡嚐到泥土和淤泥的味道。

她冷笑一聲，又把我壓在身下。我又打又踢，只想到可憐的雷克斯，想著他也做過同樣的事，但一點用也沒有。我記得一切都靜止下來後，他的皮毛輕輕地在水面上飄動，爸爸涉水去撈回他的屍體。

她又把我拉了起來，臉上咧開一個過度開闊的笑容。「這是最後一次了！」然後她的頭炸了開來，變成一團紅色的迷霧。一瞬間之後，我的耳朵聽到轟鳴聲，伴隨著我的血液奔騰。

她倒在我身上，我從她突然癱軟的身體下鑽了出來，不斷咳著水。小波坐在泥濘的河岸上，抱著自己的肩膀哭泣著，獵槍的後座力把他撞倒在地。那東西的血在水塘裡擴散，她的身體慢慢朝另一邊飄了過去，我朝小波奔去。

「我知道這太美好了，不可能是真的。」當我把小波抱在懷裡時，他啜泣著說。

我抱著他、撫摸著他的頭髮，他靠著我濕透的肩膀哭個不停。「你救了我的命，小波。」

我們坐在一起，在午後的炎熱空氣中瑟瑟發抖，等待爸爸回家。

# 道別訊息

賽門瞪視著書桌上的答錄機，紅色的小三角形像一個電子心臟一樣跳動著。他按下按鈕。「您有一則新訊息。」機械式的女性嗓音說道。短暫的停頓和一聲喀噠聲後，傳來了聲音。

「再見。」

這個聲音也是女性，但是更像人類，充滿了失落與渴望。這是人們在說自己最後想說的話時會有的聲音。

「你還好嗎，親愛的？」

賽門跳了起來，轉向自己的妻子。「抱歉，沒有聽到你進來的聲音。」

「怎麼了？」

「你聽。」他邊說，邊再度按下播放按鈕。

「再見。」

珍皺起眉。「好奇怪。是誰啊？」

「不知道。」

「真詭異。」她轉身準備離開。

「這星期的每一天。」賽門說。

「什麼？」

「這星期的每一天，我都收到同樣的訊息。」

他看著妻子的臉，想知道他的擔心有沒有反映在她臉上。他不知道為什麼這件事讓他這麼困擾，但是這則訊息中的某樣東西深深刻進了他的骨子裡。

「太奇怪了。」珍輕笑一聲。「想喝杯茶嗎？」

「當然，謝了。」她離開後，他動也不動地站了好一陣子。答錄機中那道迫切、充滿痛苦的聲音依然在他的腦中迴盪。

◆

賽門把桌子上的東西重新排列，啜著一杯熱茶，又調整了椅子的高度。做什麼都好，只要能讓他別去看那臺像在指控他的筆電螢幕就好。畫面上一片空白，就和他的腦子一樣。他嘆了口氣，伸展四肢，活動了一下脖子。他敲打著鍵盤，打了五次「拖延症」這個詞。

他把這些字刪掉，然後拿出自己的筆記本。如果說有什麼東西被取錯了名字，那就是筆記本了——那本本子裡沒有記下任何筆記。他還記得幾個月前的某一場簽書會時，有人問了當天簽書的作家：「你都怎麼應付撞牆期？」

男人只是微笑，眨了眨眼。「繼續寫啊。」

「但這樣你就沒有撞牆期啦。」那名顧客困惑地說道。

「我什麼都寫，描述我身處的房間，或是隨便想一個情境來寫，直到我有靈感為止。」

想起那個男人信手拈來的自信，賽門又開始打字了。

**我坐在一間漂亮的屋子裡，喝著我漂亮的妻子幫我泡的茶，而我是個該死的輸家。也許我這輩子只寫得出一本書。也許我該直接放棄，再回去大學，求他們給我原本的工作。**

他很確定這不是簽名會上的作家指的意思。對方只是一個驕傲的作家，坐在堆滿暢銷書的桌子後方，臉上掛著微笑，一邊簽名，一邊為所有的狗屁問題提供一個自作聰明的回答罷了。

「風向會改變，但你皺眉的習慣倒是始終如一啊。」珍在門口說道。

賽門抬起眼，忍不住微笑起來。「我什麼都寫不出來。」

她走了進來，眼神炙熱。「你真是老套。」她站在他的桌子前，開始緩緩解開上衣的釦子。

「我老套？」他往後靠在椅背上欣賞著。

她讓上衣敞開著，雙手撐在桌面上。「對。你需要轉移注意力一下。」

賽門迷失在她光滑的乳溝中。「你應該鼓勵我工作才對。如果我想再拿一大筆預付版稅，我就得擠出一點東西來。」

珍的臉上掛著一抹微笑，再度把手伸向自己的釦子。「嗯，如果你是這樣想的話囉。」

他從桌邊走了出來，在她把上衣扣好之前抓住了她。「管他的。」

◆

賽門躺在枕頭上，還沉浸在餘韻之中。他看著珍穿好衣服，照了照鏡子。

「我今天下午必須進辦公室。」她說。「西雅圖的大案子就要結束了。」

「你真的覺得簽得成嗎？」

「希望囉。不過我可能得去那裡一趟，才能真的簽下來。」

賽門跨下床，看著窗外的松樹和遠處的山峰。「你要去多久？」

「如果我真的要去的話，也只要過一夜。你撐得過去的。」

「希望囉。」

她吻了他一下，轉過身繼續穿衣服。「別讓自己這麼難受，好嗎？帶著你的筆記本去『三杯咖啡廳』吧。喝杯咖啡、換個環境，看看會發生什麼事。」

「對，也許吧。」他看見一隻老鷹乘著熱氣流，從窗邊掠過。他好羨慕牠。

「晚飯時間見啦。」

「再見。」

他坐在床上，千里之外的雲彩正緩緩飄過。前門咔噠一聲關上，老福特汽車在車道上揚起了一片碎石。*我真的很老套*，他想。*各方面都是。*

嘆了口氣後，他拖著身體，吃力地回到了書房。他會出去的。走到村子裡要花二十分鐘，新鮮空氣和運動對他也有好處。他會用筆記本記下他看到的一切，也許也可以抄下無意中聽到的對話片段。任何可以讓創意流動的東西都好。

有什麼看起來不太一樣了。

他站在書房中央，緩緩轉了個圈。他看到了什麼？他的目光落在架子上層，那臺像獎盃一樣的老雷明頓打字機上。那是多年前，十幾歲的賽門收到的禮物，提醒他永不放棄。現在它卻是一種嘲弄，是他失敗的證明。它總是躺在那裡，上頭裝著一張白紙，象徵著一個正要出現的新故事。但是頁面不再是空白的了。

他用力踮起腳尖，盡可能不碰觸它就看清楚那一頁。

*如果沒有*

四個小小的字，清晰地印在空白的紙上。

*如果沒有*

那到底是什麼意思？是誰打的？這是珍的蠢笑話嗎？

*如果沒有*

如果沒有什麼？

他等一下會問她的。他突然渴望起新鮮空氣和陽光，便拿起筆記本和筆，離開了屋子。

◆

他們吃著外帶中國菜當晚餐，筷子碰撞著，夾起麵條和叉燒特餐。電視中胡亂討論著股價下跌的消息。

「我為什麼要在那裡打字？」珍滿嘴食物地問道。

「我不知道。我沒有打字，而你是這間屋子裡唯一的另一個人了。」

「是的。」她同意道。「但那不是我打的。」

賽門停下咀嚼，看向她。她繼續進食，伸手又去拿另一個餐盒，然後在意識到他盯著她看時停了下來。「怎樣？」

「你不覺得有點奇怪嗎？」

她放下餐盒。「是很奇怪。但那不是我。」

「所以一定是我囉？」

她聳聳肩。

「我知道那也不是我幹的。」他說，聲音裡充滿了憤怒。

她再次拿起餐盒，中斷了他們的對視。「對不起。我不知道我該建議你什麼。」

「你覺得我瘋了嗎？」他問。「你認為是我幹的，但我不記得了？」

「沒有人瘋了，親愛的。」

他繼續進食，瞪視著電視。她一直都是堅強穩定的那一方。他則是比較脆弱的那個。

也許他真的要瘋了。

珍在浴室裡準備就寢，賽門則站在書房裡。他緊張地往打字機走去。

*如果沒有*

那串字還在那裡。他把紙從架子上拉了下來，揉成一團，繞過辦公桌，把它扔進了廢紙簍。它在籃筐上滾了一圈，然後掉了下去。*看來我還不算是完全的失敗者*，他帶著陰鬱的幽默感，心想。

他真的不記得自己有打字。

他嘆了口氣，走到辦公桌前，拿出一張新的紙，小心地把它捲到紙架上。

他在門邊關掉燈，停了下來，一道柔和的紅光分散了他的注意力。是答錄機。

他在黑暗中穿過房間，用顫抖的手指按下按鈕。「您有一則新訊息。」電子女聲說道。

「再見。」

聲音的尾音中帶著哭腔，如幽靈般輕柔，是他從未聽過的悲傷。

「什麼鬼？」他嘶聲說道，然後按下刪除。

賽門捧著一杯熱咖啡，等著吐司從烤麵包機裡跳出來。「我昨天忘了問。」他說。「會議開得怎麼樣？」

珍吸了吸鼻子，看起來很不悅。「看來我得去一趟西雅圖了。這真的很討厭，但我需要把細節都確定好。」

「你不能打電話就好了嗎？」

「看來不行。你知道這些人是什麼樣子，他們總是需要喝一頓好酒、吃一頓大餐。」

賽門點點頭，啜著咖啡。「我想也是。而且你很擅長。」

「所以我才賺得到大錢。」她咧嘴一笑。

「所以你什麼時候要去？」

「希拉今天早上在處理這些事。大概明天出發吧。」看見他氣餒的表情，她咯咯笑了起來。「我只去一個晚上而已，親愛的。你可以應付的。」

他自嘲地笑了。「對，我猜是吧。」

「你昨天有寫下什麼東西嗎？」她問。

「其實有喔。我去了三杯咖啡廳，觀察周邊發生的事，做了一些筆記。」

「幹得好啊！」

他微笑起來，卻有點自我厭惡。他只草草寫了半頁，寫下來的東西也都是屁話。

胖女人喜歡藍莓派。

奇怪的老頭好像有什麼祕密。

他自己也有祕密了。

◆

「我要去莎莉家喝咖啡、敘個舊。」珍在走廊上喊道。「然後就進辦公室囉。」

「好喔，親愛的。」他一邊洗著碗，一邊隔著水聲喊道。「好好玩吧。」

「別自責了，好嗎？」

「我不會的。」他會。

「好的，親愛的。愛你。」

「我也愛你！」這不是謊言。這從來不是謊言。

他今天不會在筆電前折磨自己了。出去外面接觸這個世界是個好主意。珍的主意通常都很好。他昨天的起頭不太好，但今天會不一樣的。真要說的話，就算只是散步那一段路程也很棒。他會再試一次，這次他會更仔細觀察、做更多筆記。

他回到書房裡時，電話響了起來。有那麼一刻，他害怕得不敢接通，然後又咒罵了自己一聲，抓起電話。「喂？」

「賽門．泰勒嗎？」

「是。你是哪位？」

「我是克蕾兒．佛利，這裡是《紐約時報》。我們要寫一篇關於文壇新星的文章，介紹小說的新暢銷作品之類的。我們想要訪問你，也許可以聊聊你現在在寫的作品。」

恐慌的感覺在他的血液中流竄。「呃，對。好。你們真好。」《紐約時報》？「我其實正要準備出國旅行幾天。你可以下星期再打給我嗎？」

「當然了，泰勒先生。很抱歉，我打給你的經紀人問你的電話時，她沒有告訴我你要出國的事。」

他為什麼要說謊？「喔，沒關係。」他的笑聲聽起來很緊張。「只是一點小誤會而已。」

「沒問題。」她聽起來好雀躍。「我下週一再打給你？」

「當然。謝了。」

「那就到時候聊囉。」

電話被掛斷，賽門錯愕地坐下了。他到底有什麼毛病？

打字機裡的紙又被移動了。

「你在跟我開玩笑吧。」他低語著，小心地繞過他的桌子。

如果沒有

他的身子一陣顫抖，恐懼從他的肚子裡緩緩擴散開來，就像一道污漬。「這不是我打的！」他喊道。他把紙張扯了出來，又放進一張乾淨、空白的紙。

答錄機上的燈又閃爍了起來。他剛才接電話的時候它就在閃了嗎？

「再見。」

那個聲音讓他很想哭。

「現在到底是怎麼回事？」

他的筆電開著，螢幕保護程式是他們去大峽谷和死亡谷的照片，一張張跳轉著。他會打給電話公司，請他們追溯這些留言的來源之類的。一定有辦法搞清楚他為什麼會收到這些訊息吧。

他移動了一下滑鼠，空白的文件頁面依然在螢幕上。只是它不是空白的了。

**阻止我**

三個字以整齊的新細明體出現在頁面頂端，游標不停在句尾閃爍著。

賽門瞪視著螢幕。「這也不是我打的啊！」他抓起筆記本和筆，跑了出去。

◆

賽門對著三杯咖啡廳的員工露出抱歉的微笑。他們已經把所有的桌子都擦乾淨了，除了他的。一個空杯子和筆記本放在他面前。就好的方面來說，他寫了幾頁。觀察、對話片段、想法和情境。但另一方面，他還是害怕回家。**再見**。**如果沒有**。**阻止我**。

他收拾好自己的東西，意識到他已經耗盡咖啡廳員工的熱情好客了。

「謝謝。」一位女服務生在他往門邊走時說道。

他向她點了點頭，尷尬得什麼也說不出來。

「嘿，你還好嗎？」她聽起來是真心在擔心。

他頓了頓，手放在門把手上，一點也不想轉身。「當然，我很好。」

「真的嗎？」她走過來，眼中滿是不安。

天啊，他看起來有那麼糟糕嗎？「是啊，真的。謝了。」

在外頭昏暗的光線下，他從口袋裡掏出手機，按下了珍的快速撥號鍵。

「嘿，親愛的，怎麼了？」

聽見她的聲音感覺真好。「你還在辦公室嗎？」

「是啊，現在是緊要關頭。還有很多工作要做。」

他嘆了口氣。「那你還要去西雅圖嗎？」

「恐怕是喔。我明天早上十一點的飛機、下午三點要開會，還要在一間爛飯店過夜。我隔天就飛回來了。」

他不知道該說什麼。只覺得空虛。

「你還好嗎？」珍問。

他快速地吸了一口氣，挺直身子。**振作一點**。「嗯，嗯。我很好。抱歉，我現在只是有點頭昏腦脹。」

「別那麼往心裡去，親愛的。」珍輕聲說道。「你不是生產線。你寫了一本超暢銷的書，你真的做得很好了。你可以再成功一次的。」

「我知道，珍。我只是覺得自己好沒用。」

「你以前在大學教書的時候，工作行程都很嚴格。我們踏出了很大一步，你踏出了很大一步，放棄了你的工作。給自己一點時間吧。」

再見。

阻止我。

「當然了，親愛的。」

「嘿。」她厲聲說，但他可以聽見她聲音裡的笑意。「我總是怎麼樣？」

他笑了起來。天啊，他好愛她。「你總是對的。」他戲謔地說道。

「沒錯，老公。我總是對的。冰箱裡有番茄肉醬，煮一些義大利麵吧。我七點就會到家了。好嗎？」

「好。」

「愛你。」

「我也愛你。」

◆

賽門知道肉醬會煮焦的，但他僵在原地。他的雙腿就像千年橡樹，動也不動，無法動彈。他已經把冷凍肉醬放到一個平底鍋裡，在另一個平底鍋中裝滿水，並放在火爐上燒開。

他走進書房，把筆記本放在桌上。打字機中的紙，已經不再空白了。

如果沒有

他動了動滑鼠，一張珍在光害嚴重的拉斯維加斯賭場外大笑的照片逐漸消失，露出空白文件明亮的頁面。

**阻止我**

他才進來不過幾分鐘，他才剛剛進入書房。這些字都不是他打的。他很確定。非常肯定。但他幾乎已經預料到它們的存在。還有答錄機上的紅色燈號。但是還有別的東西，讓他的四肢都僵硬得無法移動。他總是把一疊便利貼放在筆電旁邊。此時，上面寫著兩個字，用尖銳、顫抖的鋼珠筆寫成，就像年老虛弱的人所寫的。

**賽門拜託**

一股涼意席捲了全身。這些東西**真的**是他寫的嗎？還是別人？

他回過頭，對著天花板大喊。「這到底是怎麼回事？」

他轉向答錄機，憤怒地用食指戳了下刪除鍵，一點也不想再聽到那令人心碎的聲音。

他用十倍的力氣，把便利貼和打字機上的紙捏成一團，扔進廢紙簍。他把那幾個字從文件裡刪除，並把視窗關了起來。

「賽門？你在嗎？發生什麼事了？」

他大步走出書房，臉因憤怒而扭曲，深吸著顫抖的氣息。廚房裡傳來一陣騷動。

「賽門？」珍又喊了一次。「你還好嗎？」

當他進入廚房時，燒焦的肉醬味充滿了他的鼻腔，還有一種金屬般的刺鼻味道。

珍抬起頭來。「天哪，賽門，搞什麼？水都煮開了，把鍋子燒爛了。醬汁都毀啦！」

他看著地板，面對她的不滿，他所有的憤怒都在瞬間消散了。「我剛剛有點分心，完全忘記肉醬的事了。」

她用水沖著發黑的鍋子，它發出憤恨的嘶嘶聲，蒸氣籠罩了廚房。這倒是消去了燒焦的肉味和金屬的刺鼻氣味。飛濺的肉醬就像槍擊中頭部噴出的血液一樣，覆蓋了爐臺和花崗岩流理臺。珍開始清理善後。

「說真的，賽門，你讓我有點擔心了。」她說。

他不知道該怎麼回答。他自己也很擔心。

珍停止清理。當她與他對視時，視線便變得柔和。「噢，賽門，沒關係的。」

她伸手擁抱他，他倒在她的懷裡，埋在她毛衣柔軟而清香的布料中，小聲啜泣起來。

◆

他們烤了一份冷凍披薩，然後選了一片最喜歡的舊DVD，開始吃飯。他把語音留言的事告訴了她，她說明天早上第一件事，就是他必須打給電話公司，把這件事搞定。明顯是線路產生了某種故障。他不太相信，但也同意要打電話。

他告訴她有關打字機、文件和便利貼的事。她眼中的某種東西使他很不安，那是他以前從未見過的懷疑。

「壓力可能是一件很奇怪的事情，賽門。」她輕輕撫摸著他的頭髮。

心而已。

「壓力？」真的有那麼簡單嗎？他真希望她是對的。但即便如此，這也只會讓他更擔

「當然了，親愛的。也許你的壓力真的就是那麼大，所以你的潛意識在整你了。」

「我不喜歡這個想法。」他說。

「我也不喜歡。」她承認道。「我一點都不喜歡。但也許就是這樣。自從上次巡迴簽書會之後，你就對自己太嚴苛了。」

「預付版稅就只能撐這麼久。」他告訴她，語氣中透露著絕望。「誰又懂這個產業的版權是怎麼回事。」

她聳聳肩，把他拉近。「預付版稅可以撐好一段時間，而且我賺了很多錢。你不用著急。你只是需要休息一下。」

「也許你說得對。」

她笑了起來，吻了他。「我總是什麼？」

他露出微笑。

「我明天就要去西雅圖了。」她說。「但我隔天就回來。你要不要上網，找一間在某座高山上的舒適小屋？我們就去那邊放一個週末的假。我週五回來的時候，我們就可以開車上山，一直待到週一。我會告訴卡爾，我星期二之前都不會到家或進公司。」

聽起來確實很棒。「真的嗎？」

「當然。在山上待個三天，沒有電話、沒有網路，除了我們之外什麼都沒有。」

「好。我去預訂。」

「但是不是今天。」她告訴他。「今晚你離書房遠一點，除了我和這張我們熱愛的大沙發之外，什麼都忘了吧。」

◆

他們度過了一個慵懶的早晨，做愛，又吃了一頓豐盛的早餐。當接她去機場的計程車抵達時，她吻了他，他在車道上追著她，想要再來一吻。計程車司機看著他們像青少年般的滑稽動作，親切地笑了笑。當計程車開走時，他揮了揮手，她的臉成了後照鏡中的一幅肖像，她也揮了揮手。

空氣清新，天空湛藍，松香的氣味沁人心脾。賽門有一種扭曲的感覺，他的壓力透過對書寫用具搞點小破壞表現出來。電話裡的留言還是有點嚇人。也許那只是線路故障而已。這是他另一個壓力來源，也是讓他崩潰的原因。

他回到屋裡收拾早餐餐盤、盥洗，並整理床鋪。他拒絕思考應該去寫作的事實，更別提真正努力去寫什麼東西了。家庭雜事成了一張安撫用的毯子。他把衣服丟進洗衣機，整理內衣抽屜，並把已經洗過的衣服收好。

幾個小時後，他終於深吸一口氣，前往書房，準備為他們倆訂一間小木屋。一部分的他已經做好心理準備了。管他的。如果那些字再度出現，他不會讓它們打亂他的心思的。

他們有一個計劃，他們就要執行它。

白紙矗立在架子的深色木頭前，像罵人的舌頭一樣，從打字機中伸了出來。

如果沒有

他咬緊牙關。這是什麼意思？他昨天晚上甚至沒有換紙。

他無視了它，繞過書桌，故意不去注意答錄機上閃爍的紅燈。便利貼上又出現了蜘蛛網般細長的潦草字跡。

賽門拜託

他把便利貼翻面，放在桌面上。他動了動插在筆電上的滑鼠，照片消失了，露出重新打開的文件檔案、三個字和閃爍的游標。

阻止我

賽門壓下心中的挫敗感，打開瀏覽器，點開一個書籤，是他們之前用過的渡假小屋租賃網站。訂好木屋，休息一下，什麼都不要去想。他抬頭看了看掛在窗邊的日曆，確認星期六的日期，而他的胃在一瞬間凍結。

不要西雅圖

幾個字用他標記重要日期的黑色奇異筆潦草地寫在一整個星期的欄位上。

恐懼像閃電般從他身上竄過。他看了看他的手錶，但數字在他顫抖的手腕上顯得模糊不清。下午兩點三十分。他從書房跑到客廳，用麻木的手摸索著遙控器。他一個接一個切換頻道，什麼也不想看，只是急切地想找到……某個東西。

他停留在新聞頻道，畫面上是一團燃燒的殘骸。播報員的聲音在他的腦海中迴盪，畫面則被他的淚水模糊了。

「……當局表示，他們還需要一段時間，才能確定肇事原因。但可以肯定的是，沒有人倖存。機組人員需要努力一段時間，才能控制西雅圖塔科馬機場的火勢……」

賽門向後倒在沙發上，短暫而急促的呼吸在他的喉嚨中震盪。

不要西雅圖

他大聲啜泣著，他的心都碎了。他用雙手抓著自己的臉，指尖在淚水上打滑。幾分鐘、幾小時，或是幾年後，他發現自己又回到了書房。打字機、筆電、便利貼、日曆。

如果沒有

阻止我

賽門拜託

不要西雅圖

全部反過來了。

不要西雅圖，賽門，拜託。阻止我。如果沒有……

他用麻木的雙腿朝答錄機走去，用冰冷的手指按下按鈕。

「再見。」

他之前怎麼會認不出她的聲音呢？也許是因為，他從來沒有聽過她如此悲傷。

# 平息石頭的海洋

當臥室的牆上第一次出現一扇門時，喬瑟夫害怕得不敢打開它。他整晚都盯著它看，以防某人——或某樣東西——從另一邊開門。儘管不情願，但在接近黎明的時候，他還是不小心陷入了沉睡。當他早上醒來時，門已經不見了。他沒聽見鬧鐘，所以上班遲到了。珊卓彈著舌頭，但在他衣衫不整、懊惱不已地快步走過時，還是對他眨了眨眼。

第二天晚上，約瑟夫輾轉反側，拒絕看向那面牆。然後他終於屈服，而門又出現了。最後，他終於勇敢起來。瞪視了幾個小時之後，他湊上前，仔細聆聽。他把耳朵緊貼在堅硬的木頭上。聽見大海規律地捲動著鵝卵石。這讓他想起了童年的假期，小時候的海灘上總是布滿堅硬的石塊，而不是電視廣告中的那種白沙。他們家的度假本身也一樣艱辛坎坷，用假笑掩蓋著苦瓜臉、拚命假裝一切都很好。但那是以前。在英國的時候。現在，在澳洲，沙子確實是白色的，而童年離他很遙遠，不論是時間還是地點。

約瑟夫跪下來，在初秋夜晚的溫暖空氣中感到舒適不已，聽著不可能存在的大海潮起潮落。思鄉的痛苦使他的腸胃糾結在一起。他在昏暗而涼爽的黎明中醒來，耳朵貼在一堵堅硬而空蕩蕩的牆上，脖子痠痛不已。他爬回床上，又斷斷續續地睡著，直到七點三十分的鬧鐘把他吵醒。

「你看起來很累，喬。」珊卓的眼神親切，關心地地歪著頭。約瑟夫的視線順著她一頭捲曲的金髮，越過曬黑的肩膀，看向同樣金黃而隆起的誘人乳溝，並再度抬起眼。就算她注意到了，她也沒有表現出來。「我一直睡不好。」他勉強笑了笑，就像以前的家庭假期那樣。「我沒事。」

「是嗎？你確定？」

她看起來很在乎他，但這到底是單純的人情味，還是她真的喜歡他？三年來，他做著這份無聊的工作，而她一直是接線員，他們也一直都相處得很好。他們的談天很輕鬆，她也常常露出微笑。她和一個運動型男子交往了很長一段時間，但在一年多前就結束了，而且分手得很難看。這一年來，喬瑟夫一直緊張得不敢約她出去。

「喬？」她輕聲笑了起來。「你還在嗎？」

他嚇了一跳。「在啊，在某個地方。如果我能睡個好覺，我就沒事了。」

她靠在旋轉椅上，手肘撐著堅硬的黑色塑膠扶手。這個姿勢帶有一種不可思議的性感意味。或者這是他的一廂情願？「你幾歲了，喬？還不到三十吧？」

「二十九。」

她又笑了起來。這表情很適合她。「跟我一樣。你應該出去參加派對，盡情享受人生才對。」

「你會這樣做嗎？」

她垂下視線，微微一笑。「並沒有。但我是喜歡出去走走。」

尷尬的沉默降臨在他們兩人之間。現在他應該提議一起出去做點什麼嗎？除了比克要求的那些規律、沒完沒了的工作之外。她的頭沒有抬起，只是把視線上移，在閃亮的捲髮下，她的目光撩人不已。那抹淡淡的笑容又擴大了幾分。

「小珊，要在十點前弄好喔！」

他們都嚇了一跳。珊卓向後靠回椅子上，伸手從比克先生手中接過文件夾。「是的，長官。」

比克拍了拍喬瑟夫的肩膀，把他往前推。「你還好嗎，喬？」

「是的，謝謝，長官。」

「好傢伙。那就去工作吧，那些訂單可不會自己完成喔。」

「是的，長官。」他瞥了珊卓一眼，她眨了眨眼，然後微微翻了個白眼。

喬瑟夫笑了笑，走向辦公室隔間農場中屬於他的桌子。當他聽見比克對珊卓說話時，他咬緊牙關。他們在講海灘、身材還有什麼東西幹得好之類的，比克發表了一些不太恰當的言論。但讓他生氣的不僅是性騷擾而已。還有嫉妒。

◆

那天晚上，回到家後，他還是無法停止思考他們今天的互動。如果比克沒有打斷他們的對話，他早就約她出去了。他很確定。當然，在他什麼都無法證明的時候，要肯定這種事很容易。他怒火中燒，因為在他內心深處，他知道那股尷尬的沉默很可能一直持續到他碎碎念了幾句然後匆匆離開為止。他會再度回到日常生活中的雜事中，寫報告、打電話、和同一小群朋友喝酒——這些膚淺的瑣事。他生活中的每一個層面都缺乏深度。自從夏莉的事之後，就再也沒有了……他怎麼會知道珊卓對他有好感，還是只是當成朋友？這種事是怎麼運作的？

公司辦了幾次同事間的社交活動，而在這些活動中，他總是花很多時間和珊卓待在一起。週末烤肉會或晚間小酌，所有的員工聚集在一起，試圖假裝他們想花時間與一點都不想相處的人社交，荒謬到不行。但喬瑟夫和珊卓是真心享受彼此的陪伴，他相信至少這部分是互相的。她很有趣，也很聰明。他們會談論人生和哲學，她對古代歷史瞭如指掌，也對考古學充滿熱情。他嘗試過幾次說服她堅持到底，回去學校唸書，而他想，也許有一天她真的會這麼做。

兩天前，又有一場尷尬的社交活動。比克堅持，要大家下班後去酒吧慶祝阿娜雅・哥普塔懷孕的事。約瑟夫是很為阿娜雅感到高興，她是一個可愛的女人，但就連她本人也對喝酒的提議不滿。

「我懷孕了，我不能喝啊！」

「那就喝檸檬汁吧。」比克堅持道。「慶祝一下啊！」

從來沒有人拒絕過他，而這場令人不適的聚會也如比克所希望的發生了。他喝得比所有人都多，變得越來越吵鬧、令人反感不已。喬瑟夫發現自己和珊卓躲在酒吧的一個角落裡，遠離了其他人。

「比克變得太喜歡毛手毛腳了。」她說。「最好保持一點距離，讓他注意到別人。」

「不該讓他逃過一劫的。」喬瑟夫說。「我可以幫忙。我可以……我也不知道，幫你作證之類的。」

她的微笑燦爛無比。「你人真好。但我現在還需要這份工作。」

他們的對話再次轉向她回去唸書的事。他們大笑著，開著愚蠢的玩笑，她把手搭在他的手上。而他允許自己認為，也許他們之間不僅是友誼而已。他想要傾身親吻她，他相信她會同意，也會回應的。但他缺乏勇氣。也是那一天晚上，那扇不可思議的門，第一次出現在他的牆上。

他無精打采地盯著電視，卻早就忘了在看什麼節目。她怎麼可能被他吸引呢？「一文不值的廢物」，他爸爸這樣叫他太多次了。但是他爸爸究竟懂什麼呢，他總是醉醺醺的，只會打老婆、打孩子。他在四十七歲時死於心臟病，這是喬瑟夫的爸爸和他的家人們經歷過最美好的事情。可惜這沒有提早兩年發生，在夏綠蒂去世之前。那天，他們的媽媽尖叫著，憤怒地用拳頭捶打爸爸的胸膛，直到爸爸將她摔到地上。然後他再度把自己喝個爛醉。喬瑟夫已經麻木了好幾個月，然後盡可能地離得越遠越好。

現在，經過了十年，他為什麼又沉溺在其中呢？他爸爸已經去世八年，他也幾乎沒有再和媽媽說過話。他把這一切掩蓋得很好。他是想把自己沒有能力約珊卓出去的事怪罪到別人身上嗎？也沒那麼糟嘛。他的創傷是真的。但他還有很多怨氣。他並沒有擺脫。他每天都希望還有機會改變過去。他每天都希望自己能回到那個時候，或者希望自己在面對那個名為爸爸的暴君時，能變得更堅強。但過去的事都已經過去了，剩下的就只有痛苦。還有夏莉的愛所留下的記憶，儘管那些回憶也只剩下疼痛。

電視節目結束，工作人員名單在螢幕上跑著，他眨了眨眼。他的眼皮像沒有撐起的帆一樣下垂，他的頭因疲憊而疼痛。現在才九點半，他卻已經累壞了。反正他也沒什麼好熬夜的。他艱難地走上樓，盥洗、更衣、上廁所，然後倒在床上。他模模糊糊地想起那扇不可能的門，但他實在太疲倦了，黑暗席捲而來，他便很快就睡著了。

他夢見了以前的家庭旅行。總是去布萊頓，總是有鵝卵石的海灘，總是有不可避免的雨。他們在碼頭上度過悠長的日子，那座碼頭就像一座拉長的城市，延伸進海水裡，盡頭有一座遊樂場。那時候，他還交得到真正的朋友，他和夏莉笑著、跑著，很高興能遠離他們位於倫敦南部的那間狹窄的房子，他們勉強接受那裡是家。他們的年齡只差一歲，一直都是好朋友，從來沒有像許多兄弟姊妹那樣爭執過。他們一起惡作劇、搭雲霄飛車、抽菸、吃又燙又鹹的薯條和太多的糖果。有些晚上，在爸爸喝得不省人事後，他們會偷偷溜出去。他們會坐在沙灘上，看著星星，而海洋使石頭都靜了下來。他最愛那些夜晚了。每年夏天，在亞當叔叔位於英格蘭南海岸的渡假公寓裡度過的那一週，是喬瑟夫的童年時代唯一真正的快樂來源。除此之外，還有他姊姊不變的愛。

夢中，他和夏莉一起走在碼頭上，看著大海從木甲板下方湧過。然後是那兩座方形的塔，矗立於碼頭兩側，旗幟在塔頂上飄揚著。頭頂上方，五扇排成一列的圓窗橫越在塔樓之間，下方則是大門。小時候，他總覺得走進去就是進入仙境，比他在家裡逃進的故事中任何一座森林或城堡都更有魔力。這裡是真實的、觸手可及的。爆米花和棉花糖、海鹽和水草的氣味、海鷗的叫聲、人們的笑聲、忙碌的風琴音樂和機器的響聲。到處都是人，而且沒有一個是他的父母。這個地方是真的有魔力。

夢中的夏莉捏了捏著他的手，把他拉向前，他們穿越的傳送門開始扭曲與伸展。每一分快樂的因子都被腐蝕殆盡，恐懼湧了上來。他試著把夏莉拉回來，但她的力量太大了，把他拖了過去，另一側是一片空洞的黑暗。不是夜晚的那種黑暗，而是彷彿太陽被遮蔽了，或者像太陽要熄滅了一樣，萎縮成一團閃爍的虛煙，掙扎著想活下去。他們是四周唯一的活物，在死亡的冰冷中瑟瑟發抖。

喬瑟夫再次拉了拉夏莉，但她拖著他。眼淚在他的臉頰上凝結，他試著呼喚她的名字，告訴她這樣做是錯的，但他緊縮的喉嚨卻什麼聲音也發不出來。她笑著、歡呼著，笑容燦爛，牙齒閃閃發亮，皺起布滿雀斑的鼻子，她紅棕色的頭髮在冰冷的風中飛舞。

海浪在下方拍打著，捲動著在沙灘遠方的石頭。他怎麼會聽到這個聲音呢？海鷗在鉛灰色的天空中低吟，叫聲哀戚。當他抬起頭時，卻發現牠們沒有羽毛，也沒有血肉，只剩鳥的骨架，在霧霾中成為黑色的剪影，盤旋著、呼喚著，悲傷而迷失。

夏莉的手已經不在他手中。他停下腳步，轉過身，但遍尋不著。只剩下他一人，站在褪色而殘破的廢棄碼頭上。

「夏莉！」他喊道，但他的聲音就和海鷗的叫聲一樣淒涼。

他跌跌撞撞地向前走去，雙臂交抱在胸前取暖。他穿著那雙早已穿爛的黑色高筒帆布鞋，雙腳麻木。海浪拍打著下面的橋塔，他沿著「歡樂皇宮」的設施往前跑，整個人沉默而僵硬。他強迫自己繼續前進，雜耍表演、禮品店和咖啡廳一一從他身邊掠過。他試著呼喚夏莉，但他的聲音就像海鳥的粗啞叫聲。他找到進入遊樂場的路，向右轉，在冰封的木板地上跌跌撞撞，朝著滑梯帳篷前進。那是他們最喜歡的設施，有著白色、紅色和藍色的條紋，繞著帳篷外側搭建。藍色、紅色和黃色的木階梯通往大門，裡面是蜿蜒的樓梯。在這個死亡國度的版本中，所有的油漆都斑駁脫落，外面盤旋向下的滑梯也破爛不堪，木頭腐爛。骷髏海鷗蜂擁而至，降落在每一個可以落腳的地方，悲泣哀鳴。喬瑟夫爬上破碎的藍色臺階，跑進黑暗中，然後發現自己身處浴室冰冷的白色瓷磚間。

他跪倒在地，嚎啕大哭。滑梯帳篷的頂端就像煮熟的雞蛋一樣裂開，垂死的太陽虛弱地俯視著他。為什麼他永遠都救不了她？為了救她，他什麼都願意做，什麼都願意付出。

他啜泣著，向前趴倒，頭撞上冰冷的浴缸邊緣，然後他就驚醒了。他在床上顫抖著，夢裡的眼淚使他眼眶濕潤，雙手因憤怒和悲痛而顫抖。他躺在那裡，瞪視著這間一房一廳公寓的天花板。雪梨的秋天很溫暖，但這個地方很潮濕，黴菌從靠近破舊壁爐的邊角冒了出來。

而且這裡並不溫暖。他還是覺得冷，在一股冰涼的微風中瑟瑟發抖。一道微光從遠邊的牆上透出來。一股新的恐懼再度湧起，他坐起身。那道門又回來了。這次，它微開了一條縫，五、六公分寬的冷冽藍光透進了房間裡，就像他夢中那個末日世界一樣。那陣冰冷的微風伴隨著光線一起進入房間。細小的冰晶在地毯上閃爍著，落在最靠近門邊的木頭床角上。

喬瑟夫把棉被拉到下巴，瞪視著那扇門。會有什麼東西跑進來嗎？還是他應該進去？他還在做夢嗎？他在棉被下，用拇指和食指捏起大腿上的肉，用力捏住扭轉。他疼痛地低哼一聲，放開手。什麼也沒有改變。他的腿抽痛著，可以感覺到瘀青正在成形。人可以夢到痛覺嗎？

挫敗、失去夏莉的悲痛以及恐懼，使淚水沿著他的臉頰留下。這是一個機會嗎？還是陷阱？他看著那扇門，幾乎連眨眼都不敢，直到睡意再度把他拉回枕頭上，讓他再度陷入黑暗。鬧鐘在早上七點半溫暖的日光中響起，那股陰冷與牆上的門一起消失了。

◆

「嘿，喬，你還好嗎？」

他勉強露出微笑，轉向坐在辦公桌後方的珊卓。「還好。只是還是很累。」

「你今晚想要一起喝一杯嗎？」

熱度竄上他的臉頰。「什麼？噢。呃……」

她笑了起來，笑聲和她的膚色一樣深沉。「你真的很英國耶，天啊。如果我繼續等你，你就永遠不會開口了，對吧？」

他勉強自己笑了一聲。「我會啦。我昨天晚上還在想，要怎麼……你知道……」

「你今晚要去喝一杯嗎？就這樣。簡單。」

他點點頭，臉頰依然滾燙。「對，就是這麼簡單。然後，好啊，我很樂意。」

「很好。五點半見囉。」她扮了個鬼臉，對著她的桌子、整間辦公室，還有可怕的工作生活打了個手勢。

「待會見。我最好去工作啦，那些訂單可不會自己完成喔。」

她微笑起來，對他揮起一隻手，一邊按下她的收發機，接起一通電話。他往自己的座位走去，突然覺得自己有幾百公分那麼高。她是真的喜歡他，他們要出去喝酒了。他所有的痛苦、所有的不確定——真是愚蠢。她完美的臉蛋、蓬鬆的頭髮、美麗的曲線，在他的眼底停留，就像陽光造成的眩光。他發現自己的嘴角露出一抹微笑，而他一點也不介意。

◆

「所以你為什麼不睡覺？」

喬瑟夫啜著啤酒，不知道該怎麼告訴她。說有一扇神祕的門，晚上一直出現在他的臥室牆上嗎？說那扇門的另一端冷得要命、他還可以聽見海浪打著鵝卵石的聲音？說他從來沒有真正看見它出現或消失，它就只是突然在那裡，然後又不見了？「惡夢。我不太確定為什麼，但最近我瘋狂做惡夢。」

「有什麼事讓你壓力很大嗎?」

「也許吧。不是很直接的那種。我是說，工作薪水不錯，也讓我有事可做，但對我來說不算太大的消耗。我沒有什麼壓力吧，我猜。」

她歪了歪頭，看向他。這個動作在他的肚子中燃起了一點什麼。「你說也許，然後又說你沒什麼壓力。」她啜著飲料，一邊對他搖了搖手指。「你講話在兜圈子喔。」

他微笑著，轉開視線，又喝了更多啤酒。他知道在喝完這杯到下一杯之間，他會從社交飲酒變成酒醉，但是他不介意。珊卓隨性地大口喝著酒，已經有點開始傻笑了，但她的表情嚴肅了起來。「我想起了一些事。以前的事。我猜就是那個造成我的壓力吧。」

「以前的什麼事?」

「小時候的事。」他的腸胃一陣翻攪，那是一種他還沒打算說出口的情緒。他不想和任何人說，尤其不想這樣說出來。他看向珊卓，她的雙眼溫柔，充滿了真心的關心。她耐心地等待著。也許他有一天可以和她說這件事。不是現在，但也許她會變成一個特別的存在。他嚥下一口口水，然後把剩下的啤酒喝光。「亂七八糟又很複雜的事。我有一天會告訴你的。」

她點點頭，向後靠在椅背上，喝光自己的酒。「很公平。再幫我點一杯吧。我們看看今晚能不能暫時把那些事忘記。」

他鬆了很大一口氣，然後拿起杯子。她的手指與他的交疊，她露出微笑，眼睛半闔。更多情緒在他的腸胃中翻攪，還有更下面的地方。他完全可以接受這些感覺。

又喝了兩杯後，她說：「你不是完全在這裡，對吧？」

「什麼意思？」

「你的心思一直飄走。你真的只是因為累嗎？還是我讓你很無聊？」她眼中帶著真心的擔憂。

他不能讓她這樣想，而酒精也軟化了他保持隱私的決心。「不是因為你，真的。我很高興能跟你出來。」

「我也是。」她的臉微微一紅。「我跟你，我們兩個人很合。你也知道，對吧？」

「那些恐怖的工作社交場合。」

「但是不算恐怖吧，因為我們都待在一起。」

他微笑著，內心感到溫暖。「這倒是真的。」

「所以，為什麼？你可以告訴我。」

他深吸一口氣。「最近這幾天，我一直回想起我姊姊的事。」他還沒打算說關於那道門的事，她一定會認為他瘋了。但他知道，那扇門和他姊姊的事一定有某種關聯。

「回想？她……過世了？」

他點點頭。「自殺。」

她的手指摀住嘴，輕輕說了一聲：「噢！」

他們沉默地坐了一會，啜飲著啤酒。

「我好遺憾，喬瑟夫。是最近嗎？」

「沒有，很久以前了。她那時候才十六歲。是我發現她的。」那個影像依然充斥著他的腦海。深深的浴缸中，充滿了紅色液體。夏莉的臉痛苦地扭曲著，向後靠在瓷磚上。一點也不平靜。他依然感受得到那股疼痛，他永遠也忘不了這個畫面。她的一隻手泡在靜止的紅水中，另一隻手掛在浴缸邊緣，鮮紅色的液體灑在一片純白上。她的生命浸透了厚地毯，一片刀片在其上閃爍著。「她在浴室裡割腕。」

「噢，喬。」

「我們的家庭生活很糟糕。我爸是個暴力的酒鬼。兩年後他心臟病發，去世了。如果那個老頭早點走的話，夏莉也許還會活著。但是人生本來就充滿著如果和也許。」

她繞過桌子，把椅子拉到他身邊，緊緊抱住他。「如果是這件事，難怪你睡不著覺。你覺得為什麼會在現在想起來呢？」

他聳聳肩，把那扇冰冷的門從腦中推開，並享受著那股溫暖的擁抱。他回想著幾天前的晚上他們一起喝的酒，還有他們是多麼享受彼此的陪伴。那是門開始出現的晚上。「可能因為我在思考未來吧。這可能會勾起一些回憶。」

她靠著他的肩膀點點頭。「永遠都有未來的。」她抬起眼，對上他的視線。「我想成為你未來的一部分。」

「我也是。」

她的嘴唇貼上他的，柔軟而熱燙。

◆

喬瑟夫不是處男，但他的親密關係經驗總是破碎而斷續。他翻過身，用一隻手肘撐起身體，在打開的窗簾間柔和的月光下打量著珊卓。珊卓正睡在他身邊。在他的床上。他感到不可思議地搖搖頭。雖然他並沒有什麼亮眼的紀錄，但是他不相信有任何一次性愛可以超越今晚的體驗。而且還是兩次。她留了下來，沒有打算逃跑。她說了好多話，讓他開始相信，這也許是某種美好的起頭。

一股冷風搔著他的皮膚。他倒抽一口氣。月光變成了一種更柔和的光線。他坐起身，心知他會見到什麼景象。門打得比前幾天晚上更開，幾乎開了一半。冰冷的木板向前延伸，左邊有一道骯髒的白圍欄，後方則是毫不停歇的海洋。波浪拍打著橋塔，沉默地沖刷一片早已離他遠去的礫石海灘。

他還記得夏莉那麼多年前的樣子。**這裡是我們的地盤，喬。布萊頓碼頭。我們每年都來吧，直到我們老了為止！**

他的表情糾結，悲痛不已。珊卓繼續沉睡，渾然不知。他從床上爬了下來，薄薄的地毯上覆蓋了一層冰霜，他的腳立刻因為寒冷而刺痛起來。他往門邊走去，傾身向前看。所有的景色都很熟悉，但是充滿了死亡與腐朽，被人遺棄。他夢中的垂死太陽正在頭頂上虛弱地照耀著。骷髏海鷗發出嘶叫聲。

然後他記得自己所做的決定。如果他可以救她，他什麼都願意做，什麼都願意付出。

什麼都願意放棄。

他回過頭，再度看向珊卓。她的呼吸深而平穩，把棉被拉得很高，側身躺著。他站在一道門前，珊卓在一邊，夏莉在另一邊。他非常清楚，就像他知道自己的名字那樣。他終於擁有價值足夠的東西可以放棄了。看似不可能，但無論如何都是事實，這是一個強加在他身上的、不公平的選擇。他也許可以很快樂，如果他留下的話。但他就得永遠帶著埋藏在心中的悲傷與罪惡感。另一方面，更冰冷的那一條路或許會帶來救贖。或許還有更多？自私的選擇顯而易見，正安睡在他的床上。

他根本就不用選。

「夏莉。」他低語。他的呼吸在昏暗中變成了一陣捲曲的煙雲。

他穿上牛仔褲和毛衣，襪子和鞋子。帆布鞋，就和他小時候穿的一樣，他一直都戒不掉這個習慣。有幾分鐘的時間，他只是站在床邊，看著珊卓，看著她被單底下的曲線。看著她髮絲披散在枕頭上的模樣。她的溫暖。她的確定性。他的胸口一陣空虛，充滿了失落。他希望有一天，她可以原諒他。

當他踏出門外時，冷風啃噬著他。他停下腳步，回頭望去。珊卓還在沉睡，他破爛的小公寓是一座溫暖而不可思議的綠洲。他嚥了一口口水，轉過身，沿著碼頭往前走。當他再回頭時，門已經不見了。四周的寒冷鋪天蓋地。

當他來到位於盡頭的滑梯帳篷及裡頭的白色磁磚浴室時，他瘋狂地顫抖著。夏莉正躺在血紅的浴缸裡，就和他的夢一樣。就和他的記憶一樣。但是那是在家裡，不是在布萊頓。

浴缸事件的那天晚上，她已經快要十七歲了，但現在她看起來年輕一些，也許只有十五歲。也許這就是他的機會。他沒有停頓。他把她從水中抬了起來，雙臂被染紅。他跌跌撞撞地走下階梯，離開了滑梯帳篷。海鷗俯衝、啃咬，尖叫不止。喬瑟夫低著頭狂奔，承受著那些死亡鳥喙的戳刺和割裂。

他的四肢疼痛不已，關節因寒冷而腫脹緊繃。他哭著，大口喘著氣，強迫自己前進。在他夢中扭曲成死亡之地的入口已經近了，他只需要抵達那裡、穿過那道門就好。骷髏海鷗群聚著、攻擊著他，撕咬他的衣服和頭髮，撕扯他的皮膚。他雙膝摔倒在地，撞擊傳來一股悶痛，他咬緊牙關。

「不——！」他大吼，強迫自己再度爬起，嘴裡嚐到了血的味道。他踉蹌地前進。

夏莉的重量即將把他拉回結凍的木板上，而一部分的他也想要照做。和她一起躺下，讓一切冰封、結束。然後珊卓炙熱的碰觸再度回到他腦中，他回想起自己放棄的一切。他不能讓這一切結束，不能讓這一切白白失去。他繼續往前，就像在深深的積雪中前進。他的手臂因為用力而灼燙，但他永遠也不會再放開夏莉了。他不會讓她失望的。

他緊閉著雙眼，咬著牙，直到牙齒嘎吱作響。他繼續往前進。他覺得皮膚好像都要從骨頭上剝離了。然後突然間，四周充滿了光線、溫暖與無數談天說笑的聲音。歡笑、叫喊，海鷗與海洋。一輛公車在海岸街道上按著喇叭。喬瑟夫倒抽一口氣，而夏莉笑著，拍打他的肩膀。

「放我下來啦，傻瓜！」

他差點就把她摔了下來。當她的腳踩上碼頭時，他瞪視著她綠色的眼睛。淚水沿著他的臉頰滑下。

她一隻手扶著他的下巴，抬眼望著他。「怎麼了？」

「沒事。我只是……沒事。」

陽光的溫暖就像熱水澆淋在他身上，所有的顏色都太亮眼、太真實，所有物體的邊緣都太銳利了。這就是現實，對他而言，多年以來都很陌生。

「走吧，喬，我們回家。如果我們遲到，爸爸會生氣的。」

喬瑟夫嚥了一口口水，顫抖讓他的膝蓋有些支撐不住。那個混蛋當然還活著了。那才是重點。他記得那些星空下的夜晚。「也許我們可以晚一點回去？」

她點點頭。「如果他喝得夠多的話。但我們走吧。」

「嗯，好吧。」

夏莉的臉垮了下來，再度點點頭，轉向內陸。

「你還好嗎？」喬瑟夫問。

「當然。」她對他微笑，吻了吻他的臉頰。「走吧。」

然後他就看見了。她眼神中的恐懼，他以前從來沒有注意過。但現在二十九歲的喬瑟夫在十六歲的喬瑟夫體內，他看得太清楚了。那是一個十五歲女孩不該出現的恐懼。距離浴缸事件還有快兩年的時間。他們都很怕爸爸，都討厭他的暴力和輕蔑，都討厭母親的懦弱。但是喬瑟夫現在看見的恐懼，卻是另一種。更糟糕的一種。他怎麼從來都不知道呢？

他知道嗎？他就跟他媽媽一樣糟糕嗎？

不會再這樣下去了。

回到亞當叔叔的公寓時，爸爸已經喝醉了。他幾乎沒有注意到他們的出現。媽媽平板地問他們今天過得如何，一切都是例行公事。浴室裡，喬瑟夫看著自己年輕的臉，驚訝又毛骨悚然。

他掙扎著服從父母的命令，再度被迫成為孩子。他吃著媽媽煮的乏味晚餐，忽略爸爸憤怒的話語。他需要空間思考，所以他很樂意遵守九點上床的規定。他躺在小小的房間裡，夏莉就在他隔壁。他們總是分房睡，因為他們已經稍微超過兒童時期了。他咬著牙，傾聽著，知道他猜得沒錯。他希望爸爸繼續喝下去。

然後他聽見爸爸的聲音低沉地呢喃著，從夏莉的房間傳來。她微弱的聲音聽起來很不悅，他認得那是某種明確的痛苦。他怎麼可以這麼蠢？這麼盲目，又這麼輕忽？或者，也許是害怕？他從床上溜了下來，朝廚房走去。他媽媽睡在沙發上，一瓶廉價的德國白酒放在旁邊，玻璃杯倒在她的大腿上。她知道。但她什麼也沒做。

喬瑟夫渾身顫抖，拿起一把長長的切肉刀，回到夏莉的房間。他爸爸的臉轉了過來，背部在被單下弓起。夏莉躺在他身下，雙眼緊閉，下唇被牙齒咬得發白。喬瑟夫大步走進房間裡，爸爸的表情變得怒不可遏，但是他沒有給這個男人任何機會。刀子揮起，又重重落下，一次又一次。爸爸彎下身，大聲哀號。夏莉尖叫起來，從他身下爬出來。他們的爸爸哭嚎著，聲音尖銳得像某種動物，然後他的叫聲變得濕潤而混濁，冒著鮮紅的血泡。夏莉試著把喬瑟夫拖走，但是他忽視她，靠著多年來的怒氣繼續行動。刀子下沉，皮肉發出裂開的濕潤聲響，骨頭被劃出刻痕，直到床被鮮血染紅，一片狼藉。

喬瑟夫向後摔倒，喘息著、哭泣著。夏莉抓住他，爬到他身上，雙臂環住他的脖子，雙腿跨在他的髖骨上。她的臉埋在他的頸間，無法克制地哭泣。

門口傳來模糊的聲音。「噢，喬……」

他一手抱著夏莉，一手舉起刀。

媽媽看著喬瑟夫，又看向那把刀。她的視線回到他臉上，目瞪口呆。

「拿去。」喬瑟夫說。「現在終於是你保護我們的時候了。」

他媽媽向前走了一步，然後又一步。她的臉上布滿淚水，伸手接過刀子。

# 哭泣的惡魔

克勞戴背貼著粗糙的磚牆，被人團團包圍。這次會是一頓毆打，還是只是無情的言語攻擊？大提姆就站在那裡，在十年級的學生中稱得上是巨人，但是腦子卻與他碩大的身軀不成比例，所以克勞戴合理推測對方只會用拳頭。他幾乎快要到家了，就差一個路口，但是一行人騎著腳踏車攔住他，把他包圍。現在，那齣老掉牙的戲碼又要上演了。

「怎麼啦，克勞——戴？」提姆把他的名字拉長，侮辱著他。

「我只是要回家。」克勞戴的聲音只比耳語大了一點點。

「你說什麼，小同性戀？」重重的一掌，搧得克勞戴得臉轉向一旁，他在嘴裡嚐到血的味道。「你在化學課的時候讓我覺得自己像個白癡。」

「你笨到不懂那個又不是我的錯——」另一掌使他無法把話說完。

試著回擊是沒有意義的，所以他舉起雙臂護住頭，準備迎接接下來的攻擊。

「不說話了嗎，小娘炮？」提姆問。

「打他就是了。」另一個人說。克勞戴閉著眼，不知道說話的是誰。但那也不重要，他們基本上全都是同一個人，覺得罵人同性戀是最嚴重的侮辱，就算克勞戴並不是。他們只是需要靠武力來展示自我，因為他們太沒有安全感，因為他們在家裡也受到暴力對待，而施暴者就是這樣傳承恐懼的。他們才是受傷的人，克勞戴只需要離開就好，告訴大人這件事，然後放下這一切。這些話克勞戴已經聽過無數遍了，而且一點用也沒有。他們這樣包圍著他，他根本走不了。他告訴過大人了，說過好多次了，而他們也懲罰過這些混蛋，但這只是讓他們更粗暴地反擊，更惡毒，更小心地掩人耳目。全都是屁話。

克勞戴甚至試過自己去霸凌別人，把這一切發洩在另一個孩子身上，但這只引發了他一整個星期的身體不適和羞恥感。光是想到這件事，罪惡感就使他的面孔發燙。

然後拳頭開始落下。克勞戴大喊出聲，眼淚落下，他的臉和身體因攻擊而顫抖、抽痛。他摔倒在地，他們便開始踢他，砂石擦傷了他的臉頰，一團乾草戳中他的眼睛，他的手肘撞上牆面，發出哀鳴。然後一切都安靜了。笑聲逐漸遠去，腳踏車的輪胎呼嘯而過。克勞戴睜開眼，但有一隻眼睛腫得幾乎撐不開，因為有一拳直接命中了他的眼窩。他一個人在安靜的街道上，渾身瘀青，流著血，倒在泥土、雜草，還有吃完的洋芋片包裝之間。又一次，他變得什麼都不是。

十幾個傷口讓他瑟縮，想盡辦法爬起身，跌跌撞撞地回家。

進家門時，他對媽媽喊了一聲招呼，在她來得及出來迎接時，就匆匆跑上樓。

「今天還好嗎，親愛的？」她在身後愉悅地說道。

「嗯，很好。」告訴她又有什麼用？「我有功課要寫。」

「好的，親愛的。」

他走進浴室裡清理自己。傷口看起來不像感覺上那麼糟糕。在他清洗過，並把沾了冷水的毛巾壓在瘀青上後，他受到的攻擊幾乎不可見。除了他腫起的眼睛，瘀青已經變深了。他得想個理由來解釋。

他的手機在口袋裡震動，使他分了神。他掏出手機。是亞倫傳來的訊息。

你還好嗎？

至少他還有一個在乎他的好朋友。他輸入一則回覆。

誰告訴你的？……

……大提姆跟卡蜜拉炫耀，她告訴了我妹。

有夠快。我才剛到家……

……所以你還好嗎？

我沒事啦……

……上線吧，我給你看個東西。

克勞戴回到房間，從背包裡拿出筆電，接上電源。他打開應用程式，撥通語音通話，亞倫立刻就接起來了。

「你確定你還好嗎？」

「還好，只是痛而已。誰在乎啊，對吧？」

「我在乎。還有你爸你媽也在乎。」

「但他們也沒辦法怎樣。提姆已經爽到了，大概會放過我幾天吧。反正他年底就要休學了，聖誕節的時候就會開始賣著條給我們吃啦。你要給我看什麼？」

「你看這個。」

一個圖檔出現在視窗中，克勞戴打了開來。他看見一個沒比他大多少的男孩，裸著身子躺在水泥地上。他的胸口被人割開，肋骨像沾滿鮮血的白色牢籠。他驚恐地向後彈開。

「搞屁啊，老兄？」

「你覺得這是真的嗎？」亞倫問。

「我怎麼會知道？你為什麼要傳這個給我？」

「這是從一個遊戲裡面來的。」

克勞戴驚嚇中流露出一點點放鬆。「那就不是真的了。」

「嗯，重點就是這個。這顯然是真的。這是暗網的遊戲，但你得把它玩完。」

「什麼意思？」克勞戴靠向螢幕，卻又半轉過臉，想要確認這張圖到底有多真實。

「如果你不玩完，就會變成這遊戲的一部分。就跟這個孩子一樣。」

克勞戴輕聲笑了起來。「這是什麼狗屁都市傳說啊，老兄。」

「記得克蕾兒．貝利嗎？她幾個月前失蹤了，我們還在學校做諮商什麼的？」

「記得。」

「顯然她也玩了。所以我才會知道。我妹聽說了這件事，但沒有繼續去追問。我有。」

一股寒意悄悄流過克勞戴瘀青的肚子。「那就不要玩啊。誰會想玩？」

「如果你玩完了，會有很棒的獎勵。」

「什麼獎勵？」

「不知道。還沒找出來。但我需要更深入暗網一點，才能知道更多。」

「這不是很危險嗎？」

「不會啦，我 Tor 瀏覽器逛了一些訊息論壇。沒有什麼風險。人們都太疑神疑鬼了。當然，我用了假電子郵件帳號，還有VPN。還有另一張圖喔。」

第二個檔案出現在對話視窗，是一張GIF動圖。

「我不想看了啦！」克勞戴說。

「這張不一樣。」

克勞戴做了個鬼臉，打開了圖片。那是一個大概七、八歲的小女孩，站在漆黑的走廊裡，快速移動著，畫面很不可思議，好像她站在不斷起伏的地面上，但一切都以快轉的方式播放。她穿著一件髒兮兮的破爛睡裙，黑色的長髮油膩地披在肩上。她的臉一片模糊，在她振動時，五官不知為何糊成一團。GIF圖片一遍又一遍地重複著。她的頭左右擺動，應該是嘴巴的黑色痕跡伸展又閉上、伸展又閉上。

「靠。」克勞德關掉了圖片。「好討厭的感覺。」

「對吧？」

「你要小心一點。」

亞倫笑了起來。「我會啦。但我有個點子。我們把遊戲找出來，然後匿名傳給提姆吧。」

克勞戴頓了頓，思緒混亂。然後他微微一笑，裂開的嘴唇一陣刺痛。「鬧他嗎？」

「當然。」

那股反胃的感覺再度爬回克勞戴的肚子裡，死死地抓著他的腸胃。「不要。我不想變得跟他們一樣。我想要比他們更好。」

「我們**沒有**跟他們一樣。這是復仇。你知道像提姆這種白痴，是不可能玩完這種遊戲的。這感覺就像某種解謎RPG遊戲啦。」

「對，但這不是真的。怎麼可能是？」

「誰知道呢，老兄？」

克勞戴的媽媽在樓下喊他，叫他吃晚餐前去遛狗和餵雞。

「我聽到囉。」亞倫說。「你去做家事吧。之後有發生什麼事，我再跟你說。」

「小心點。」

克勞戴登出聊天室，走下樓，決定告訴媽媽，那天下午體育課打板球的時候他不小心打歪了，所以眼睛才會瘀青。

◆

隔天上學時，提姆就收斂了許多，只是對克勞戴歪嘴笑了一兩次，顯然在欣賞自己在克勞戴眼睛上留下的痕跡。現在那個瘀青的顏色深了許多，邊緣已經開始泛黃了。

克勞戴真希望有人能把這個大白痴痛揍一頓，只要一次就好，但他也夠聰明，知道這只會帶來短暫的快感，最後依然不會讓他滿足。他寧可自己去讀科幻小說和玩角色扮演遊戲，然後繼續喜歡物理課，不要被人打擾、攻擊，或因此被稱為同性戀。這應該不是太過分的要求吧。

午餐時間，亞倫來找他。「你放學之後一定要來我家。我昨天找到大半夜，你絕不敢相信我找到了什麼。」

「真的嗎？」

「對，我得去圖書館，先把昨晚沒做完的功課寫完。但是晚點來我家吧！你可以在我家吃晚餐。我跟我媽說好了。」

「好吧。」克勞戴傳了訊息給他媽媽，她叫他九點前要打電話給她，讓她去接他回家。就平日晚上而言，這樣還算公平。

◆

他們坐在亞倫房間裡，房門關著，兩人擠在桌邊。筆電的螢幕一片漆黑，只有一個黑色的五芒星上下顛倒地在螢幕中間。他們已經看著他它幾秒鐘了。

「我要按下去囉。」最後，亞倫說道。

克勞戴皺起眉。「我不知道欸。論壇說你得把拼圖玩完，不然程式就會把你的硬碟洗掉。」

「它也說拼圖很簡單啊。你想要嘗試多少次都可以。然後它就會給你『哭泣惡魔』的連結。」

昨天晚上，亞倫在一整片的資料海中摸索了很久，但他只花了幾分鐘就解釋完成果。「哭泣的惡魔」指的是一款遊戲，顯然是由某個被惡魔附身的人所創造的。至少這是最廣為流傳的版本。也有人說這是由一個兒童虐待事件的受害者所創造的，或是一個虐待兒童的施暴者做的。還有些人堅持，這不是任何人的創作，而是憑一己之力存在的。所有的說法都很分歧。遊戲本身則是一個迷宮和許多拼圖構成，如果你迷路或卡住，你的肉體就會被困在遊戲裡。如果你解開謎題，你就可以拿到一大筆虛擬貨幣，可以在深網或暗網做許多惡毒的交易。或者也可以做完全合法的交易，只是保持完全匿名而已。

「這都是屁話。」克勞戴說。「一定是假的。你怎麼可能真的被困在遊戲裡？」

亞倫點下了五芒星。一陣嘶聲從喇叭中傳出來，逐漸變成一聲遙遠的尖叫，像從緊閉的地下室裡發出來的，帶著極端的痛苦。五芒星破碎成無數像素，四處飄散，最終完全消失。一個白點從螢幕中央冒出，然後擴張成一條單色的走廊。他們看不出來，這究竟是畫質太低的美術設計，還是濾鏡太重的影片。尖叫聲持續著，然後另一個聲音從下方傳來，以顛倒的語序重複著一個詞彙，聲音短促地迴盪著。

男孩們對看一眼，露出淺淺的微笑。克勞戴的肚子緊張地翻攪著。

「用W、A、S、D移動嗎？」亞倫問。

克勞戴聳聳肩。

亞倫把手指放在鍵盤上，按下W。螢幕上的畫面往前移動，尖叫聲逐漸淡去，但背景的聲音依然繼續。

亞倫停下移動，尖叫聲便立刻出現了。他按下W，畫面再度移動，尖叫聲則消失。他用滑鼠調整視角方向，但是顫動的粗糙景色並沒有改變。「繼續走嗎？」他問。

「不然還能幹嘛？」

在走廊上走了幾分鐘之後，他們便來到一堵牆前面。死路。

「搞什麼？」亞倫低聲說。

他按下D，將視角轉了一百八十度，而昨晚那個GIF圖中抖動著、臉糊成一團的女孩就站在他們身後。她尖叫著往前撲來，尖叫聲使他們兩人都耳鳴起來，兩個男孩從桌邊跳開。亞倫的椅子倒了下去，他也跟著一起倒下，但克勞戴看見，當女孩往前撲來時，她的嘴張開成不可思議的寬度，然後螢幕就變成一片漆黑。幾秒之後，白色五芒星又出現了。

「我的媽啊。」亞倫邊說邊扶起椅子。

克勞戴的心臟重重撞擊著肋骨。他深吸幾口氣，搖了搖頭。兩人緊張地大笑起來。

「這怎麼會是拼圖？」亞倫問。「就只有一條走廊，然後就是突然嚇你了。」

「這都只是都市傳說而已。」克勞戴說。「『哭泣的惡魔』不存在。那些都只是釣魚網站在騙人而已。」

「不，我昨天晚上讀到的東西和看到的截圖，還不只是這樣。」亞倫按下五芒星，再度走進那條走廊。這次，他在行進中更仔細地四下張望，檢查著上面和左右兩側。走廊的上方是一片夜空，畫質一樣很差，像素構成的鳥或蝙蝠時不時會從頭頂上飛過。然後某種白色頂棚出現了，一個白色的倒五芒星在下方閃爍著。

「用滑鼠點擊來跳嗎？」克勞戴說。

亞倫按了左鍵，但什麼也沒發生。他又按了右鍵，然後他們的視角便往上轉去。尖叫聲再度出現，這次變得更強烈，變成哭嚎的聲音，螢幕變得一片空白。男孩們向後退開，瞇起眼。空白的畫面變成了一個房間，裡頭有三道門，就像中古世紀城堡裡的那種老舊木門。每一扇門上方都寫著一個羅馬數字，「VII」、「XIX」還有「VI VI VI」。

「七、十九，和六六六。」克勞戴說。

亞倫咧嘴一笑。「六六六是怪物的號碼。我爸超愛鐵娘子的，那個老金屬樂團。他整天都在放他們的歌。」

「我猜就是那個門了。」

亞倫點下了門，螢幕便成了一片漆黑，中間只有一行白色的字母，是一串網址。亞倫把游標移了過去，箭頭便變成一隻手，可以啟動連結。他點了一下。

鮮血從螢幕上傾瀉而下，遮住了部分區域，用破爛不堪的字體拼湊出「哭泣的惡魔」這幾個字，每個字母都不一樣，有的是大寫，有的是小寫。笑聲再次響起，奇怪而逆轉的語音則在喋喋不休，一遍又一遍地重複一個短句。閃閃發光的「開始」按鈕出現在螢幕中央。

「不要！」克勞戴說。

亞倫咧開嘴。他按下瀏覽器上的返回按鈕，螢幕再度回到只有那串連結的畫面。他選取了網址，按下複製。

「你要幹嘛？」克勞戴問。

「我已經先建立好假帳號了。」他打開另一個聊天軟體。他的帳號照片是一個金髮女人，向前傾身，擠出深深的乳溝。帳號上寫著：iSwallo451。

「這是誰啊？」克勞戴問。

「隨便搜尋來的照片。我昨晚就加了提姆的好友，那個混蛋馬上就接受了。」他打開和一個使用者的對話視窗，帳號是LordTim69，然後打下「這超酷的！」，然後把「哭泣的惡魔」網址傳給他。

「等等！」克勞戴說，但是亞倫已經按下傳送了。

「叫那個傢伙去死吧。你最近有沒有看到你的眼睛變成什麼樣子？我們就嚇嚇他。」

提姆的回應跳了出來。

……這是什麼？

亞倫對克勞戴咧嘴一笑，然後回覆。

你會很喜歡的……

他們坐了一會，等待他的回應，但什麼也沒有。幾分鐘後，亞倫聳聳肩。「喔，好吧。我們就等著看囉。」

克勞戴嚥下湧起的胃酸。「希望他無視這則訊息。」

「你太容易原諒別人了啦。我們先把這些角色表寫完吧，星期五就要玩遊戲了。凱特和穆罕默德說他們要加入。」

「好。」

◆

隔天早上朝會時，氣氛十分沉重。老師們都在臺上，表情嚴肅，神情低落。等到所有人都到齊後，校長便站上講臺，清了清喉嚨。

「各位先生女士，我們有一個令人擔心的消息。我們的一名學生，提姆．霍威爾失蹤了。」

克勞戴渾身發燙。他身旁的亞倫倒抽一口氣，卻像從很遠的地方傳來的。

「如果你們昨天放學後有和提姆說到話，」校長繼續說道。「不管是當面還是線上，什麼都好，請直接到我的辦公室來。就算是最微不足道的細節，也可能會有幫助。今天早上就只有這件事要報告。請各位去上課吧。」

整個大廳裡，爆出幾百個悉悉簌簌的低語聲。

「搞屁啊？」克勞戴瞪大眼睛。

亞倫的面色蒼白，嘴唇顫抖。「這是真的嗎？」

「我們該去跟校長說嗎？」

「跟他說什麼？說一個詭異的暗網遊戲把提姆吃了嗎？這太瘋狂了，對吧？」

◆

接下來的一整天，對克勞戴而言，就是一連串的罪惡感與恐懼。他和亞倫從學校走回家時，一開始，兩人都沒說什麼話。

最後，克勞戴說：「我們害死他了嗎？」

亞倫搖搖頭。「那不可能是真的。」

「我也不覺得是真的，但還有別的解釋嗎？」

「我有在想。」亞倫說。「我猜這整件事都是被某些戀童癖捏造出來的。對吧？就是某種陷阱。他們會嚇唬小孩子做什麼事，叫他們偷溜出門，然後就來把他們帶走。也許提姆昨天晚上就被帶上一輛白色廂型車了，你知道嗎？」

克勞戴緩緩點點頭，在腦中反覆思索這個想法。「對，也許吧。」最後，他同意。他抬起眼。「如果是這樣，我們就該做點什麼啊！跟某個人說。我們可以把遊戲玩完，找出是什麼陷阱，然後告訴警方。」

亞倫搖搖頭，瞪視著自己的鞋子。「不要。我才不要冒這個險。提姆是個混蛋，我討厭死他了。你也應該討厭他。看看他剛對你做了什麼，更別提他先前做的那些爛事了。太可惜了，事情已經發生囉。」

亞倫大步離開。

「等等！」克勞戴喊道。「我們這樣哪有比他好？我們比他還糟糕！」

亞倫頭也不回地喊回來。「不！管他去死！我們明天見吧，克勞戴。」

◆

克勞戴坐在桌邊，訊息軟體就在他眼前，他已經輸入了iSwallo451的帳號，但密碼欄還是空的。他已經試了幾次，但是都不對。他的手機震動了一下，亞倫的訊息跳了出來。他打開訊息，希望他朋友已經改變了主意。

……穆罕默德說他星期五來不了。改成星期六你可以嗎？

克勞戴嘆了口氣，回覆好，然後轉向筆電。他瞇起眼。這則訊息倒是給了他一點頭緒。他輸入了亞倫扮演的那個黑暗精靈刺客的名字，然後就成功登入了。最後兩則訊息就在那裡。

……這是什麼？

你會很喜歡的……

而在這兩句上面，就是「哭泣的惡魔」的網址。這超酷的！

克勞戴的雙手顫抖著，瞪視著眼前的句子。他對亞倫說的話是認真的。他不能容許自己像提姆一樣。就算提姆是個混蛋，他也不能讓他落入戀童癖手中。他得做個更好的人。他根本就不該讓這件事發生的。

他按下連結。螢幕上淋滿鮮血，「開始」按鈕出現了。克勞戴還來不及多想，就點了下去。

他的螢幕粉碎成一堆像素，緩緩凝聚成一條走廊。畫面看起來像影片，光線灰暗，就像用低瓦數燈泡照亮一樣。或者他是被困在某種永無止境的黃昏中，就在永遠也不會降臨的黑夜之前。他的手指找到鍵盤，開始往前移動。走廊在他下方移動，畫面色調單一，畫質粗糙。這次有許多轉彎，有許多沒有邏輯的左右轉。但克勞戴是個有經驗的角色扮演玩家。他拿來一疊筆記紙和鉛筆，畫下自己行經的道路，盡可能越準確越好。倒著說的胡言亂語和遠處傳來的呻吟聲與尖叫聲不斷從喇叭中傳出來，他好想把聲音關掉，但他怕錯過某些必要的遊戲資訊。儘管這一點也不像個遊戲，而是永無止境的一堆走廊。一個沒有意義的迷宮。

他進入了一個房間，牆上有著幾何圖形的花樣，在低畫質的畫面中閃爍著。在空間的另一端，有一個年輕的孩子，雙手疲軟地垂在身側前後，站在那裡，前後搖擺著。她抬起頭觀察著克勞戴，但她的搖晃並沒有停止。唯一的出口，是她身後的一道門。

克勞戴走到牆邊，沿著牆面移動，一直將她保持在視野範圍內，然後快速穿過那道門。他快跑過下一條走廊，這次昏黃的天空染上了黑夜的紫色，幾顆星星開始浮現。一張圖片伴隨著一聲迴盪不已的槍響，突然出現在螢幕上，嚇了他一跳。圖片的畫質清晰，一個裸體的男人正抓著自己勃起的器官，愉快地咧嘴笑著。一個裸體的小男孩蜷縮著身子，倒在他身後的地上。

「要死。」克勞戴呻吟一聲。

又一聲槍響，然後畫面就消失了。走廊繼續延伸。只要他停止移動，尖叫聲就會出現，所以他繼續前進，邊走邊畫地圖。他又進入另一個房間，兩個緩慢搖擺的孩子出現在他面前，這次是一男一女，都低垂著頭。有兩個出口，他隨便選了左邊的那個，一邊在地圖上標記出右邊那扇門。

走廊變成了生硬的黑白兩色，畫質更差了，有時候還會過度曝光。另一張邊框發亮的照片出現，一個女人穿著白袍，站在懸崖上，雙臂向前伸，身體向前傾斜，早已超過了會往下摔去的程度。走廊再度出現，克勞戴繼續前進。更多轉彎、更多房間，更多如鬼魅般搖晃的孩子，用黑色的雙眼瞪視著他，或是低垂著頭。他檢查著角落和牆面，尋找著不只是這樣漫無目的地閒晃的可能性。更多噁心恐怖的照片。倒著唸的詞彙不斷重複又重複，深深刻進他的大腦裡。

又一個身影站在克勞戴面前，擋住他的去路。這次是一個高大的男孩，搖擺著，瞪視著地面。這個人影就像其他人一樣，解析度很低、畫面斑駁，在光線下過度曝光，而陰影處又幾乎是全黑的。克勞戴往前走去，然後屏住呼吸。是提姆。他的雙腳微微內八，膝蓋微彎，低垂著頭，雙臂垂在身側。他像緩慢流動的河川裡的一撮水草一樣，緩緩擺動著。

然後提姆倏地抬起頭，舉起一隻手臂。一開始，克勞戴以為這個惡霸是要伸手抓他，然後才意識到，他是在指向克勞戴前來的方向。

克勞戴的心跳加速，他轉過身，而五官糊成一團的女孩正快速朝他衝來，雙手向前抓著。她的嘴巴大張，開始尖叫。但那不是人類的聲音。那是一種電子音效，像老式數據機發出的高頻聲響，想要連上永遠找不到的撥接訊號。那個聲音越來越大，尖銳而刺耳，克勞戴把手壓在耳朵上，但那股哭嚎聲越來越尖銳，從他的腦中發出聲音，硬是灌進他的耳裡，擠壓著他的眼窩，他啜泣起來。就是這樣。這就是結束了，而且這會很痛。他發現自己已經不坐在椅子裡了，而是在像素構成的走廊中，站在冰冷的空氣裡，頭頂上方是遙遠的昏暗天空，腳下則是堅硬的水泥。倒著唸的詞彙越來越大聲，速度越來越快，直到扭曲成了他可以聽懂的字句。

「永不離去，永恆黃昏，哭泣惡魔。永不離去，永恆黃昏，哭泣惡魔。」

女孩冰冷的手指像骨頭般堅硬，抓住他的肩膀，克勞戴尖叫起來。

「永不離去，永恆黃昏，哭泣惡魔。」

然後是另一個聲音。「克勞戴！」

一個不同的重量落在他肩上。他被打了一下。「你還好嗎，老兄？」

◆

克勞戴的眼皮顫動著，驚醒過來，發現自己正坐在椅子上，在自己的桌邊。他的電腦螢幕一片空白，筆電已經開始休眠了。亞倫站在一旁低頭看著他，雙眼帶著關心。

「老兄。」亞倫的聲音幾乎像耳語。「我進來的時候，我還以為我可以看穿你了。」

「看穿我了？」

「就像你變成鬼一樣。我必須碰你一下，才能確定我不是眼花了。」

克勞戴緩緩吐出一口氣。「感謝你啊。」

「什麼意思？」

克勞戴頓了頓，不確定自己要說多少實話。他決定暫時不要說實話，只是勉強笑了一聲。「我可不想變成鬼啊！」

提姆癱軟、搖擺的模樣，由像素構成，顏色單調……他嚥下想要嘔吐的感覺。

「我想要跟你道歉。」亞倫說。「但是你好久都沒有回訊息，所以我就來了。我之前情緒失控了，但那不是你的錯。你說得對。我們搞砸了。我搞砸了。」

克勞戴看了看時間。他已經回家兩小時了，雖然他感覺還不到半小時。他在遊戲裡面待了多久？他真的進入遊戲裡了嗎？

「我搞砸了。」亞倫又說了一次。「我們現在要怎麼做？」

一種決絕的感覺從克勞戴心底升起。他指向自己畫出的地圖。「這遊戲就長這樣。」他說。他把一切都告訴了亞倫。

「你認真的嗎？你真的跑進去了？」

克勞戴聳聳肩。「你說你可以看穿我。再晚幾秒鐘，我就完了。她抓到我了。」

「哇靠……」

「我得回去。」

亞倫倏地抬起眼。「什麼？」

「我畫出了找到提姆的地圖。我得回去找他。」

「然後你要幹嘛？」

「把他帶出來。拯救他。你得看著我玩。你不能看著遊戲，你要背對螢幕，看著我。我會進去裡面找提姆。我猜應該有時間限制，如果沒有在一段時間內找到出路，她就會抓到你。我會去找提姆。當我感覺到遊戲快要侵蝕我的時候，我就會抓住他。你如果看到我開始變透明，你就像之前那樣打我，把我帶出來。也許我可以把他一起帶出來。」

亞倫沉默地瞪視他好一會。然後說：「你覺得這樣會成功嗎？」

「誰知道，但我得試試看。我們得做點什麼。」

「我們一定要嗎？」

「如果沒有，我們就比他糟糕多了。我沒辦法這樣活下去。如果這樣行不通，我們明天就去校長室，把事情全部告訴校長。」

亞倫顫抖地吸了一口氣。「好。」

幾分鐘之後，他們已經準備好了。亞倫坐在書桌邊看不見螢幕的地方，看著克勞戴。克勞戴戴上耳機，手指伸展了幾下，然後拿起滑鼠。「讓我開始變透明。」他說。「但是你要在我消失太多之前把我狠狠打回來，好嗎？」

亞倫點點頭，面孔因恐懼而慘白。

克勞戴按下連結。戴上耳機之後，音效變得比先前恐怖百倍，尖叫聲和倒唸的詞彙直直鑽進他的腦中。他試著忽視那一切，照著地圖在走廊中前進。他盡可能避開那些搖擺的鬼魂小孩，忽略閃爍的螢幕畫面。這次全部都不一樣了，那些照片是隨機生成的，都是兒童騷擾、血腥畫面、手術過程，或是自殺畫面。他繼續前進，來到最後一次見到提姆的那條走廊上。

那個不幸的惡霸像之前一樣站在那裡，眼神看著地面，搖擺著。克勞戴繞著他，四處觀察著走廊。什麼也沒有。他還坐在椅子上，還在他的房間裡。亞倫坐在他的視線邊緣，緊盯著他。克勞戴點擊提姆的人形，想看看能做點什麼，但什麼也沒有。他往前走去，試著從他身上穿過，但是也辦不到，只能從他身邊繞開。

「沒有時間了。」他喃喃自語，突然意識到了什麼。前一次他很小心，移動得很緩慢，到處觀察。但是這次他直接照著地圖移動。在時間過完之前，他預估自己還有幾分鐘的時間。也許他可以找到出口，完成這個遊戲。這樣能讓他有機會拯救提姆嗎？他有辦法既拯救提姆，又賺到虛擬貨幣的獎金嗎？

他從提姆身邊離開，繼續沿著他沒有走過的走廊前進。盡頭的岔路讓他有了左右兩條路可選。他選擇左邊，尖叫聲和倒唸的詞語音量逐漸變大。

一陣閃光。一個年輕男子把一隻狗舉在一團營火之上。

更多的走廊，又是一條岔路。

一陣閃光。一個裸體男子蹲在一個女人的屍體上，把手伸進她被剖開的軀幹裡，吃著她的器官。他的頭倏地轉了過來，血從他的嘴裡流下。

畫面消失，克勞戴大叫出聲，他又回到了走廊裡。煙霧在他大叫時從他嘴裡飄出。這裡好冷。他的腳踩著堅硬的水泥地面。他驚慌地四下張望，他的房間不見了，亞倫也不見了。他進入了遊戲裡。

老舊數據機刺耳的嗚叫聲和撞擊聲衝破了背景的噪音。他轉過身，就見那個面孔模糊的女孩迎面而來。他尖叫著跑開，跌跌撞撞地沿著通道往回跑。他在冰冷的空氣中嚐到了血的味道，聞到了嘔吐物、糞便和濃郁的尿味。這些走廊似乎沒有盡頭。他只轉了一個彎，他需要在右邊的走廊，提姆就在那裡。

堅硬而冰凍的手指抓上他的後背，克勞德哭嚎起來，試圖加快腳步。他的肺吸進那麼多冰凍而惡臭的空氣，卻仍因拚命奔跑而灼燙不已。他的右邊出現了一個黑暗的入口，他轉過身，腳底打滑踉蹌。冰涼的雙手再次抓住他，倒著唸的話語開始往回倒轉。

「永不離去，永恆黃昏，哭泣惡魔。永不離去，永恆黃昏，哭泣惡魔。」

克勞戴語無倫次地大叫，淚流滿面，腸胃翻攪，雙腿如水草般軟綿。他繼續逼迫自己前進，看見提姆就在眼前。數據機的尖銳叫聲變得越來越強，與嘈雜的復誦聲相互碰撞。

「永不離去，永恆黃昏，哭泣惡魔。」

女孩冰冷的雙手像金屬鉗一樣抓住他的肩膀，克勞戴往前一撲，用雙臂抱住提姆。他們撞在一起，他的視線邊緣一黑。然後有個人不斷拍打著他的後背和脖子，亞倫大喊著他的名字。

那個世界破裂、粉碎了。他墜落著，像素和畫面在他的眼前湧動閃現，他的手臂承受著一股強大的重量。最後，一個撞擊讓他無法呼吸。

他先是聽到亞倫大聲啜泣著，並重複說道：「要死了、要死了、要死了。」

克勞戴在他房間的地上翻了個身，然後撞上一個又硬又冷的東西。他跳了起來，頭暈目眩。亞倫背貼著門，雙手摀著嘴。

在克勞戴腳邊，提姆正趴在那裡，面孔朝下，一動也不動。克勞戴蹲下身，把他翻了過來。提姆仰躺在地。他渾身冰冷，就像剛從冰箱裡拿出來一樣。皮膚呈現灰藍色，暗淡無光。他的眼睛睜得大大的，瞳孔放大到只剩下一小圈虹膜。他早就死了。

克勞戴和亞倫一起放聲尖叫起來。他聽到樓梯上的腳步聲，接著他爸爸大喊著他的名字，用力搖晃起門把。

# 隧道墓穴

高大而昏暗的洞穴繼續延伸進入黑暗。

庫特哈德中士停了下來，搖了搖他沉重而花白的腦袋。「我們很快就會失去通訊。你有記錄到現在這裡了嗎？」他問迪爾曼。

「是的，中士。」

庫特哈德回頭看了看他們來時的路，陽光仍然透得進來，微弱地照亮著他們的小隊。「繼續通報，史賓塞。看看他們怎麼說。」

「是的，中士。」史賓塞下士卸下背包，架起天線，指向洞穴的入口。「基地，這裡是厄普西隆小隊。基地，這裡是厄普西隆小隊。」

無線電劈啪作響，一陣嘶嘶聲後，有人說道：「繼續，厄普西隆。」

「我們已經跟隨叛軍穿過開闊地帶，到達坎大哈東北部約八十公里處的山麓，這個洞穴系統位於……等等。」史賓塞拿出一張地圖，大聲唸出一組坐標。「他們逃進地底下，比我們早大約八十分鐘。如果我們深入下去，就會失去通訊。你們的命令是？」

「待命。」

無線電再次劈啪作響。

「他們會叫我們進去的。」庫特哈德中士說。

陸軍下士保羅．布朗在一旁看著，緊張的情緒使他後頸發癢。他們是照章行事，但這一切看起來就像個陷阱，非常適合偷襲。天快黑了，而且現在已經很冷了。接下來只會變得更冷。不過，也許深處的溫度會保持相當一致的狀態。

他走上前。「中士，也許我們應該在這裡紮營，等到天亮再說。」

「在這個該死的洞穴裡，永遠都是晚上，布朗。」庫特哈德說，看也不看他一眼。

「你累了嗎，袋貂？」二等兵山姆．格萊斯頓竊笑著問道。

新來的男孩博蒙特咧嘴一笑。

「你總是這麼混蛋嗎？」布朗說。

「閉嘴！」庫特哈德咆哮。「我們等待進一步命令。」

「我只是覺得每個人都很累了。」布朗說。他轉動一側肩膀，讓背包側面的紅色十字露了出來。「畢竟你們的安危是我的工作。」

「知道了。」庫特哈德說。

六人陷入了沉默。他們已經跟蹤這群極端分子三天了，已經來來回回地發現又失去他們的蹤跡六次。他累了，即使其他人都打死不肯承認這一點。年輕的博蒙特就像一隻小狗，第一次進行任務，迫不及待想要大幹一場。但其他人應該更懂才對，他們或多或少都看過兵火交鋒。庫特哈德看過的比大多數人都多，是那種出生於交戰之中，生來就帶著武器的人。

「厄普西隆，這裡是基地。你們確定這是叛亂分子的動向？」

「肯定。迪爾曼在遠程範圍內有看到他們。我猜他們想甩開我們，才會躲到地底下。」

「收到。你們自主決定。如果可以的話，幹掉他們。他們手上沾滿了我們的鮮血。你們能確認他們的人數嗎？」

「他們有八個人，基地。」

「收到。祝你們好運。」

史賓塞對隊伍眨了眨眼。「收到，基地。通話結束。」他拆下天線，背上背包。

「好吧。」迪爾曼說。他換了一隻手拿槍，在他的裝備帶裡翻找著，然後拿出一個夜視儀裝上。

布朗嘆了口氣。沒有人比迪爾曼更擅長狙擊了，即使他很疲倦或在黑暗中也一樣。但這並沒有帶來多少安慰。「我們不會等的，對吧？」他說。

庫特哈德忽視他。「動起來，孩子們。由於這裡沒有道路，」他踢著堅硬的石頭地面。「我們要緩慢而安靜地移動。史賓塞，你負責記錄。我要你沿途部署標記。」

「是，中士。」

「我們走吧。博蒙特，你負責盯哨。」

「是，中士！」

「緩慢而安靜，博蒙特。還有，放下那把武器。除非你先被開火射擊，否則在我下令之前，不准開槍。」

「是的，中士。」

這孩子聽起來有點洩氣。布朗很高興。年輕人需要被挫挫銳氣。他們排成一隊，繼續前進。史賓塞放了一枚電子記號，然後在他隨身攜帶的平板電腦上打著字。它定出一個位置，幫助他們找到回頭的路。

氣溫變得越來越低，眼前幾乎黑得伸手不見五指。從外面透進來的光無法照到這裡，黑暗就像一個過分熱情的情人，將他們包裹起來。

「夜視鏡在這裡也毫無用處。」庫特哈德說。「我們得冒險用手電筒。一道光束，在最前面。迪爾曼，使用紅外線。」

「早就用了。」迪爾曼說，敲了敲他的夜視鏡。他走上前，幾乎走在博蒙特旁邊。年輕的士兵打開頭盔燈，環顧四周，燈光掃過整個空間。這條通道直徑約五公尺，邊緣不規則，與過去幾天他們所見的一切一樣乾燥寒冷。塵埃在光線中飛舞，他們靴子的摩擦聲和嘎吱聲在狹窄的空間裡顯得異常響亮。

「從這裡開始，保持安靜。」庫特哈德揮手示意博蒙特前進。

他們熟連地齊步行動，堅定而謹慎。

「我現在是會發光的目標。」博蒙特緊張地低聲說道。

「所以新來的小伙子才要領頭。」庫特哈德說。小隊中傳來一陣低沉的咯咯笑聲，直到中士阻止他們為止。

迪爾曼拍了拍博蒙特的肩膀。「我挺你，驢子。」

博蒙特轉過頭，手電筒的光束照射著人群。「別那樣叫我！」

笑聲再次迴盪起來。布朗咧嘴一笑。可憐的菜鳥。在坎大哈時，他們發現他在摸一頭驢子。他只是個遠離家鄉的孤單孩子，必須藉由擁抱毛茸茸動物的脖子來獲取一點安慰。當然，他們早就看到他了，而且還拍了照。當他回到營房時，他們都在說他上了那隻可憐的動物。

「夠了！」庫特哈德厲聲說道。「我們到底是不是他媽的專業人士？」

他們停止玩鬧，又繼續向前移動。地面向下傾斜，史賓塞每隔五十公尺左右就會停下來設置一個標記。大約三百公尺後，隧道通到一個更寬闊的洞穴。遠處有什麼東西停留過的痕跡，肯定是人為的。

他們立刻舉起武器瞄準它，博蒙特則小心翼翼地向前移動。「虛驚一場。」片刻後，他回覆道，聲音放鬆而輕快。鬆了一口氣。「有人來過這裡。有毯子，有點火的痕跡，還有空的罐頭。但看起來至少有幾個月了。」

博蒙特用他的手電筒照了洞穴一圈，隊伍便稍微放鬆了下來。除了粗糙而彎曲的岩石外，什麼也沒有。一側的洞壁上有幾條小裂縫，黑色的開口通往未知的地方，但寬度連一個孩子都無法通過。遠處的牆上，一個更大的缺口漆黑陰森地大張著，是一條通向下方的隧道。大塊碎石散落在洞口周圍。

庫特哈德點點頭，叫隊伍向前。

「這看起來最近才被動過。」格萊斯頓說。

布朗走上前，想看得更清楚。「看來這條通道本來是堵住的，但被那些混蛋給打通了。」

迪爾曼踢了碎石幾腳。「看來他們不太想要在這裡埋伏，而在找更好的選擇。」

布朗搖搖頭。「那為什麼這條通道會被擋起來？是誰擋的？」

「這是只有他們知道的緊急通道嗎？」庫特哈德若有所思地說。「繼續前行。」

新的隧道直徑約三公尺，再次向下傾斜。博蒙特的燈是唯一的光線來源，但在一片漆黑中，它使隧道變得明亮，陰影在不規則的表面上閃動著。

博蒙特從頭盔上取下手電筒，將它舉到一邊，保持一隻手臂的距離。「如果他們真的埋伏在這裡，對著燈光射擊……」

幾百公尺後，壓隊的布朗停下腳步，回頭看了看。「等等。」他低聲說。

庫特哈德回頭看了一眼。「怎麼樣，醫生？」

「關燈，博蒙特。」

「樂意之至！」

一聲輕響，隧道便陷入黑暗。幾秒之內，他們的眼睛便開始適應黑暗以外的其他事物。通道的牆壁和天花板的縫隙中，甚至連地板上的某些地方，都散發著柔和的藍色光芒。微弱的冷光幾乎難以察覺，從餘光中更容易看見。不，布朗想。這是磷光。他蹲下身子，仔細地看著一條縫隙。他掏出一把摺疊刀，彈出刀刃，往縫隙裡挖了進去。拔出刀時，上面有一層慘淡的藍色污漬。

「某種地衣吧。」他說。「我聽過這種東西，但我一直以為是綠色的。」

格萊斯頓拉下他的夜視鏡，輕輕調整了一下。「不管它是什麼顏色，它都為夜視鏡提供了足夠的光線。」

「真幸運。」庫特哈德說。「戴上夜視鏡，各位。把燈關掉，博蒙特。」

「謝天謝地，中士。」

布朗拉下自己的護目鏡，看著小隊在單調的綠色中前進。他很高興不再需要刺眼的手電筒光照，但發光的藍色地衣讓他感到毛骨悚然。在隊員走遠之前，他趕緊站起身跟在後面，邊走邊調整著肩上沉重的醫療包。

他們靜靜地走了幾分鐘，史賓塞不時地丟下記號。在一條岔路口，他們試著往左邊前進，但很快就遇到了死路。他們原路返回主要通道，然後繼續前行，發現一側有一個小山洞，但洞口太低，他們無法直立行走。那裡沒有連向任何通道。

「看來這條隧道會繼續向下延伸了。」博蒙特說。他的聲音失去了一點興奮感。

庫特哈德舉起拳頭，示意他們停下來。「我們走了多遠？」他問。

史賓塞檢查了平板電腦，儘管它的亮度已降到最低，在他們的夜視鏡中依然閃閃發光。

「七百八十三公尺。」

「四分之三公里，真的嗎？」迪爾曼低聲說。

他聽起來和布朗一樣緊張。奇怪的地衣還繼續往前延伸，在岩石和裂縫之間隨意散布。偶爾，較大的斑點會像強烈的燈光一樣發亮，但大多時候都只是柔和的光條，就像岩石中的血管。

「繼續前進。」庫特哈德說。

又走了幾分鐘之後，史賓塞低語：「現在有一公里了。」

他們還來不及對這個事實進行任何討論，博蒙特就倒抽一口氣，咒罵出聲。「中士，這裡有東西。」

隊伍進入了備戰狀態，悄悄分散開來，橫向分布在隧道中。

「是骨頭。」博蒙特說。「只是一具骷髏。」

庫特哈德轉身。「醫生，去檢查一下。」

布朗走到博蒙特身邊，低頭看著躺在穴壁彎曲處的骨頭。藍色地衣斑駁地包裹著骨架，就像蝸牛留下的痕跡。他蹲下來，更仔細地觀察。「男性，成年人。沒有我一眼就能看出的明顯外傷痕跡。」

他從口袋裡掏出一支筆形手電筒，摘下護目鏡。「小心你們的眼睛。」

他打開燈，仔細觀察骷髏，隊伍移開了目光。那些骨頭散落在地上，沒有肌肉，也沒有連接組織能將它們固定在一起。「這上面有一種殘留物。」布朗低聲說。「像凝膠之類的。」

他從口袋裡掏出一枝筆，筆尖沿著一根股骨滑動，挖起了一小團透明、黏稠的膿液。但它沒有氣味。

他把一根食指放在同一根骨頭上，輕輕摸了摸那種黏液。它似乎是惰性的。他把它移近自己的臉，正要仔細檢查，卻突然皺起眉頭，然後再次將手指按在骨頭上。「這還是溫的。」

他身後的隊伍緊張起來。

「那是什麼？」庫特哈德問道。

布朗嚥了嚥口水，心臟怦怦直跳。他看著自己的指尖，然後握住骨頭，感覺到掌心的熱度。「這具骷髏還很溫暖。而且太乾淨了，不像在這裡腐爛的。」

「搞屁？」博蒙特問道，他的聲音顫抖著。

「你在耍我們嗎？」格萊斯頓問道。他的聲音比博蒙特更大，但仍然帶著明顯的恐懼。

布朗舉起一隻手掌在骨架上方，距離三公分左右的距離，來回移動。「它渾身都還是熱的。」他有氣無力地說。他的頭腦試圖處理這些訊息，卻一直陷入死局。他膝下冰冷的岩石似乎在嘲笑著他。

「熱的？」庫特哈德問道。

布朗的心猛地一跳，再度加速，他發現骨瘦如柴的屍體下有個東西。「嘿，迪爾曼。」

「怎樣？」

「你在監視我們追蹤的那些混蛋時，說你看到了什麼很好笑的東西？」

一股緊張的沉默充滿了空間。一會後，迪爾曼說：「其中一個人的脖子上，掛著一個超大的金錢符號，幻想自己是饒舌歌手還是什麼狗屁的。」

布朗用他的小刀，從純白的胸腔內勾出了一條鍊子。伴隨著尖銳的碰撞聲，他一環接著一環，把它拉了上來。最後，一個金錢符號從骨頭之間冒了出來，只是它的表面不再是金色，而是失去光澤、發黑的合金。

「這他媽是怎麼回事？」博蒙特高聲問道。他把重心從一腳換到另一腳，瘋狂地環顧四周。

「這些骨頭太乾淨，也太白了，不可能腐爛到這個地步。」布朗說。他用手電筒在骨頭間探照著，看見了硬幣、打火機、手機半融化的殘骸和皮帶釦。兩支自動手槍，都帶有凝膠狀黏液的痕跡，卡在骨盆下方。

庫特哈德走上前去，俯身盯著屍體，好像這是一種對他的人身侮辱。「你是想告訴我，這是我們在追蹤的人之一。」

布朗聳聳肩，舉起筆，讓金錢符號擺動著。

「媽的。」史賓塞說。「誰會對人做出這種事？」

布朗搖搖頭。「誰知道？」他用手電筒往隧道的牆壁和天花板上打光。

「而且，它到哪去了？」格萊斯頓虛弱地問道。

「誰？」庫特哈德問道。

「我覺得很明顯，有人或有個東西對他做了這種事，而它現在已經不在這裡了，對吧？」他說。

「某種武器？」博蒙特問道，依然很焦躁。

「什麼鬼武器會造成這種後果？」布朗反駁。

庫特哈德站直身子。「閉嘴，你們所有人。我們有一個使命，我們就要堅持下去。我們會在路上找到答案。」

「這還是溫的。」布朗提醒他。「我覺得，這應該是很近期所發生的事。」

「那我們就要更他媽的小心了。」庫特哈德說。

一陣槍響和遠處的喊叫聲在隧道裡迴盪。厄普西隆小隊愣在原地，側耳傾聽。一聲尖叫，接著又是一陣槍響，然後是一陣深沉的轟鳴。

「手榴彈？」迪爾曼小聲問道。

寂靜再次降臨。

「關燈，閉嘴。」庫特哈德說。「布朗，和我一起站在前面，以防我們看到更多屍體。博蒙特，殿後。移動。」

布朗點點頭，把刀收進口袋。他不喜歡這個安排，但中士的決定十分明智。博蒙特對這次的遭遇感到非常害怕，這也可以理解。他的緊張感就像一股電流，穿過了整個隊伍。他最好到最後面去，讓他有機會冷靜下來。隊伍不情願地排成隊形。布朗再次瞥了一眼隧道地上的骷髏，當他們幾乎無聲地離開時，他渾身顫抖著。

他們又沉默地走了十分鐘，然後史賓塞低聲說：「兩公里。」

一聲慘叫從遠處響起，又同樣迅速地戛然而止。幾聲槍響。他們僵在原地，側耳傾聽，但再也沒聽見任何聲音。

「繼續前進。」庫特哈德緊繃地說。

「你確定嗎，中士？」布朗問道，但中士唯一的回答是從背後推了他一把。

幾分鐘後，史賓塞說：「三公里了。」

布朗指了指前方，庫特哈德點點頭。另外兩具骷髏躺在隧道地上。布朗蹲下身子，感覺到從他們身上升起的溫度，與周圍冰冷的岩石形成了鮮明的對比。兩把ＡＫ—四七步槍和其他金屬物體散落在地上。

「搞屁啊，老兄？」博蒙特說，他的聲音仍然高亢又緊繃。「是什麼東西弄的？」

「我們要回去嗎？」布朗問道。

「前面還有五個人在某處逃亡。」庫特哈德說。「而不管是什麼東西弄的，它也在前面。我們要走得更遠一點。」

「我們得走了，中士！」博蒙特說。「認真說，我們怎麼能打敗這個鬼——」

「冷靜點，士兵！」庫特哈德咆哮道。「他媽的理智一點。我們再往前走一點看看。這條隧道之後一定會變，會有岔路或延伸到別的山洞什麼的。我想看看前面有什麼。如果在五公里的時候沒有任何改變，我們就掉頭。」

「五公里？」博蒙特聽起來像個小孩。「靠，五公里？」

「出發。」庫特哈德柔聲說道。他的聲音和舉止是平靜的最佳典範。

布朗想知道中士是不是真像他表現的那麼冷靜。目前看來，博蒙特對這一切的反應是所有人之間最合理的。布朗咬緊牙關，阻止自己顫抖，繼續往前走。

沿途的道路依然被奇怪的地衣斑紋所照亮，隧道始終保持著直徑三公尺左右的寬度，一直延伸到遠處山脈的山腳下。幾分鐘內，他們什麼也沒聽到。

「保持警戒。」庫特哈德說。「你還好嗎，驢子？感覺還好嗎？」

博蒙特沒有回答。

中士輕聲一笑。「抱歉，喬許，我只是在逗你而已。說真的，你感覺還好嗎？你剛才有點驚慌了。」

沒有回應。

山姆．格萊斯頓說：「我身後沒有人，中士。」

「什麼？」

「他負責押隊，但他現在不在隊伍後面了。」

庫特哈德咒罵了一聲。「博蒙特！」他用力地低聲喊道。「靠，他應該沒被嚇得跑回去吧。」

「如果是的話，我應該會聽到吧，中士？」格萊斯頓問道。

「我不知道。會嗎？史賓塞，把你的平板電腦留在這裡，然後折返回隧道上方。如果你在幾百公尺內沒有遇到他，就得留下他了。等我們回來，我一定會教訓他一頓。」

「是的，中士。」

史賓塞放下裝備，小跑著離開了。他們在不安的沉默中站了幾分鐘。

「緊張的小鬼。」最後，布朗說道。「第一次任務。」

「不要幫他找藉口。」庫特哈德說。「他可是個該死的士兵。」

史賓塞朝他們的方向走了回來，手裡拿著某個東西。「我們得他媽的離開這裡。」他說。他的手指上掛著一條鍊子，上面有兩個狗牌。

「什麼鬼？」迪爾曼低聲說。

「博蒙特的？」庫特哈德緊繃地問道。

「他就像我們發現的叛軍混蛋一樣，是一具他媽的骷髏了。除了帶釦、武器之外，什麼都沒有留下。他就只剩下骨頭了，中士！」

迪爾曼開始喃喃自語，頭燈瘋狂地向各個方向照射。隊伍的情緒開始崩毀。

庫特哈德關掉了迪爾曼的燈。「別說這些屁話！大家保持冷靜。」

「冷靜嗎，中士？」格萊斯頓問道。「認真說，我們現在可是困在地底深處。」

「保持。冷靜。史賓塞，你有拿到博蒙特的武器嗎？」

史賓塞搖了搖頭。「我把它留在那裡了。背帶消失了，太難拿了。但我拿走了他的彈匣。」

「還行。現在我們需要重新評估這裡的情況。」

「我覺得我們該離開了，中士。」布朗說。他試著讓自己的聲音保持平靜，但他聽見也感覺到了自己的顫抖。

「沒那麼簡單。」

「就是那麼簡單。」迪爾曼說。「管那些傢伙去死，誰知道他們是不是還活著。不管是什麼東西殺了博蒙特，它也殺了他們。我們可以在山洞外面等著，把出來的人都幹掉。」

庫特哈德舉起一隻手，在他們的夜視鏡中揮著淡綠色的手掌。「冷靜點，各位。離開沒那麼簡單。我同意你們的意見，如果現在是別種情況，我絕對會喊停。但不管是什麼殺了博蒙特，都是從我們後面動手的。」

「這代表它就在我們身後。」布朗說，肚子裡感覺像有一波冰冷的海浪襲來。「或者不只一個，而是前後都有。」

「沒錯。」

「所以我們該繼續前進囉？」格萊斯頓問。「也許情況只會變得更糟而已。」

「也許。但也許這裡還有其他出路。」庫特哈德拿起史賓塞的平板電腦，檢查了螢幕。「我們還有很多傳感器，對吧？」

史賓塞把博蒙特的狗牌放進口袋裡。「是的，還有很多。」

「好。我們再繼續前進一公里，看看它有沒有岔路，有沒有其他出路。如果有，我們也許可以繞過那個躲在這裡的東西。如果沒有，我們就轉身去，冒險面對它。雖然不太可能，但史賓塞，我們在這裡有訊號嗎？」

下士拿出他的裝備，花了一點時間，試著從基地那裡得到回應。然後他轉到寬頻，尋找可能的傳輸訊號。但他什麼也沒找到，也沒有人回應他的公開呼叫。「什麼都沒有，中士。」

「我也這麼想。好，布朗，你留在中間。我和史賓塞帶頭。我要格萊斯頓和迪爾曼押隊，但你們兩個倒著走。我們慢慢移動，而你們眼睛盯好我們身後的隧道。我們走吧。」

他們又緩緩向前走了起來。布朗覺得自己在隊伍中間一點用處也沒有，但他知道庫特哈德的目的。保護最有可能幫助傷兵的人。只是目前看來，這個洞穴中的鬼東西沒有留下任何傷者。他聽到格萊斯頓倒抽一口氣，便轉身看去。

「看到了嗎？」格萊斯頓對迪爾曼低聲說。

「有。在那裡！」布朗也看到了。他抬起護目鏡，用未經夜視鏡的肉眼看過去。有個東西在動，就像一道光從黑暗中劃過，就像一片淡藍色、發光的漣漪。他看到一個光滑的透明球體，它貼在牆上，然後就消失了。

其他人都停下了腳步。五個人死盯著牆面，但隧道漆黑死寂，靜止不動。

「繼續前進。」庫特哈德說。

布朗也開始倒著走，試著掃視身後隧道的每一吋。

「在那裡！」格萊斯頓厲聲說。

他也看到了。大約在他們後方三十公尺的天花板上，有一個弧形的透明物體，比之前更靠近了。它就像一滴巨大的水珠般開始膨脹、下垂，又很快被吸了上去。

「它他媽的在跟蹤我們。」迪爾曼嘶聲說道，再次打開他的頭燈。

「但那到底是什麼？」史賓塞問。「它是活的嗎？醫生？」

聽見有人直接對他說話，布朗跳了起來。「我不是這方面的專家。」他說。「不管它是什麼——」

他說的話被格萊斯頓的尖叫聲和迪爾曼驚恐的喊叫聲淹沒。手電筒的光在他們頭頂的天花板上映照出一個巨大的流動物體。它像一條在頭頂上的河流，流過岩石，然後開始擴張、膨脹，長長地下垂，像一道透明果凍形成的瀑布般，從隧道頂部擠了出來。巨大的凝膠狀物體舒展開來，往下墜落。

迪爾曼往一旁跳開，武器震耳欲聾的響聲以及槍口的火光充斥了整條隧道。格萊斯頓試圖倒退逃開，卻打滑摔倒了。布朗被他向後撞倒，錯愕地跌坐在地，手忙腳亂地向後退。庫特哈德和史賓塞將武器瞄準他的頭頂，開始射擊，他則慌亂地摸索武器。

那東西落在格萊斯頓的腿上，他的尖叫聲令人毛骨悚然。布朗試著在槍口的火光之間看清眼前發生的事，他捕捉到的只是斷斷續續的畫面，就像在閃光燈下一樣。格萊斯頓的腿、衣服和肌肉都在透明的液狀物中瞬間融化了，只剩下骨頭。他試著用手把它拍走，最後卻只能驚恐地舉起失去皮肉、慘白的指骨，然後骨頭紛紛掉落在膝蓋上。他手臂上的肉瞬間就消失了，一直到他的手肘。球狀物質不斷擴大、填滿隧道，觸手般的物質從中向前撲來，又像瘋狂的海葵般收縮回去。迪爾曼、史賓塞和庫特哈德的子彈一波波打在那東西上，但收效甚微。它似乎能躲開子彈的攻擊，然後又凶暴地向前撲來。只有迪爾曼的手電筒光束似乎真的能壓制它的攻擊。當它蔓延到格萊斯頓的身軀時，他的尖叫聲便突兀地停止了。然後布朗站起身，開始狂奔。

他衝下隧道，然後才意識到其他人都在他身邊。至少史賓塞和庫特哈德是。他們邊跑邊喘著粗氣，只想和那個惡臭而恐怖的東西拉開距離。布朗不敢回頭，生怕那個東西就追在他們身後，生怕會看到格萊斯頓被它吸乾或迪爾曼被它抓住的畫面。他跌跌撞撞地跑著，差點摔倒在地，腳下的地面變成了破碎的岩石，身邊的洞壁坍塌了一半，幾乎擋住他們的去路。這是他們之前聽到的手榴彈所造成的結果。他不小心踢到了另一具骷髏，骨頭四散一地。

一道更亮的光開始充滿前方的隧道，他奮力朝它奔去。與身後必死無疑的威脅相比，他們已經顧不得眼前的任何危險。

他們衝進了一個令人頭暈目眩的巨大洞穴，在一個距離洞穴底部數百公尺的凸出岩壁上煞住腳步。洞穴頂部消失在遠處的霧氣漩渦中，柔和的藍色光芒從中透出。巨大空間的牆上布滿了奇怪的地衣，使整個地方都籠罩在一股不真實的光芒之中，幾乎就像蒼白的陽光穿透熱帶水域一樣，一點也不像在幾公里深的地底。布滿地面與高聳入雲的，是一座顯然由智慧生物所打造的結構，一座巨大的螺旋塔，高達數百公尺，底部則至少有一公里寬。彎曲的扶壁在它周圍環繞著，連接著較小的塔樓。這個看起來有組織的巨大結構似乎是從岩石本身精心雕刻而成。從他們所站的岩壁上，一道碩大的樓梯通向建築物的最底層和洞穴的地面。每一道階梯都高兩公尺左右，寬度也相當，數百級的巨型階梯直通雲霧之中。這裡的空氣更冷，也更潮濕，散發著金屬和古老的味道。他們眼前的景象一切都散發著年代的氣息，超越了歷史的任何跨度。這是地質年代。

「哇靠。」史賓塞說，一邊抬起他的護目鏡。他的聲音帶著一絲瘋狂。

聽到身後傳來嘶啞的喘息聲，他們跳了起來，轉過身。迪爾曼從隧道入口蹣跚地走進來，痛苦地呻吟著。他的左臂什麼都沒了，只剩下沒用的骨頭，手掌已經消失。他的半張臉不見了，頭骨裸露，牙齒咧開，頭頂上冒著泡沫、血流不止的皮膚仍在持續消失。

「中——士。」他含糊不清地說，單膝跪倒在地，同時伸出沒受傷的那隻手。

史賓塞跌跌撞撞地轉過身，大聲嘔吐起來。布朗急忙跑上前，他的醫學訓練接管了一切，暫時將震驚和恐懼拋到腦後。但他不敢碰這個可憐的混蛋。他只是仔細觀察著他，試圖找出傷口在哪裡停止。迪爾曼的肩膀已經被侵蝕殆盡，還在融化。在布朗的注視下，負責將整個關節連接在一起的軟骨崩解了，迪爾曼的手臂骨頭嘩啦一聲，落在岩石上。他脖子上的皮肉液化了，鮮血從暴露的頸動脈中湧出。

這位醫生目瞪口呆，完全不知所措。迪爾曼伸出一隻手，往布朗身上胡亂抓著，他身體的融化反應逐漸停了下來。但是傷害已經不可逆轉了，他的血也快流乾了。庫特哈德的槍管出現在布朗的視線中，緊貼著迪爾曼的額頭，然後炸響。可憐的混蛋向後飛去，後腦勺在洞壁上爆開。

史賓塞繼續將胃裡的東西清空，布朗則跪倒在地，渾身發抖，腦袋一片空白。庫特哈德走到他們剛走出的隧道口前，凝視著黑暗。他打開頭燈，讓光束穿透那片漆黑。他用頭燈照著洞壁和天花板。

等到史賓塞終於吐完，開始喘氣時，庫特哈德說：「它似乎沒有繼續跟著我們。也許它只是在看守隧道。」

「看守？」布朗勉強說道。

庫特哈德指著那座不可思議的地下結構。「我猜它應該不想讓任何人找到這個，你說呢？」

「但那是什麼？」布朗問道。「什麼樣的生物……？」

「我們最好不要試著搞清楚。」庫特哈德說。「我們是軍人的腦袋。這種問題該留給科學家。」

「不敢相信它居然沒有幹掉我們所有人。」史賓塞說。

「也許是不太熟練。」布朗推測。「儘管致命，但它的速度並不快。我們也只看到了四個叛軍的屍體。所以有四個人逃過了一劫。它不喜歡我們的燈，但這也只會減慢它的速度。」

「手電筒比槍更有用。」史賓塞說。

「這裡可能太亮了。」庫特哈德說，一邊看向洞外淡淡的藍色光芒。

「看。」

庫特哈德和布朗轉身看向史賓塞指向的地方。幾道跟他們面前一樣的巨大樓梯從洞穴底部通向岩壁上的幾個平面。他們的平臺有一百公尺寬，另一道階梯從遠處向下延伸。在那道階梯上，有四個小小的身影正在奮力向下攀爬。他們精疲力盡般緩緩移動，坐在每一級高聳的臺階邊緣，向下滑到下一級臺階上。其中一人在他人的幫助下移動著，顯然是受傷了。

「混蛋。」庫特哈德說。他走到迪爾曼的屍體旁，取下他的狙擊槍，裝上一個瞄準鏡。他走到他們這道階梯的頂端，趴下身，展開狙擊槍底部的腳架，向下瞄準。

「你是認真的嗎，中士？」布朗不可思議地問。

「我們有個該死的任務在身，紳士們。我至少要把這份工作好好完成。」

他扣下扳機，一名叛軍的腦袋便爆了開來，鮮血四濺，即便從這麼遠的地方，他們都能用肉眼看見。其他人慌亂起來，像受驚的螞蟻般四處亂竄。庫特哈德再次開槍，第二個人也倒了下來，他的胸膛炸開。又是一槍，那名受傷的叛軍被擊中肩膀，轉身趴倒在岩石上，爬到一級巨大的階梯後方，消失在視野中。他們終於意識到子彈是從哪裡來的了，另一個人也趕緊找到掩護。

「混蛋。」庫特哈德又說了一次。他繼續盯著瞄準鏡，靜靜地趴著，呼吸輕緩。

史賓塞蹲下身，蜷縮在平臺後方的岩壁角落。他的手臂抱著頭，輕輕地搖晃著。

「史賓塞崩潰了。」布朗對庫特哈德低語道。

「我知道。」中士的眼睛沒有從瞄準鏡上移開。「給他一點時間，看他會不會恢復正常。」

「我們還有多少時間？」

「誰知道？現在那該死的東西還沒有從隧道裡出來，我也不打算走回去了。下面有一個沒受傷的叛軍雜種，還有一個肩膀受了傷，嚴重程度不明。現在，我只打算等他們出來，然後給史賓塞一個機會振作起來。我建議你先休息一下。」

他的語氣不容許進一步的討論。布朗遠離隧道口，靠著岩石坐下。他的背部發涼。顯然庫特哈德也瘋了，只是以典型的老派軍事方式來面對而已。這位高大、肌肉發達的中士見識過的戰鬥比其他人加起來還多，他讓自己所受的訓練接管了情緒。也許這是個好策略。如果這個人能夠擺脫情緒，讓經驗像機器人一樣控制自己，也許他真的能活著離開這個地方。

時間一分一秒地過去。布朗開始擔心起更平凡的事，例如他們要在哪裡過夜、還剩下多少口糧和水，或是除了他們進來的地方之外，是否還有其他出路。他當然不想回到那條隧道裡。

庫特哈德的步槍炸響，讓他跳了起來。

「我就知道我可以等到他。」中士的聲音裡帶著笑意。

「你打到他了嗎？」

「打到啦。他沒想到我會一直在這裡等。我以前還等過比十分鐘更久的時間呢，你這個該死的叛軍混蛋。你只是個他媽的是個門外漢，你得先觀察啊。現在你只是個死掉的門外漢了。」他站起身，把步槍掛在肩上。「除了肩膀受傷的那個之外，其他人都死了。如果沒意外的話，他也會失血過多身亡的。我們去看看吧。」

布朗站起身，困惑地皺著眉。「去看看？」

「對。不然你還想做什麼？」

布朗奮力思索，卻一無所獲。中士說得有道理。如果他們不打算沿著進入的隧道折返，那至少需要四處看看。這麼一來，還不如一邊搜索，一邊完成原本的工作。這是將實用主義發揮到極致，卻十分合理。

庫特哈德走到史賓塞身邊蹲下。「你還好嗎，士兵？」

「不好，中士。」

「我也是。但我們得走了，好嗎？」

史賓塞抬起頭，棕色的平頭下，狹窄的臉龐白得像骨頭。「我有個小兒子，中士。他下個月就滿兩歲了。我要準時回家幫他過生日。我錯過了他的第一個生日。」

庫特哈德拍了拍史賓塞的肩膀。「我們會逃出去，然後在你預計的時間送你上車回家。」

「我們不會的，中士。我們誰都出不去了。」他指著滿洞穴的尖塔。「這他媽的到底是什麼，中士？我們全都會死在這裡。」他聽起來非常平靜。

「我們會出去的。」庫特哈德堅定地說。

「我老婆總是擔心我會被簡易爆炸裝置炸斷雙腿送回家。『你不會死的。』有一天晚上，我們喝酒的時候，她這樣說。『我感覺得到。』她一直都說自己有靈性。覺得自己他媽的會通靈，你知道嗎？但這也無傷大雅。『你不會被殺的。』她說。『但我有一種可怕的預感，你會被地雷炸傷。』真是個好預言，對吧，中士？她這麼有靈性，卻沒有預言到這個狗屁！」

庫特哈德笑了。「我猜沒有人能預言到這個狗屁。」

「我應該在兩週後回家的，中士。」史賓塞的眼眶裡盈滿了淚水。

庫特哈德做了一件布朗想都沒想到的事，讓他目瞪口呆。中士將史賓拉進懷裡，緊緊抱在胸前。

「哭出來吧，士兵。」庫特哈德說，史賓塞啜泣起來。

布朗不自在地在一旁站了整整一分鐘，聽著史賓塞嚎啕大哭。醫生想知道，為什麼自己感到如此平靜、內心如此寒冷，然後才意識到他的恐懼和恐慌全都鎖在胸膛裡。他真實的自我和它所蘊含的所有情感，都關在他體內的一個盒子裡，而在未來的某一刻，他必須打開那個盒子。光是想到屆時會是什麼情景，他就感到害怕。但至少現在，這個盒子會阻止他崩潰。這樣會讓他成為比史賓塞更好的士兵嗎？還是一個更糟糕的人？他見過那麼多暴行、那麼多已經習以為常的傷口和創傷，但今天的經歷肯定會擊倒他吧。他不像史賓塞一樣，有難以放下的妻子或孩子。但是中士有，而他也堅持了下來。也許史賓塞只是對上鎖的小盒子暫時失去了掌控。

庫特哈德把士兵推開。「好了，現在站起來吧，孩子。振作一點。」

「抱歉，中士，我只是……」

「你準備好要出發了嗎？」

「是的，中士。」史賓塞的聲音仍然顫抖著，但已經恢復了一點自信。

「布朗呢？」

醫生點了點頭，活動了一下身軀。「是的，中士。」至少，他想，盡我所能地準備了。

庫特哈德吸了吸鼻子，整理好他的背包。「嗯，我是不可能走上回頭路的。隧道裡的那個東西，不管它是什麼，似乎只想要留在那裡，所以我們就別管它了。這裡一定有另一條出路。」他指著填滿洞穴的巨大建築物。「那麼大的東西，不可能只有一小條通道通往這裡。走吧。」

「中士。」布朗說。他終於可以說出自從他們走上岩壁以來，一直在他腦中徘徊的憂慮了。

「什麼？」

「隧道裡的東西沒有跟著我們走出來。也許你是對的，這裡太亮了。」

「對。所以？」

「嗯，如果它的任務是要守著這裡，卻沒有跟著我們出來，那一定有什麼意義吧。」中士瞇起眼。「例如這裡可能還有其他東西也在做同樣的工作，而剛才那個東西只需要擔心它的隧道就好了？」

「之類的。」

「你說得對。最好把武器準備好。我們走吧。」

他們沿著岩壁的平臺移動，前往叛軍剛才使用的巨大階梯。他們來到一塊嵌在牆上的巨大青銅板前，十公尺高、五公尺寬，上面刻著奇怪的文字符號和圖案，令人看得頭暈目眩。布朗輕吹了一聲口哨。他試著看懂上面的刻紋，但眼睛不停向一旁轉開，一股反胃感開始在他的腸胃裡翻攪。

「在那裡。」史賓塞說。「還有那裡也有。」

他們順著他指向的方向，看見洞穴周圍的其他岩壁上還有更多青銅碑。就像他們走進來的那條通道一樣，每個青銅板旁邊，都有一個小隧道口。

「這些隧道可能都有一隻他媽的怪物，就像攻擊我們的那個一樣。」布朗說。

「我們必須假設是這樣。」庫特哈德說。「我們得繼續尋找其他的可能性。繼續前進。」

沿著他們這道岩壁又走了二十公尺後，他們繞過了巨大的建築物，來到一個制高點。而他們立刻就看到了。在廣闊的山洞另一側，有一道比他們現在所站的位置還要高的巨型階梯，一個巨大的通道，就在頂端敞開著。

「那一定有五十公尺寬。」庫特哈德說。「在那樣的空間裡，我們還有戰鬥的機會。」

「叛軍可能也正在往那裡移動。」布朗說。「不過這代表我們要穿過那個結構。」

「或者從地面繞過去。」

一聲尖叫劃破了空氣。那是一個男人面對恐怖死亡時的叫聲，聲音尖銳而驚恐，卻突兀地停止了。

「從下面傳來的。」史賓塞指著他們眼前的階梯下方，叛軍剛才就是在這裡死於庫特哈德的槍口之下。

「看來肩傷混蛋是活下來了。」中士說道。

「直到現在。」布朗感覺到胸膛中的盒子鎖頭開始鬆動。

「好了。安靜。」庫特哈德舉起武器，往階梯走去。「我們別無選擇，只能穿過去，所以我們就殺出一條血路吧。」

他走到第一級階梯前，跳了下去。階梯的高度離他頭頂還有十幾公分，但他往前走去，又跳下一階。布朗和史賓塞跟在他身後。

每一次的墜落都使布朗的膝蓋顫抖不已，他想知道他們能堅持多久。這樣的消耗，他們一個人又能維持多久？叛軍們當時跨過了大約三分之二的路程，看起來精疲力盡，每一階都是用滑的，步履蹣跚。

而且就算他們成功爬下去了，還得爬上更多的階梯，才能抵達他們看到的寬闊隧道。在這趟路程中，還得與剛才觸發那一聲尖叫的東西戰鬥？不管是基礎訓練或高級格鬥訓練，可沒有哪一種能讓士兵面對這種情況。準備好面對一切了嗎？從來沒有人把這個地方列在「一切」的欄位裡。

布朗的鎖又鬆動了一點，他停止思考，只是繼續前進。

他數到第五十階後就不再計算了，但又跳下幾階後，庫特哈德停了下來，舉起一隻拳頭。他們僵在原地，蹲下身，做好準備。庫特哈德點了點自己的耳朵。布朗豎起耳朵，仔細傾聽，然後聽到一陣摩擦聲。距離還很遠，但正以極快的速度接近。庫特哈德爬到他們所在的臺階邊緣，往下看去，並立刻採取了行動。他用突擊步槍左右掃射，短促的爆炸聲響打破了寂靜，在四周遠處的岩壁之間迴盪。布朗和史賓塞來到邊緣。史賓塞立刻加入庫特哈德的開火行列，但布朗愣了一會，驚愕不已。

一大群生物像翻滾的黑水一樣，順著臺階朝他們湧來。牠們在下方二十階左右的位置，正迅速靠近。牠們長了太多條腿，黑色的身體就像蠍子一樣，應該長著毒刺的尾巴末端卻是一張瞪著眼睛的臉，幾乎像人臉，但扭曲成某種可怕怪誕的東西，眼睛睜得太大，嘴巴太深。這些生物在岩石邊緣移動著，那些嘴巴無聲地張開又閉上，就像魚一樣。每隻生物都有一公尺那麼長，甚至更長，胸腔前長著兩道兇狠的顎骨，一邊移動，一邊對著空氣撕咬。

布朗舉起武器，在戰鬥中加入火力。子彈撕裂了這些生物，打碎了牠們堅硬的外殼，讓牠們流出一道道發光的藍色血液。其中一隻倒下時，牠的同伴便蜂擁上前。有些生物被子彈擊中腿部，踉蹌地從階梯兩側跌落。布朗發現這些東西在尖叫，不知道是出於恐懼、痛苦或勝利，但牠們沒有嗓音，只是從那些拉長而可怕的臉上發出嘶聲。牠們奔跑時，這些面孔在分節的尾巴上搖晃不止。

布朗和同伴是不可能趕在這些恐怖的生物之前爬上階梯的，所以他們必須在這裡守住。庫特哈德從腰帶上掏出一枚手榴彈，將它拋過第一波湧來的生物，在一團閃亮的黑色甲殼和碎石塊中炸開。史賓塞清空了彈匣，又熟練地換上一個新的。當布朗換上新的彈藥時，他已經繼續開火了。庫特哈德又丟了兩顆手榴彈，並換了彈匣，繼續開槍。布朗也丟了一顆自己的手榴彈，然後換上最後一個彈匣。他們的自動步槍不間斷地怒吼著，在控制下擊發，他們所受的訓練接管了大腦。

這些生物距離他們只有五級階梯，然後是四階，他們的彈藥快用完了。布朗、史賓塞和庫特哈德語無倫次地叫囂著，繼續對著牠們掃射。史賓塞又丟了一顆手榴彈，然後那些東西就距離太近，他們再也沒辦法使用炸藥了。

剩下三階時，牠們的數量終於開始消減。兩階，幾乎就要碰到了。

最後一批生物入侵了他們所在的臺階，並試著爬上他們的身體，沉重、鋒利的下顎逼近著要咬斷他們的四肢。他們跌跌撞撞地往左右閃開，短促地開火。其中一隻往史賓塞身邊靠近，他尖叫起來。他的彈匣空空如也，發出響亮的喀噠聲。布朗連開了三槍，然後就再也沒有生物撲過來了。庫特哈德轟掉了腳邊的兩隻，然後在最後一隻有機會跳到史賓塞身上之前，轉身殺死了牠。

一切突然靜止下來，他們的耳朵嗡嗡作響。

戴夫・史賓塞帶著如釋重負的微笑，抬頭看向中士。布朗舉起一隻手，對他大喊：「停下來！」

但史賓塞還是從腳邊的屍體旁踏開了一步，他的腳踏出了階梯的邊緣。他的臉上露出震驚的表情，張大嘴，然後就掉出了他們的視線。

布朗和庫特哈德衝到邊緣，但史賓塞已經消失在陰影中。一秒鐘後，他恢復聲音，哀嚎聲往上飄來，然後被一聲潮濕的悶響打斷。一片沉重的寂靜籠罩在巨大的洞窟之中。

布朗著地的手和膝蓋無法控制地顫抖起來。「說好的老婆會通靈呢。」他喃喃說道。

庫特哈德在他身邊，一樣因疲憊而喘著粗氣，但這位中士的動作中充滿了憤怒。「他把該死的無線電也帶走了。」最後，庫特哈德說道。

他站起身，大吼著、尖叫著，雙腿踢向四周那些可怕的蠍子怪物的屍體。布朗轉身坐下，看著他。他很高興中士終於宣洩了一點情緒。中士就像壓力鍋般，一定早就瀕臨爆炸邊緣了。

最後，中士向後靠在上一級臺階的岩壁上，滑坐下來。「所以，我們現在擁有的物資就只有帶在身上的東西，而且沒有通訊。」

布朗點點頭。「我的彈藥只剩下這裡面的。」他舉起他的武器。「就這樣。你呢？」

「一樣。」

「我還有兩顆手榴彈。」

「我都沒了。但是我們都還有手槍。」庫特哈德說。

「我可能要留下來自己用。」布朗輕聲說，而他是認真的。從某一刻開始，把點四五手槍的槍管對著自己的太陽穴、扣下扳機，感覺是個很好的選擇。他抬起眼，看向四周的屍體甲殼。「你覺得我們幹掉牠們全部了嗎？」

「希望如此。這些古老的混蛋可比不上現代的戰爭工具。」

「如果我們還需要再用這些工具，很快就要用光囉。」

庫特哈德只是點點頭，瞪視著雙腳之間的地面。最後，他果決地吸了吸鼻子，站起身。「好了，我們走吧。」

布朗抬頭看著他，他的身影豎立在陰暗的霧氣以及發光的藍色地衣前。「嗯。好吧。」

他們再度開始跳下臺階，小心翼翼地穿過破碎的屍體、藍色血液和戰鬥留下的碎石。某些地方的階梯被手榴彈打碎了，所以他們只能謹慎地坐著溜下去。還有些生物在抽搐著，但他們避開那些東西，保留火藥。經過十幾級階梯後，就不再有屍體了。又爬下幾級階梯，他們便看見了石頭上的紅色污漬，還有幾坨血肉與破碎的衣物。

「好多血。」布朗陳述道。「那些東西顯然也很享受吃屍體。我希望剛才那些就是全部了。」

庫特哈德點點頭，繼續沉默地前進。最後，他們喘著氣，雙腿軟得像果凍般，瘀血又疼痛，但終於抵達了底部，置身於迴旋的霧氣之中。

一陣低沉的呻吟傳來，震動著他們周遭的空氣，岩石地面震盪不已。然後呻吟聲就消失了。布朗和庫特哈德面面相覷。呻吟聲再度響起，這次更響亮、更有力。然後又一次。接著又一次。每一次，它的共鳴都傳得更深，聲音顯得更加緊繃而迫切，伴隨著沉重的金屬碰撞聲。然後沉默降臨，重重壓迫在他們身上，久久不散。

最後，布朗說：「剛才那是什麼鬼？」

庫特哈德看向洞窟中央的高大結構。它從地面向上延伸，高高聳立在他們之上，籠罩在裊裊的藍色霧氣之中。布朗抬眼盯著它，開始感到頭暈目眩。它的基座周圍有許多較小的塔樓，由彎曲的扶壁連接著，每座都有約三十公尺高。每座小塔的底部都有一個挖空的圓形空間，其中都有一座雕像。就他能看到的幾個雕像來看，布朗發現，每座雕像都是面向中央的高塔。它們的外形幾乎就和人類一樣，盤腿而坐，但每個人都有四隻手臂，手掌上有八隻指頭。手臂向兩邊伸出，好像在等待一個擁抱。它們的肚子鼓脹，裡頭堆滿脂肪，臉上長著四隻眼睛，其中兩隻長在另外兩隻之上。布朗往前走去，以便更清楚地檢視最靠近他的那一個。他發現那些東西的細節多得驚人，到了令人不安的地步。與其說是雕刻，不如說是活物被瞬間變成了石頭。他想知道事實是否如此。每一個雕像都至少有三公尺高，而且十分肥胖。

庫特哈德的目光依然盯著主要的塔樓。布朗走到他身邊，意識到他正看著一個入口，是在岩壁上一個幾公尺高、幾公尺寬的黑暗洞口。「呻吟聲是從裡面傳來的，對吧？」中士問道。

「誰在乎？」布朗驚愕地說。

「我必須弄清楚。」庫特哈德朝門口走去。

「中士？認真說，我們走吧。如果還有更多……」庫特哈德朝開口走去，布朗的聲音便逐漸減弱了。

在中士走近時，洞裡便開始散發柔和的藍光。呻吟聲再次響起，使一切震動不已。深沉的呻吟聲第二次響起，布朗的心怦怦直跳。他把手按在胸口，看著庫特哈德走進高聳的入口，雙腳僵在原地。

中士在裡頭停了下來，目光緩緩向上抬起。藍光的波動速度越來越快，將他籠罩起來。呻吟聲變成了哭嚎，庫特哈德的武器從他鬆開的指間掉落，掛在肩帶上。

「鎖鏈。」庫特哈德結結巴巴地說。他四處張望，視線上下打量，目光探索著廣大的範圍。「巨大的鎖鏈穿過了它的血肉。穿過了它的那些眼睛！」他跪倒在地，頭向後仰起，看向自己上方的某個遠處。「這是一座監牢。永恆的牢籠！」他開始大笑，那是一種從不健全的心靈中發出，高亢而破碎的聲音。

呻吟聲變成一股深沉、環繞四周的嗓音，在整個洞穴中迴盪。「**釋放我！**」

鎖鏈被什麼東西拉緊又放鬆，發出碰撞聲。那個填塞了整座高塔並摧毀了庫特哈德心智的怪物掙扎著，它的聲音如轟鳴般再度響起。「**釋放我！**」

「中士！」布朗大喊，他的腸胃因恐懼而糾結。「我們得走了！」

他想把中士拖走，但又不想看見那個人所看到的東西。「中士！」他尖叫道。

庫特哈德的臉微微轉向他，布朗看著他下垂的臉頰、流著口水的嘴角，還有狂野而呆滯的眼神，就知道庫特哈德已經不在了。沒有一點人性留在那具肉體空殼裡。布朗啜泣一聲，開始狂奔。

他繞過塔樓的底部，往遠處階梯的第一階跳去。他爬上第一級階梯時，那個聲音一遍又一遍地狂吼：「釋放我！釋放我！釋放我！」

布朗一階接著一階往上爬，雙手在粗糙的地面上摩擦。他啜泣著、喘著氣，肩膀和背部的肌肉都在燃燒，但他一路往上爬。他無法擺脫腦海中成群結隊的蠍子的畫面，想像著牠們從他身後衝來，但他不敢回頭看。被禁錮在下方的東西一次又一次地叫喊著。

爬了五十多級臺階後，布朗倒下了。他筋疲力盡，黑暗接管了一切。他覺得自己就要死了，所以不再抵抗。

當他再次醒來時，不知道已經過了多久，但他並沒有受到任何傷害。巨大的洞穴裡一片寂靜。

布朗拖著腳跟，站了起來，又展開另一次痛苦不堪的攀爬，一階接著一階。時間的流逝十分模糊，他的大腦中只是一片空洞的黑暗，直到他拖著身子爬上另一級階梯的頂部，終於看到一片平坦的岩石在面前展開。在遠處幾百公尺之外，巨大的隧道口聳立著，彷彿要把他吸進去。

布朗近乎歇斯底里地大笑起來。他站起身，跌跌撞撞地走進黑暗中。他不在乎那裡可能會有什麼，他只想遠離那座可怕的高塔和其中的囚犯。

更多散發柔和光芒的地衣在岩壁上攀附著，他將夜視鏡戴上。眼前的景象使他困惑地愣在原地。眼前是一片網格，像某種框架。他上下打量了一番，終於恍然大悟。一個像閘門一樣的大門填滿了隧道，三十公尺高、五十公尺寬，牢牢地固定在岩石中。他朝閘門走去，發現它是用金屬鑄造而成，就像他們看到的青銅碑一樣。縱橫交錯的青銅柵欄至少有二十公分粗。閘門上的每個方形洞口都有大約半公尺寬或更寬一點。如果他脫掉裝備，也許就能擠過去，或者也很可能卡在裡面。

不過那也不重要了。在閘門後方，在他身後洞穴微弱的光芒後方，無數透明的球形物體正蠕動著，觸手緩緩地探出又縮回，等待著，飢餓不已。好幾百個。

布朗一屁股跌坐在地上，輕聲笑了起來。他檢查了自己的口糧和罐頭，試著估計自己還能活多久，但大腦不願配合，就放棄了。他回頭看向他們進山時行經的隧道。與這道閘門外等待的整群東西相比，隧道中的一兩隻怪物，他似乎更有機會闖過。假設只有一兩隻的話。假設他有力量重新站起來的話。假設洞穴裡沒有更多守衛在等著他的話。假設被囚禁在下面的東西沒有在憤怒中掙脫的話。

受動、經驗豐富的軍醫兼陸軍下士保羅．布朗躺了下來，將膝蓋縮在胸前。他的大腦不知道該怎麼做，也許他只需要睡一覺，然後等精神好一點了，再來決定哪種自殺式的逃脫選項最值得一試。

◆

特殊通訊
收件者：陸軍上校亞當．李奧納多——指揮官，異常狀況部門
請勿洩露

主旨：北坎大哈，追蹤叛軍進入地底藏身處後，厄普西隆小隊失蹤

倖存者——一人：陸軍下士保羅．布朗，軍醫

報告：

在厄普西隆小隊最後一次通訊後三十六小時內沒有回應後，第二小隊前去調查。他們在厄普西隆小隊最後已知下落以南約七公里處的山腳下，發現了厄普西隆小隊的下士保羅．布朗。布朗身著破爛內衣與頭盔，胡言亂語，語無倫次，左臂肘部以下只剩骨頭，沒有手，皮肉也許是遭酸或類似物質腐蝕。他的身體上布滿各種傷口，有些和手臂類似（但沒有那麼嚴重），另一些則是來自撞擊、墜落或摩擦。除了手電筒外，他沒有攜帶任何裝備，而他明確拒絕放開手電筒。他幾乎沒有辦法說出有意義的話語，除了一句話，他一遍又一遍地重複：「絕對不能放它出去！絕對不能放它出去！」心理學家目前的評估表明，布朗可能永遠無法恢復能力，但治療已經開始。他的重大傷勢正在接受治療，成效也令人滿意。

我們仍在努力調查更多事實，正在準備派遣一支入侵小隊，前往厄普西隆最後已知的位置。由於你要求我們告知任何異常情況，我便發送此封電報。如果你願意一同前往，我們的小隊將於明天十四日，〇八點〇〇時，進入厄普西隆小隊最後已知位置的洞穴。

請給予建議。

## 她的悲傷在我的大廳裡

這座古老的兩層樓昆士蘭房屋發出嘎吱聲，呻吟著，但我絕不會把它的聲音誤認成她的。它的聲音古老而清晰，就像北方熱帶地區的甘蔗產業一樣，但她的聲音不同。這間房子抱怨著它經歷過的一代又一代，但她是因為悲傷而哭泣。為了她所失去的事物而哭。又或許是為了正義而哭。

我在妻子去世後搬到這裡，尋求清淨與減緩經濟壓力時，當然沒有想到她會在這裡。這棟房子位於山脊上，遠離所有城鎮，價格非常便宜，我可以直接買下來。我沒有債務，不需要太多東西就能生存。我每個月都會到距離一小時路程的市集賣一次畫，再加上存款的利息，這些錢就夠我生活了。

躲藏、畫畫，以及為我的莎拉哀悼，我只想這麼做。但我不是一個人。我買了一間有房客的房子，但我從未見過她。我想知道她活在多久以前。我必須見她，我想證明我沒有發瘋，也想滿足我的好奇心。

她走過我上方的房間和樓板時，腳步帶著一種憂鬱的節奏，她絕望的悲嘆聲如絲綢般柔軟，旋律奇異地優美。每次我從椅子上跳起來，往樓梯跑去時，還沒走兩步，就很清楚她已經離開了。我曾經很害怕，但後來我意識到她在躲我，而她的恐懼也許更讓我困擾。

所以我決定低調一點。

我家的大門很氣派。一扇鑲有彩色玻璃的拱門打開後，便是黑白相間的瓷磚地板。樓梯從一側升起，二樓的平臺像西式沙龍一樣，沿著兩道牆通向四間臥室和兩間浴室。一樓的一側是書房，另一側則是大客廳，前門正前方則是廚房和飯廳。這樣的布局簡單而實用，而且空間比我需要的大得多。

房子座落的山脊是附近許多山丘的其中一座，一路延伸到混濁的大海中。在我放棄照料的那一畝又一畝甘蔗田外，熱帶雨林四面包圍著我，生機蓬勃翠綠，無數生物在其中覓食、鳴叫、嚎叫和啼叫。幸好這裡沒什麼人。每個月的市集人潮就已經夠多了。所以我打理著這間太大的房子，伴隨我的回音與她的悲鳴，我什麼也不需要，只求人們讓我和我的悲傷獨處。

我把大客廳當作工作室，晚上則待在書房裡，被無數書頁包圍。我很愛書。我只有在那時候會聽到她的聲音，她只會在我看書時出現，在我動也不動的時候。她從不在我睡覺時出現，也不在我白天畫畫、做菜或哭泣時出現。只會在晚上，當我坐在那裡，全神貫注在小說上時。

思考過後，我把酒櫃搬進了書房裡，並從最小的臥室裡把梳妝臺上的鏡子也搬了下來，我把它放在光滑的木頭酒櫃頂端。鏡子面向書房的門口，而大門旁的走廊上，放著我收靴子和大衣的衣櫥。它的其中一扇門打開著，鏡子可以照到書房裡的鏡子。如果我坐在皮椅上，就可以看見一部分的二樓平面，還有兩扇房門。不是我的房門，也不是最小的臥室的門，而是我布置好、決定當作客房的房間，雖然我知道我永遠也不會有訪客。

我啜飲著濃郁香甜的波爾多葡萄酒，把小說放在大腿上，一邊欣賞著我狡猾的安排。腳步聲幾分鐘前就已經開始，在我頭頂上來回走動，來自我的臥室附近。我從來不介意她從我的臥室開始，至少在我發現比起我怕她，她其實更怕我之後，我就無所謂了。畢竟那是房子的主臥室。我只能假設她以前是這間房子的女主人。

有時候，她會沿著二樓外側的陽臺行走。二樓的陽臺對應著樓下的露臺，精緻鍛造的鐵欄杆在上世紀無數人的觸摸之下變得光滑無比。但今天晚上，她沒有走出去。我聽見主臥室的房門被打開了。她悲傷的腳步來到樓梯平臺上。

天氣總是又熱又潮濕。電扇懶洋洋的轉動著，但我眉上與掌心的汗水不只是氣溫造成的。我的心跳開始加速。她哭泣的聲音帶著迫切的渴望。那股痛苦和我正好相互輝映。

外頭的夜晚充滿生機。某處有壁虎高高爬在牆上，狩獵時發出噠、噠、噠、噠的聲響。我渾身僵硬，看著昏暗的鏡面反射，大氣都不敢喘一口。一個動靜令我屏住呼吸。蒼白、飄逸的蕾絲在我的視野角落移動著，而她又慟哭了起來。我的雙手顫抖著，看著那抹飄逸的白色逐漸變成一件洋裝，然後我就可以看見她了。我聽了她的聲音好多個月，卻還是難以相信眼前的畫面。

她的頭髮長而烏黑，柔軟的波浪秀髮披散在瘦窄的肩膀上。她的雙手舉起，像準備接過一個包裹。她的皮膚是象牙白的顏色。我無法看見她的臉，所以我向前傾身，想要看得更清楚一點。她注意到鏡子裡的動靜，嚇了一跳。她的頭倏地轉了過來，有那麼一刻，我們的視線相交。她很美，受到了驚嚇，看起來受辱不已。她錯愕地張大嘴巴，驚呼一聲，然後在一陣突然的微風中，像霧氣般消失了。

我失落不已。

我看到了她內心的痛苦，看見她的痛苦表露無遺，我短暫地感覺到她的痛苦與我的痛苦相當，而我感到無比羞愧。我的臉頰上滿是淚水。我為了她，為了我的莎拉，為了我自己而哭。失去的感覺是一個黑洞，吸走一切的光明與幸福。那個可憐的女人。現在，她的痛苦與我的痛苦並存，透過她痛苦的表情轉移了過來。

一部分理性的我認為她看起來像維多利亞時代的人。她的長裙、精緻的袖子和蕾絲高領。也許她到這間房子裡時，那件洋裝還是新的。也許那是寵愛她的丈夫或充滿希望的追求者為她量身訂做的。

我無法確定。我只知道，我非常想再見到她，就算只是為了道歉。但我覺得我永遠也見不到她了。我用顫抖的手倒了更多波爾多紅酒，繼續喝著。我繼續倒酒、繼續喝著，直到我在高背椅上昏睡過去。

◆

好幾週時間過去，我才又再度見到她。我本來已經認為她永遠離開了。熟悉的窸窣聲從我的臥室裡走過，使我的心跳漏了一拍。自從我見過她之後，我就無法作畫了。自從我看進她的雙眼之後。我只是悶悶不樂地過著日子，只有在日用品用光時才會出門。通常都是因為酒喝光了。

親愛的莎拉，你現在會怎麼看待我呢？

但我聽見了她的聲音，就在樓上踱步。我的傢俱和鏡子都已經放回了原本的位置。我的自作聰明只讓我覺得自己很殘酷。這個聰明的把戲只是傷害了我們兩個。她走動著，而我悄悄站起身，我的腳步因為醇厚的希哈紅酒而搖晃著。我靜靜地走到書房門邊，視線停留在樓梯平臺上。

我的臥室門緩緩打開，她走了出來，直直望向我，嘴唇張開，發出絕望的聲音。她舉起雙手，好像想要我給她什麼，表情扭曲著。我困惑地舉起我自己的雙手。我不理解。她哭泣著，聲音遙遠而綿長，然後她轉身，輕飄地離開了。她伸出手，抓向走廊盡頭的房門。最小的臥室的門。

然後我又一個人沉浸在我們共同的絕望之中。我把希哈紅酒喝完。

◆

接下來的幾天，我又有作畫的念頭了，但那女人是我現在唯一的主題。她占據了我清醒時的心靈，還有我的夢境。我總覺得我好像打斷了她正在做的某件重要的事，某種永恆的、還未完成的夜間任務。如果我想要知道更多，就得讓她完成她的遊蕩。但我要如何讓她繼續、一邊觀察她，又不破壞她的進展呢？我對最小的臥室充滿好奇，無法忘記她對門伸出手的樣子。如果沒有被我打擾，她也會過去那裡嗎？

我在一張又一張畫布上填滿她的模樣。夜晚降臨時，我放棄了書房，坐在最小的那個房間裡，在床邊一張破舊的扶手椅上，藉由床邊桌上的檯燈閱讀。檯燈的燈罩是由玻璃和串珠所構成，邊緣畫著蜻蜓。它的彩色光線十分微弱。這裡沒有電扇，空氣停滯而黏膩，但我忍受了這股不適感一週，終於又聽見了她的聲音。

我正在看書，一開始並沒有注意到她的腳步聲，但當她的嗚咽順著走道飄來時，我就跳了起來。我把書放到一旁，盯著關起的門。她又慟哭起來，這次聲音近了一點，她的腳步似乎很穩固。門緩緩打開了。

我動也不動地坐在那裡，看著她溜進門內。當她看到我時，表情就變了。她轉過身，急切地指著角落那張小小的單人床，然後對我伸出手，一邊懇求，身影一邊崩解、迴旋，然後消逝。

我再度感覺到她的憂傷，啜泣起來。我忍不住想起了莎拉，想像她責備我的逃避，責備我扛起他人古老的悲傷，好像我自己的還不夠似的。她會叫我好好過我的人生，但是少了她，我的人生究竟算什麼？

那個女人指的是什麼？那個角落裡、床底下或是床墊下，什麼都沒有，除了拋光的地板上有早已死去的無聊昆蟲留下的啃痕。牆壁內部是壓製的馬鬃板材，外頭是上了漆的擋風板。我一開始來看房子的時候，深紅色的牆板對我很有吸引力，但它吸熱的能力確實也很強。

在幾近瘋狂的困惑中，我找來了工具，挖起地板、撬開牆板，露出房子的骨架，但只發現了木樑、灰塵和蜘蛛網，除此之外什麼都沒有。

我回到圖書館，坐在電扇下沉思。最小的房間，通常是留給最小的人。如果我能幫助我的客人，她會幫助我減輕我自己的痛苦嗎？

◆

我穩住自己，對抗著他人好奇的目光，前往最近的城鎮。這裡的檔案室很小，是當地圖書館的一部分。這裡沒有縮微膠片，一切都保存在精心維護的登記本中，每天都在抵禦灰塵和蟎蟲的侵害。一個戴著大框眼鏡的女人名牌上寫著「嗨，我是喬安」，她抿著嘴唇考慮我的請求，最後似乎認定我人畜無害。她讓我坐在一個有一疊疊紀錄本的房間裡，每當我翻完一疊紀錄時，還有更大一疊在等著我。

喬安很高興有人又住在那間老房子裡了。看來那間房子有一段自己的歷史。它是由一位非常富有的男人所建造，並打算用製糖產業繼續增加財富。他和年輕的妻子搬進了新的住所，一切都很好，直到他們的孩子出生為止。嬰兒出生時身體健壯，是個男孩，名叫奈吉爾・安東尼，是塞西爾和瑪德琳・威爾默的獨生子。而孩子出生時，母親卻因為難產而亡。

瑪德琳。我的鬼魂終於有了名字。

塞西爾陷入了無窮的絕望之中，他的家庭在真正成立的那一刻就毀了。最後他離開了，帶著他的兒子，留下了房子和他的悲傷。但瑪德琳沒有這樣的機會。

她是在為失去兒子而悲傷嗎？還是因為失去了認識他、擁抱他的機會？她知道他活下來了嗎？還是害怕他也死了，想知道為什麼他的鬼魂沒有留在那裡讓她照顧？

喬安帶了新的紀錄簿給我，而我得知奈吉爾・安東尼・威爾默成為了一名成功的年輕人。他最終成為昆士蘭備受尊敬的地方法官，當時的幾家報紙都記錄了他的職業生涯。看來他是個好人，是一個能讓他的母親感到驕傲的人。

我影印了所有我能找到的文章，把它們帶回家。

◆

她的腳步在樓梯平臺上顯得很緩慢，好像在期待著什麼。也許是在等待我。我站在最小的房間裡，將兩篇文章拿在面前。一篇是她兒子出生的報導，另一篇是讚揚他獲頒了澳洲勳章。這應該足夠讓一位母親的絕望緩和下來了。

門打開了，當她溜進來時，我微笑著。但她看見我的那一刻，嘴角便因痛苦而垮了下來。我鼓起勇氣，面對兩人共有的孤寂即將被洗去，將紙張舉高。「你看得到嗎——？」我開口，但她哭喊著，轉身離開了。

之前的我太傻了，我很清楚我的存在會打擾到她。也許我是太自私了。我想看見她收到我找到的新聞。這不是為了要修補我的心，而是要修補她的。

我在最小的房間床上，鋪上幾篇盛讚奈吉爾的文章。他們在他出生之前，就已經選好名字了嗎？可憐的瑪德琳能不能讀到這些零碎的新聞、看到她兒子的名字，知道他擁有了她得不到的一切，一段充實的人生？他活到八十一歲。

◆

又過了一個星期，我才再次聽到她的聲音。我帶著酒和書留在書房，把門關著，確保她有自己的隱私。她穿過屋子，聲音像在唱一首悽慘的失落之歌。最小的房間門被喀噠一聲打開，我屏住呼吸。似乎整間房子都屏住了呼吸，寂靜像一道影子般降臨。

但她的哭聲並沒有停止。淚水再次打濕了我的臉頰。她走動著、哀嘆著，顯然對我留給她的訊息無動於衷。這個現實和她真正所在之處有著奇怪的距離，這是不是模糊了她的視線？我倒了更多的酒，拿起書本，努力阻止自己聆聽她的哭泣。

◆

又一週過去了，我終於有了一個計劃。在我等著她的每個晚上，我都把書房的門關著，現在她又開始走動了。我耐心等待著，直到我確定她已經離開我的臥室，踏上樓梯，走向最小的房間。

「一八八一年四月十四日，塞西爾和瑪德琳．威爾默的兒子，奈吉爾．安東尼出生了。」我用堅定而平靜的聲音說道。我說話的聲音夠大，就算隔著關上的門都能聽到，但又不會大聲到像在大吼，把她嚇跑。「可憐的瑪德琳死了。」我繼續說道。「但奈吉爾沒有。」

接下來是一片短暫的寂靜。我確定她就在那裡，停下腳步聽著我說話。我必須這樣假設，然後繼續說下去。我清晰而緩慢地朗讀，提到奈吉爾的學校教育、畢業、他的職業和勳章。我也盡可能地提到了塞西爾，以及他在帶著兒子搬走後所獲得的成功。我花了幾分鐘，才能為在我的大廳裡逝去的妻子和母親，簡述出她的丈夫與兒子漫長而輝煌的一生。

我說完後，等待著，一邊將濃梅洛紅酒從我乾燥的嘴唇飲進。

當我再次聽到她的聲音時，我鬆了一大口氣，而且她的聲音已經不一樣了。依然是淚，但比起悲傷，更多的則是解脫。她的慟哭被某種難以指名的嘆息所取代，我真心希望那是解脫。然後，就像一道空氣從密封的容器中逸散一樣，她離開了。她的存在逐漸飄散，不像我曾目睹過的消失，而是徹底的離去。我不確定我是怎麼知道的，但我確信，這次她是真的走了。

當我發現自己終於又是孤身一人時，我的悲傷再度湧了上來，幾乎使我無法承受。只有瑪德琳的解脫使我不至於崩潰，但我讓自己沉浸在孤獨中，繼續喝著酒。

◆

瑪德琳離開後將近一個月，我意識到家中還有一個幽靈。我。也許，我想，是時候離開了，儘管我已經開始像穿著一件最喜歡的舊浴袍一樣，捨不得放下。

但是千里之行，始於足下。而我決定嘗試從這裡的絕望中站起來。一群藝術家今晚會來我家聚會，我們會討論各種話題，吃點心、喝美酒。我害怕這些可能性，但也同時感到興奮。而且還有一些內疚。對不起，莎拉，是時候了。我知道你會在我來這裡之前就這麼對我說，但我一直都是遲鈍的那個人。

# 他們最後全部都會經過倫敦

在回家的晚班地鐵上，布魯諾又疲憊又憤怒。車廂搖晃著，車輪在地鐵軌道上發出斷斷續續的撞擊聲，讓他有些昏昏欲睡。但厭惡的感覺又讓他保持著輕微的警覺。他投入了時間，他勤奮工作，他討好了所有正確的對象。但是又一次，他沒有升職。又一次，人們認為他的付出理所當然，他又被留在爛攤子中，其他人則升上了更高的位置。

好吧，去他媽的。他的存款雖然是以蝸牛般的速度成長，但確實成長了。再過幾年，他就存夠了。泰國帕岸島上的度假勝地就像一顆寶石，在他的夢中閃耀著，遙不可及。但只是目前為止。他很快就能買下一間小木屋，搬到那裡定居。在那座島上的生活成本是個笑話，但是好的那種，這是大約十二年前，他在放假時得知的。他已經算過了。現在他四十四歲，他想，他還有差不多四十年的生命。在泰國，靠倫敦這裡的一個月生活費，他就可以活一年。四十個月的薪水，不到四年的全職收入，就足以讓他在那裡度過剩下的半輩子。他幾乎就要做到了。那些白痴們在西邊的大企業中辛勤工作，每天泡在雨水裡。那些白痴們為了一棟小房子和一臺大電視付出了一切。除了工作、吃飯和存錢之外，他什麼都沒做。再過兩三年，他就會為了那座天堂放棄一切。海灘、雞尾酒、好書和悠閒的人們，持續到永遠。他這輩子再也不會工作了。

列車減速，但仍然在隧道的黑暗中。他深吸一口氣，坐起身，準備在克拉珀姆北站下車，那是他位於河川南部，陰暗而沉悶的老家郊區。列車持續減速，最後完全停了下來，卻仍然在黑暗中。布魯諾垮下臉來。**拜託。我只是想回家。**他的手錶顯示晚上十一點二十二分。他必須在六點半再次起床，搭上同一班列車，繼續像個白痴一樣遲到。

但不是沒有目的的……他是為了錢。

為了省錢。

為了帕岸島。

他緊閉起雙眼。**再過兩三年就好**。最近這段時間，這已經成了他的口頭禪，但這次，他是真的相信了。他幾乎就要存夠了。就快了。

司機的聲音從廣播中響起，聲音沙啞。「各位女士、先生們，請保持耐心。我們被要求在離克拉珀姆北站不遠的地方稍等一下。剛才發現了疑似爆裂物的物品，現在他們不讓列車通過。」疲倦就像一層污垢，包裹著男人所說的話。

**又有一個人完全放棄人生了**，布魯諾想。

「我們可能得倒車回到史托克韋爾站。」司機繼續說道。「現在，我們正在為各位安排額外的夜間巴士。」

車廂裡傳來竊竊私語與呻吟聲，幾名乘客挫敗而頹喪地面面相覷著。布魯諾的肩膀一垮。他現在離家那麼近，他幾乎都能聞到它的味道了。如果可以的話，他就算下車沿著鐵軌走都沒關係。該死的恐怖分子和媒體掀起的恐慌。他靠在椅背上，盯著窗戶上方的廣告。

新任反對黨領袖查爾斯．萊文特議員，還有他對英國未來的願景。布魯諾冷笑著。政治家都是一個樣子，都是自戀狂和騙子。他移開視線，將前額抵在窗戶上，看著自己的倒影後方，凝視著隧道中的黑暗。冰涼的玻璃貼著他的前額，他的呼吸變成一團雲霧，逐漸消退，又被下一次呼出的氣息取代。

黑暗中，有什麼東西動了。

布魯諾的心臟多跳了一拍。他向後靠在椅背上，瞇起眼睛。又是一陣動靜，黑影在黑暗中移動，就像發熱的柏油在夜裡微微晃蕩。他環顧了車廂一圈，但沒有人注意到，大家都沉浸在手機螢幕和書本中。

他試著用眼角餘光瞥看。車廂裡燈光的反光讓他什麼也看不清，但他敢肯定，這絕不是他想像出來的。然後，黑暗中再次出現一陣晃動。他用手遮住眼睛四周，將手掌側邊壓在玻璃窗上。一兩公尺外的隧道牆壁變得清晰可見，上頭有一些亂七八糟的管路和電線，還有一個鎖上的鋼鐵箱子。還有一隻黑色的小手，就像壁虎的爪子一樣，在舊磚塊上張開。布魯諾快速眨了眨眼，再度集中注意力。他的目光順著細小的手指向上移動，看見一隻沒比掃帚柄粗多少的手臂，還有凸起的手肘。他得用力瞇著眼睛才能看清那個東西，好像它幾乎不存在似的。那東西的顏色比夜晚更黑。那條手臂接在凸起的肩膀上，然後是一個異常細長的頭部，下巴的輪廓非常狹窄。巨大的眼睛睜了開來，在黑暗中突然露出了紫色，就像在夜店的紫外燈下看見的白色。布魯諾倒抽了一口氣。

那東西緊抓在距離隧道底部約兩公尺的牆上，腿和手臂一樣細，腳的位置比頭還高，長度不到半公尺。它的身體不比布魯諾的手腕粗，細絲狀的肋骨像魚一樣，隨著每次呼吸而收縮舒張。它看起來很柔軟，像液體。它長著細小牙齒的嘴咧出銳利的笑容，然後就溜走了，速度快得讓布魯諾跟不上。他的心跳加速，四下張望，雙手貼在窗戶上，想要再次看到它。他的呼吸粗重，短促而急劇。

「你還好嗎，老兄？」對面一個大塊頭男人皺著眉，阿斯頓維拉隊的球衣被圓圓的肚子撐得很緊繃，在車廂的日光燈下，顯得有點過度耀眼。

布魯諾舔了舔嘴唇，顫抖地吸了一口氣。「你沒有看到嗎？」

維拉隊球迷正要開口，司機的聲音卻再次從廣播中響起。「準備要撐到深夜了，各位。我們要折返回史托克韋爾。很抱歉造成各位不便。」在麥克風關上前，布魯諾聽到了一聲模糊的「該死的混——」

對於這起荒唐的事件，抱怨聲與太過英式的笑聲充滿了車廂，列車搖晃著，並開始原路折返。

火車開動時，布魯諾再度將雙手遮在窗戶上，看見了一絲蒼白的光線。磚牆中的一扇門半開著，那是一扇用磚頭砌成的門。在後方的光線中，出現了一個高大男人的剪影。細長的黑色生物在門框周圍繞了一圈，跑了進去。隨著火車的加速，發光的畫面逐漸遠去，高大的男人短暫地吸引了布魯諾的視線，那隻黑色的東西蠕動著，像寵物一樣坐在他的肩上。然後他們就消失在黑暗之中。

◆

布魯諾睡得斷斷續續，夢見了昏暗的走廊和房間，被蒼白的光線照耀著，一望無際，充滿了不可能存在的、漆黑、跳動著的生物。似乎只過了五分鐘，他就回到了克拉珀姆北站的月臺上，等待他的早班火車，再度準備去上班。他是真的看到那個東西了嗎？也許那只是疲勞引起的一場夢罷了。但他不是一個富有想像力的人。他熱愛閱讀並喜歡別人的故事，但他知道，他永遠也無法想像出小說中那些他喜歡的不可思議事物。他認定自己內心只有一個平淡無奇的世界。也許這就是他這麼愛看書的原因。也許這就是他嚮往在海灘和陽光下度過簡單生活的原因。他的父母都去世了，媽媽去世時，他才二十幾歲，爸爸則已經過世三年多了，被癌症折磨得筋疲力盡。他已經很久沒有和人談認真的感情，自從……好吧，如果他夠誠實的話，大概是一輩子都沒有。他的朋友都是工作上的同事，最多也只能算是點頭之交。也許他應該考慮提早離開，早點去泰國。尤其是他已經開始在上下班途中開始產生幻覺的話。

*但那一切都太真實了。*

他凝視著隧道內，隨著鐵軌骯髒的銀色邊緣和閃閃發光的頂部消失在黑暗中，光線迅速被黑暗取代。一股強烈的好奇、一股探索的衝動，抓住了他的內心。隧道牆上的那些小壁龕是讓維修工人在火車疾駛而過時閃避用的，他可以輕鬆避開鐵軌，沿著那面牆移動，尋找那扇奇怪的磚門。

「把頭縮回來，混蛋。」

布魯諾嚇了一跳，被一名車站工作人員抓住肩膀。

「列車要進站了。你這樣探向隧道，腦子會被撞飛的。」

布魯諾喃喃道著歉，感覺自己的臉紅了起來。他到底在想什麼？他根本不是個冒險者。他的生活真有如此乏味，讓他連這種事情都在考慮了嗎？今天早上的第一個小時，他會暫時把工作推到一邊，再次檢查他的經濟狀況。如果他沒有足夠的錢，就決定要把一切打包離開，那一定會是一場災難，但也許他確實存到足夠的錢了。尤其是他把一切都賣掉的話。帶著金屬氣味的空氣比列車更早進入車站，布魯諾垮著肩膀，走進了車廂。

◆

回家的列車一如往常地令人沮喪，也像往常一樣誤點了。他花了太長的時間確認他早就知道的事情——他距離存夠「泰國賭局」的必要資金還有很長一段距離——所以他必須加班到晚上，才能彌補他浪費掉的時間。如果要說他有什麼新發現，那就是根據他的儲蓄利息暴跌的狀況來看，他還需要四五年的時間才能存夠錢。

天啊，他的生活簡直是一團永無止境的悲劇。

他在克拉珀姆北站下了車，然後停下腳步。月臺是空的。列車開走了，前往克拉珀姆公園，周圍現在出奇地安靜。他站在中央人行道的灰色地磚上，前方是黃色的警示線和「小心間隙」的警告標語。兩條軌道另一側的牆壁彎曲地向上延伸，直達拱形的天花板，牆上有著電影、電動、度假和抵押貸款的廣告欄位。沒有人站著或坐在那裡等下一班列車，通往街道的樓梯上也一個人都沒有。布魯諾緩緩走向他剛剛經過的隧道口。它就在那裡，距離他一點也不遠。

他把外套拉得更緊一點，將郵差包從肩上拿下，像雙肩背包那樣背在胸前。到處都是攝影機，只要他離開月臺，一定會惹上麻煩的。但他無法控制自己，他的好奇心正在燃燒。他跳到鐵軌和月臺之間的碎石地上，匆匆走進黑暗裡。他在黑暗中停下腳步，心跳加速，以為會聽到廣播傳來憤怒的嗓音。但是什麼都沒有。

他走對地方了，是在隧道中靠近車站這一側。他看到的磚門就是在這側，不過他不確定要走多長一段距離。他閉上眼睛，回想先前所看到的一切。鎖上的金屬盒！那會是一個很好的記號。它就在牆上，用掛鎖鎖著。鎖頭是由拋光的青銅製成。置物櫃本身可能是某種電氣箱，右上角有一道凹痕，就像被鎚子敲過一樣。布魯諾對自己笑了笑，拿出手機，開始用手電筒搜索。

五分鐘過後，他開始擔心，也許他之前的位置沒有像他想像的這麼靠近車站。他會不會一路走回史塔克威爾？一股熱燙、帶著金屬味的空氣朝他湧來，他突然驚慌起來。在他身後五十公尺左右的地方，有一個維修專用的凹洞，而在他前方的視線範圍內，似乎一個也沒有。他轉過身開始奔跑，想像自己被疾駛而過的列車碾成肉醬的畫面，讓他嗚咽出聲。鐵軌的嘶聲逐漸變成低鳴，然後變成怒吼。燈光流瀉進他正在穿越的彎道，他慘叫起來，相信自己的人生就要結束了。然後壁龕出現在他眼前，他撲了進去。過不了幾秒鐘，列車就呼嘯而過，一扇扇明亮的方形窗戶和無聊的面孔從面前一閃而過，帶來炙熱的風與灰塵碎屑。

然後列車就過去了，布魯諾的雙手撐在膝蓋上，咳嗽著，被覆蓋一切的黑色灰塵嗆得喘不過氣。他吐出一口口水，它嚐起來像柏油。

「他媽的真蠢。」他的聲音沙啞。雙手和衣服都覆蓋著一層灰黑的髒汙，臉和頭髮肯定也是。這一切愚蠢的感覺卻只加強了他的決心。

他必須知道。

他從壁龕中走出來，再度跑向史塔克威爾的方向，手電筒沿著牆壁照射。他又經過了一個拱門，然後是磚牆上的一扇普通的門，這絕對不是他看見的那個奇怪高大男人進入的磚門。

接著他就看到了凹陷的金屬箱子。他慢下腳步，心跳混亂，肚子因緊張與興奮而翻攪。他突然擔心起來，用手電筒照了照寬闊的磚頭隧道，想知道那些滑溜細瘦的生物在不在這裡，是不是正用紫色的大眼睛盯著他看。但什麼也沒有。

磚門上標有一個符號，是用白色油漆畫出的向右彎曲的月牙，中間有一條水平線穿過。又過了三十秒，布魯諾就站在了它的面前。鋼鐵箱子，還有這個記號，都是真的。所以那個生物也一定是真的。還有隧道裡的那個高大男人——他住在這裡嗎？

他也一定是真的。

布魯諾把手電筒拿得更近，手指撫過水泥填縫。他很快就摸到了那扇門的邊緣。在不知情的情況下，一般人是不可能發現它的。現在，他要怎麼打開它？

鐵軌嘶嘶作響，溫熱的空氣再次朝他襲來。他有時間跑回二十公尺前的凹洞嗎？但如果他能進去這裡面的話……他用力推了推門，什麼動靜也沒有。沒有入口的標記，也沒有門把。難道它只能從裡面打開嗎？

聲音逐漸變大，風也吹得更厲害了，黑色的砂石和灰塵在他的腳踝邊盤旋。布魯諾挫敗地敲打了一下磚頭，正準備轉身跑向壁龕。就在這時，他手下的某樣東西移動了。他停下腳步，把全身的力量壓在那個位置上，一塊磚頭向內滑了進去，就像裝在上了油的軌道上一樣。門喀噠一聲，向內彈開。

布魯諾跳進門裡時，列車正好呼嘯而過。

他昨晚看見的那抹暗淡燈光沿著一條老舊的紅磚走廊透出，腳下的地面則是由光滑的灰色石板拼湊而成。通道緩緩向右彎去，他看不見光源。布魯諾讓磚門微微開著，慢慢往前走，盡量不去思考自己在做什麼。除了緊張之外，他也興奮得坐立難安。

在辛苦的生活中，他值得一點有趣的東西吧。

繞過彎道後，走道便開始向下傾斜，通往一個更大的房間。天花板是拱形的磚頭結構，一路延伸到中央十字樑。另外三扇門可以通向房間外面，每面牆的中央各有一扇門。他左邊的那道門露出一條只有十公尺左右的通道，盡頭則是倒塌的磚塊和乾涸的泥土，象徵著很久以前的某些災難。另外兩扇門則通往遠方，一扇通向黑暗，另一扇則通往光明，也就是隧道裡微弱光線的來源。

布魯諾往光亮的方向走去。

遠處傳來了人聲，在磚頭間迴盪。是低沉的男聲，然後是一聲突然的大叫。

「不、不、不！不可能發生這種事！」

布魯諾皺起眉，隱約認得這個聲音。接下來是一陣扭打聲，還有金屬碰撞聲。

「你不能這麼做！會有人來找我的！」

「喔，不，不會的。這就是它的美妙之處。」

第二個聲音很輕柔，帶著輕微的嘶聲，讓布魯諾感到十分不安。

他繼續向前走，一邊暗自感激著腳上那雙花了他一筆大錢、鞋底柔軟無比的皮鞋。這是他媽媽教他的，一雙好鞋比一雙好看的鞋重要多了。他深吸一口氣，對自己毫無邏輯的思緒感到驚駭。

他僵在原地。在他面前的明亮房間中，一個體重過重的男人裸著身子，被人綁在一張金屬桌上，腳踝和手腕都被繫上了緊繃的皮帶。三個男人正在將他綁緊，每個人都又高又瘦，皮膚死白，雙眼比一般人更大了一點。**從來沒有見過日光的人們**，布魯諾推測著。**在鐵軌之間的地下墓穴裡生活**。

他們穿著黑色的長燕尾服，就像維多利亞時代的送葬者，在時代錯亂之下，看起來不像真的。

男人不斷掙扎著。當布魯諾認出俘虜的臉時，他壓抑住一聲驚叫。查爾斯．萊文特，反對黨的領導人，等到選舉結束時，他也肯定就會變成新的總理。根據大多數學者的推斷，執政黨繼續執政的機率幾乎趨近於零。

在房間遠端的牆邊，豎立著許多玻璃與鋼鐵製成的櫃子，一路延伸到天花板。許多生物在深色的玻璃後方蠕動、扭曲著。

「別再掙扎了。」其中一個蒼白的男人說。「很快就會結束了。」

萊文特弓起身子，再度揮舞四肢，對這麼一個肥胖又看似溫順的男人而言，他的力量大得驚人。如果他的公眾形象真的可靠的話。他的後腦勺撞上金屬桌面，他低哼一聲，不再動彈。

「你看，現在你傷到自己了吧。」

另一個蒼白的男人輕笑起來。「享受這份痛苦吧。這和接下來的一切相比，可不算什麼。」

第三個蒼白的男人開口。「那個俄國人還沒到。」

「沒關係。我們可以用這一位來邀請他。他們最後全都會經過倫敦。我們有時間，還有耐心。」

在他們說話的同時，其中一人走向玻璃櫃，打開了門。布魯諾在隧道裡看見的那隻扭曲的生物，或者一隻長得和牠很像的東西，竄了出來，跳到男人的肩上，把一隻富有彈性的手環環上他的脖子。男人回到萊文特身邊，這位未來的首相倒抽一口氣，開始嗚咽。

「那是什麼？那他媽的是什麼？」

「這是你啊，萊文特先生。」蒼白的男人向前傾身，而那隻生物跳到萊文特的胸前。他又開始掙扎，而其中一個蒼白的男人將一個瘦窄、關節泛白的拳頭砸在他的下巴上，他驚嚇得再度靜止了下來。

那個生物抬起頭看向主人，主人點了點頭。「這就是你一直在研究的對象。去吧。」生物細小而黑暗的臉扭曲成快樂的笑容，然後抓住萊文特的臉和下巴，強迫他把嘴張開。萊文特呻吟、扭動著，牠把一隻細小尖銳的腳踩進他的嘴裡，然後又是另一隻。在那個恐怖的東西擠進他體內時，萊文特的喉嚨鼓漲了起來。他的腿踢著桌面，拳頭斷斷續續地握緊又放鬆。他開始顫抖，然後劇烈地震動起來。

那隻生物的身體已經進去了一半，牠翻著白眼，萊文特的肉體則開始抽搐、波動。然後那隻生物便整隻溜了進去，消失在視線中。萊文特的胸口大幅彎曲，然後緩緩向內崩塌，他的雙眼痛苦地凸出，但是他被堵塞的喉嚨發不出一點聲音。然後他的顫抖開始快速加劇，恐怖的深紅色液體從他的肛門流出，在桌面上擴散。他的陰莖立了起來，流出了一樣的東西，兩道紅色液體從膨脹的鼻孔中噴出，另外兩道則從耳朵流出。他的雙眼凸起，然後縮回了眼窩裡，讓兩道濃稠的液化內臟往上噴出。萊文特的身體像一個橡皮袋一樣被人清空，就連骨頭也不存在於蒼白的肉體之內。他的嘴唇垮了下來，向兩旁垂下，裡頭一片空洞。

布魯諾顫抖著，嚥下湧起的胃酸，恐懼與反胃感讓他僵在原地。萊文特體內的東西流滿了桌子，在地上匯集，形成一道濃稠的水流，往視野之外流去。

這名政治人物的身體開始緩緩膨脹起來，逐漸恢復原本的形狀。他的雙眼倏地睜開，成為和入侵他的生物一樣的發光紫色。然後他快速眨了眨眼，再度恢復了人類的樣子。

但布魯諾知道，這個男人已經不是人類了。

蒼白的男人們解開了他的皮帶，而萊文特——曾經是萊文特的那個東西——坐起身，露出大大的微笑。布魯諾體腦中的某個東西繃斷了，他轉過身，開始狂奔。

「有人在這裡！」一個聲音在他身後咆哮道。「啟動防禦裝置。」

布魯諾不知道那是什麼意思，只是悶頭狂奔。這絕對是他人生中最糟糕的決定了。他沿著走道飛奔，回到那個方形的房間裡，然後衝向磚門，以及門外正常的黑色地鐵隧道。一陣彈撥的聲音在磚牆之間迴盪，就像有一百條吉他弦突然被人拉緊似的。布魯諾還來不及思考那是什麼，他的左小腿殘肢便撞上了灰色的地磚，他疼痛地尖叫起來，骨頭的末端使他打滑、摔倒在地。極度的痛苦貫穿他的全身，他回頭一看，發現他的一隻腳還穿著柔軟的皮鞋，在身後一公尺的地方滾動著。微弱的光線照在一根緊繃而銳利的金屬線上，就在腳踝的高度。啟動防禦裝置。血流在他摔倒的地方匯集，他被削斷的腿抽痛著。磚門距離他只剩下二十公尺，他又看見了另一條閃爍的死亡之線，這次則綁在膝蓋的高度，就在他趴倒的地方和磚門之間。

萊文特從內部爆開的畫面閃過布魯諾的大腦，儘管他的傷勢慘重，強烈的恐慌感還是促使他站了起來。他跳向下一個陷阱，身後響起追逐者沿著走廊跑來時的雜沓腳步聲。他咬著牙，靠著斷腳的殘肢站在地上，將好的那條腿跨過陷阱。難以置信的全新痛苦刺穿了他所有的神經。他的視線模糊了，胃酸從喉嚨湧出，但他拒絕倒下。跨過最後一條金屬線後，他一邊吐出苦澀的嘔吐物，一手撐著牆穩住自己，並奮力往磚門跳去。然後他就穿了過去，在黑暗中跌跌撞撞，腦中只剩下克拉珀姆北站的月臺。

他步履蹣跚地前進，被切斷的左腿一直踩進骯髒的碎石裡，他尖叫著。他拒絕向任何東西投降，他腦中某一部分抽離地感嘆著自己的堅忍，一邊繼續前進。也許他還是有某些優點。也許他比自己想像的要優秀多了。但那些男人，那些生物，還有他留在地下墓穴裡的左腳，這怎麼可能是真的呢？那些怪物究竟這樣取代了多少人？這個世界裡還有多少人是真的？

布魯諾的心思繃得和斬斷他左腳的金屬線一樣緊，即將崩裂，讓他的意識陷入無限迴旋的黑暗絕望之中。而一部分的他歡迎這一切，希望這可以成真，這樣他所看見的一切就可以被抹去了。鐵軌共鳴著，一輛列車再度接近，布魯諾好想跳下鐵軌，讓列車帶走他，讓一切結束。

也許真的有天堂，而天堂比泰國好多了。

月臺的燈光在前方閃耀著，布魯諾嗚咽著，使出加倍的力量，跳躍著、跌跌撞撞地前進。地鐵炙熱的氣息緊貼著他的背，列車的光線填滿了他和月臺之間的黑暗。然後他抓住了月臺的地磚邊緣，爬了上去。列車呼嘯而過，緩緩停了下來。他滾到冰冷的磁磚地上，頭暈目眩，液化的紅色物質和閃爍緊繃的銀色線條，在他腦中一次又一次地閃過。

聲音傳來，在弧形的月臺空間中迴盪。

「那傢伙剛剛在軌道上啊！」

「他的腳被火車輾掉了，你看！」

「叫救護車！」

許多隻手抓著布魯諾的大衣和郵差包，把他從邊緣拖進光亮與安全之中。

「他在噴血！」

「誰有皮帶？我們需要一條止血帶！」

◆

醫生們告訴他，在那場意外之後，他昏迷了四天。他到底在鐵軌上幹什麼？他是摔下去的嗎？他胡言亂語著，在嗎啡與不可置信的心情中徘徊，要求和警方說話。警察來了，聽了他的故事，並交換著幾乎不加掩飾的鄙夷眼神。聽見醫護人員的閒談之後，布魯諾終於意識到，他們都覺得他瘋了，認為他有自殺傾向。警方調閱了他的紀錄，發現過去的十四個月中，他在面臨升職機會時，已經被跳過了三次，每一次都是輸給更年輕、在公司裡工作時間更短的職員。

最後一次，是上個星期的事。

「難怪這可憐的混蛋會想要自殺。」其中一個護士在布魯諾假睡時，對另一人這樣低語。

嗯，叫他們去死吧。他一點都不在乎，也不能讓自己回憶起太多事，以免他的心靈崩潰。他把那次經歷鎖進一扇門裡，然後把鑰匙扔掉。他們得把他的下半截小腿都截去，只留下膝蓋下方大約十五公分的部分。他們說著義肢、復健、補助、殘障津貼。好吧，他會躍過所有的考驗的……單腳跳過。等到一切都結束，他就會賣掉一切，打包，然後買下位於帕岸島上的那間小房子。至少有一件事可以確定，那座小島上沒有恐怖的非人類生物正在把權威人士替換成怪物。那裡沒有發生什麼足夠重要的事可以引起它們的注意。

幾家報社的報導提到了他所說的話，但全都用「瘋子的胡言亂語」或「困惑的胡說八道」來帶過。幾個比較處於社會邊緣的報社和網站記者跑來見他，但他知道他們想要的是什麼，所以叫他們都滾蛋了。他專注地想著治療與泰國的美夢，靠著補助過活。

在他準備從加護病房轉移到一般病房的前一天晚上，一個高大的醫生前來看他。男人瘦削而蒼白，緩緩搖著布魯諾的肩膀，將他叫醒。時鐘顯示半夜三點十五分。

布魯諾眨了眨眼，咂著乾燥的嘴唇。「發生什麼事了？」他含糊地問。

醫生微笑著，向前傾身。他的皮膚不只是白而已，而是魚肚般的死白，雙眼對他的臉來說實在太大了。「我們花了好一段時間才找到你。」他的聲音幾乎是耳語，帶著嘶聲。

布魯諾吸了一口氣，準備尖叫，但是他床頭上的黑影蠕動了起來。一個纖細而閃亮的黑色生物跳了下來，落在他的胸口。他開始尖叫，但很快就被打斷。那個生物抓住他的臉，把一隻、兩隻銳利的小腳踩進他的喉嚨裡。

# 布萊恩神父如何見到了光

布萊恩神父皺起眉，走向穿著破爛衣物、坐在教堂大門前的男人。他的鬍子糾結在一起，雙眼凹陷，儘管傍晚下著雨，他身上的臭味依然十分明顯。他還戴著太陽眼鏡。布萊恩在他面前蹲下，盡可能不表現出厭惡。

「你沒有乾燥的地方可去嗎？」

男人跳了起來，視線穿過了布萊恩。神父意識到，他是盲人。「讓我進去教堂好嗎？」流浪漢的聲音聽起來就像砂紙磨過新鮮的傷口一般。

「抱歉，我很快就有一場彌撒要開始了。除非你是想尋求上帝的赦免，那當然隨時歡迎。」

男人笑了起來，低沉而混濁。「赦免？不必了吧。」

「也許我可以給你一點錢，吃頓飯？」

「要把我從你的門前趕走嗎？讓我變成別人的問題？」

布萊恩掏出一張紙鈔，用手指揉了揉，讓流浪漢能聽見。「我只是想要祝福你而已。」他誠實地說。「去找個乾燥的地方，吃一頓飯吧。」

男人接過錢，掙扎地站起身。「謝了。」他拿出一隻折疊拐杖，展開後，一邊點著前面的人行道，一邊往前走去。

「願神祝福你。」布萊恩說。

男人的頭向後仰起，發出一串笑聲，然後緩緩地走進雨中。

布萊恩走進教堂，開始忙碌地做準備。外頭那個可憐人的模樣在他腦中徘徊，臭味也在他的鼻腔中揮之不去。這個世界打擊了太多人。他真希望更多人能找到他現在所擁有的平靜。至少今天，那個男人有一頓飯吃。

◆

信徒們開始進入教堂。在他們就座時，布萊恩露出微笑，希望他們一切都好。在這個新職位待了六個月之後，他已經開始安頓下來，在上帝的懷抱中感到舒適不已。他環視著他的小教堂，他的第一個教區。這對剛從神學院畢業的年輕人來說，是個很不錯的安排。

他的布道大致照著他準備的講稿進行了，但根據他遇到的那位盲人稍做了調整。他加上了一段人們該關懷他人的話語，尤其是那些比較不幸的人，並信手拈來許多聖經經文。

布萊恩再度露出微笑，看著他的信眾離開，他們的屬靈生命又獲得了一個星期的滿足。他做得很好。至少他是這麼希望的。他還沒有聽到任何抱怨，他們的感謝聽起來也算真誠。佩斯利太太感謝他進行了這麼一番真摯的布道，老吉姆．克拉藍登熱切地與他握手，感謝他把死亡擋在門外。

「活到這麼老真的很艱難。」克拉藍登說。「是你讓我繼續活下去的。」

布萊恩笑了起來。「我猜是你的堅忍和上帝的旨意吧，吉姆，但是謝謝你。」

老人像共謀般對他眨眨眼，然後弓著腰，拄著一根閃亮、多節的橡木手杖離開了。

一個女人和準備離開的信眾踩著相反的方向，朝他走來。她身邊還帶著一個年輕的女孩。孩子看起來快要哭了。

布萊恩試著回想女人的名字，但是在她走到面前時，他都還沒有想起來。「哈囉。」他簡單地說。

「神父，不好意思占用你寶貴的時間。」

「一點也不。」

「我是卡蘿．克拉克。」女人把小女孩推向前。「這是我女兒，娜狄亞。她最近一直在做惡夢。我只是想看看你能不能和她說說話？安慰她？」

「不是做夢。」娜狄亞喃喃說道。

布萊恩看著年輕教徒的臉龐，坦然、真誠，但是在深色的捲髮之下，她看起來驚恐不已。她的媽媽眼中帶有真實的恐懼，這使他感到焦躁不安。有些人很會捏造故事，而這孩子無疑是被她媽媽的恐懼所影響了。他以前也看過。難怪這女孩很不快樂。

他在她面前蹲下。「你幾歲了呢，娜狄亞？」

「七歲。」

她的問題能有多大？「跟我說說你的夢吧。」

女孩的眼中帶著確信，讓布萊恩的血液流速都慢了下來。「不是夢！」她更強硬地說。淚水從圓潤的臉龐流了下來。

克拉克太太懇求地看著布萊恩，然後悄悄走到一旁。他看著她離去的身影一會，然後轉向娜狄亞，讓她和他一起坐在身邊的長椅上。

「深呼吸。」他從口袋裡拿出一張面紙給她。「跟我說吧。」

教堂昏暗的室內十分陰涼，線香緩和的氣味不知為何十分倒胃口。微弱的街燈穿透彩繪玻璃，讓十字架上的耶穌像剪影投射在講臺上。祂的影子落在他們身上，就像某種祝福。

娜狄亞抬起眼，眼淚突然收乾，眼神變得銳利。「你知道那是真的。在你心裡，你也感覺到了。」

對一個七歲小孩來說，這番話倒是很成熟。「什麼是真的？」布萊恩問。

「他是個怪物，但看起來像人。」

「什麼……？」

娜狄亞緊盯著他的臉，表情堅定，但是聲音很輕柔。「你知道有時候夜晚會變得特別深沉，沒有什麼比它更黑或更安靜了？然後，才會慢慢變成天亮？有些晚上，那種時候會持續好幾個小時。然後他就會來，笨拙人。」

布萊恩嚥了一口口水。小孩子不該用這種方式說話的。「笨拙人？」

「他又高又瘦，皮膚白得像骨頭。他戴著一頂高帽。他會把雙手舉起來，就像我奶奶要來親我的時候。只是他想要的是我的眼睛。」

布萊恩的皮膚一陣發涼。「你的眼睛？」

「他的嘴唇就像貓舌頭一樣。神父，你知道貓咪舔你的時候是什麼感覺嗎？」

布萊恩點點頭。

娜迪亞皺起眉。「他的嘴唇就是那樣，只是感覺像冰冷的金屬做的。他會找到一隻眼睛，然後用舌頭撥開我的眼皮，開始吸，我就會一直尖叫、一直尖叫。我感覺他的指甲敲打著我的耳朵，他會一邊呻吟，一邊一直吸、一直吸。」

布萊恩的臉色一白。「娜狄亞。」

「然後就在我覺得我的眼睛要被擠扁，要被他吸進嘴裡的時候，他就不見了。好像他從來沒有出現過一樣，但我的臉很冷。那隻眼睛的後面，會像頭痛一樣痛。有一天，他會一直吸，直到把我的眼睛拿走，然後他會拿走另一隻眼睛，我就會……」娜狄亞又哭了起來，強烈的啜泣使她的身體起伏不已，她在長椅上縮成一團，幾縷棕髮落在她捂著臉的雙手上。

布萊恩急促地呼吸，更加靠近她，一手攬住孩子的肩膀。他不太確定，他是想透過碰觸安慰她，還是他自己。

◆

布萊恩坐在安靜的更衣室裡，啜飲著煙燻單一麥芽威士忌。她說話的方式，她的用詞……這一定是虐待。通常最大的傷害都是由男人一手造成的，而且經常是受害者身邊最貼近的人，這會毀了她的童年。也許是那股壓抑的壓力造成她的頭痛。

也許他可以幫助她，不管是在日常生活，或是屬靈生活中。布萊恩在小時候就尋找著救贖，最後則找到了聖經。是雅各書碰觸到了他的心靈，第四章第七節：「故此，你們要順服神。務要抵擋魔鬼，魔鬼就必離開你們逃跑了。」然後他就找到了他的道路，通往上帝，通往他的傳教之路。而他所有的恐懼，在他的信仰確立之後，就不復存在了。

他建議卡蘿為娜狄亞找一個諮商師，但是卡蘿．克拉克當然很猶豫。所以他告訴她，他隔天晚上會去他們家拜訪。去看看她的家庭，他們家的房子。扮演好他的角色。如果他真的看到任何虐待的跡象，他也許就會去找更實際的專業人士來處理。

◆

布萊恩深受夢境侵擾。黑暗與潮濕滲透了模糊的房間與無窮無盡的走廊。他不斷驚醒，瞪視著四周的暗影，顫抖著，直到睡意再度將他帶走。

一個蒼白的男人站在那裡對著他招手，對他彎起一根手指，他的雙眼閃爍著光芒，四周卻一點光源也沒有。男人微笑著，但沒有咧開嘴唇，就像蒼白的臉上一道深色的疤痕。他又高又瘦，穿著老派的三件式西裝和高帽，破爛而古老。又長又黑的油膩長髮披散在肩上。蒼白的耳朵從兩側冒出來。

布萊恩試著逃跑，但是蒼白的陌生人並沒有離他遠去。他依然對著他招手。依然在微笑。布萊恩驚醒過來。睡意沒有再找上他。女孩描述惡夢的詭異能力已經深深進入他的心靈，而那裡早已住著許多怪物。

◆

隔天早上，布萊恩試著跟主教取得聯繫，但是他知道還需要兩天才能找到他，因為宗教會議時，主教是無法和外界聯絡的。布萊恩是古老職業中的新血，正在試著找到屬於自己的路。在缺乏立即的指導之下，他開始漫不經心地開始翻找心理書籍，又上網搜尋。這簡直是白費力氣，因為在大量的資訊之中，沒有一道光能為他指引出路。

如果那孩子是把某些虐待或創傷外部化了，他也沒有能力看出來。但這正是他最害怕的，也是他覺得最有可能的，儘管他腦中還是帶著一絲懷疑。除了轉介給社會機構之外，他也不知道還能怎麼幫她，而找社工幫忙就更複雜了。

最後，他跪在聖壇前祈禱，直到彩繪玻璃外的微弱光線開始褪去。他祈求上帝給他指引，質疑為什麼這麼無辜的靈魂會受到如此大的折磨。當他站起身時，渾身已經僵硬痠痛，卻沒有覺得自己更接近解答。

有人站在門邊的陰影裡。

「有什麼需要我幫忙的嗎？」他喊道。

一個聲音低語著，但是低得無法聽見。真的有誰在說話嗎？還是他幻想出來的？

他瞥見了一頂高帽，便往那個位置跑去，但那裡一個人也沒有。他回到更衣室，拿起酒瓶，再度倒滿酒杯，迫切地想舒緩自己緊繃的神經。就像往常一樣，躲在酒瓶之後。如果真要他說實話，光靠上帝，從來就不夠。

◆

黃昏的天空呈現鉛灰色，雲層很低，籠罩著階梯狀排列的別墅。布萊恩在暴雨中拉起衣領，從他的車裡走向房屋，期待的重量沉甸甸地壓在他背上。家人可以對彼此做出非常殘忍的事，他很慶幸，他只需要對基督和教皇負責。而且這兩者中，只有一個是真正重要的。羅馬要比天堂遠得多了。他深吸一口氣，敲了敲前門。

門幾乎立刻就打開了，娜狄亞的媽媽在門縫邊，雙眼空洞，臉色蒼白。「謝謝你過來。」

「一切都好嗎，克拉克太太？」

「請叫我卡蘿就好。」她低下了頭。「她昨晚拚命尖叫。可憐的孩子……」她的嗓音變成了啜泣，而布萊恩把手搭在她的肩上。

「讓我和她談談吧。」

房子整齊乾淨，到處都是碎花地毯和舒適的家具。卡蘿咕噥了幾句喝茶的事，然後指了指右邊的一個房間。娜狄亞坐在地板上，身邊圍繞五顏六色的書籍。

「你好，神父！」

布萊恩笑了笑，坐在沙發邊上，手肘撐著膝蓋。空氣中瀰漫著新鮮麵包和許多美味的香氣。他掃視了房間一圈，看見壁爐上的家庭照，幾個不同的世代聚集在一起微笑著。「你有兄弟姐妹嗎？」他問小女孩。

娜狄亞搖搖頭，兩隻手各拿著一本書。

「你爸爸在哪呢？」

「在上班。」

「他是做什麼的？」

「他是賣……嗯……」

「保險，親愛的。」卡蘿端著一個托盤，上面放著杯子和茶壺。

布萊恩接過她遞來的杯子。「他經常出差，是嗎？」

「不算是。他通常六點就會回家，總是會在睡前見到娜狄亞。」

家裡沒有任何不和諧的跡象，更別說虐待了。但這種事情什麼時候明顯過了？布萊恩啜了一口茶。他不想面對恐懼，但依然問道：「娜狄亞，你喜歡上學嗎？」

她抬起頭，非常認真地回應這個問題。「很喜歡的。只是我不喜歡帕克先生。」

布萊恩的腸子一陣翻攪。「帕克先生怎麼了？」

「他給我們的作業好——多！」

布萊恩再次呼出一口氣。「沒有人欺負別人？」

娜狄亞用力搖著頭。「不可以欺負別人。」

「他們的課堂規範很棒。」卡蘿說。

布萊恩再次點點頭。沒有別的好問了。「昨晚又做惡夢了嗎？」

娜狄亞的表情變得銳利。「那不是夢。」

「對不起，你已經告訴過我了，對吧。」

她皺著眉頭，表情帶著不信任。五顏六色的書躺在她的膝蓋上，已經被她遺忘了。

「昨晚又來了嗎？」布萊恩問道。

娜狄亞的聲音又變成在教堂裡的那種冷靜、抽離的語氣。「每天晚上，在永遠的孤獨裡，他都會來。」

布萊恩忽略卡蘿壓抑的啜泣聲。「帶我去看看你的房間，好嗎？」

「好。你可以看看我的小馬。」

她的房間很典型。一張小床，梳妝臺上擺滿了刷子和小飾品，牆上貼著童話故事和動物的海報。一個櫃子裡擺滿了小馬，塑膠的、陶瓷的，寫實的和卡通的造型都有。

「他就是從那裡來的。」

布萊恩看向她所指的角落，在梳妝臺和衣物間之間。「從那裡來的？」他問。

「我會先感覺到寒冷，就像打開冰箱那樣。然後他會從陰影裡走出來，朝我走來，我動彈不得。然後他會突然就出現在我身邊，冰冷的嘴唇碰到我的臉。」

「停！」布萊恩聲音裡的魄力讓自己也吃了一驚，娜狄亞則嚇得跳了起來。她開始哭泣。布萊恩蹲下身子，將她抱在懷裡。「對不起，孩子。」她的惡夢讓他覺得自己又變回了五歲小孩。他是不是錯誤地回想起自己很久以前的恐懼，與她的恐懼混為一談了？他是真的不再做惡夢了，還是只是把那些惡夢用威士忌掩埋起來呢？

「有一天他就不會停下來了，他會拿走我的眼睛！」娜狄亞哭嚎著，溫熱的呼吸吹在他的脖子上。

他不知道要說什麼，所以只是抱著她，讓她哭。最後，他領著她走下樓。「我馬上回來，克拉克太太。我得從車上拿一樣東西。」

她走到門邊，為他開門。「她是不是……？」

「什麼？」

「被附身了？」女人的下巴皺了起來。

布萊恩不知道該說什麼。「我馬上就回來，好嗎？」

他只是需要一點時間獨處。他在雨中瞇起眼睛，雨似乎下得比之前更大了，雨水被風吹得傾斜，打在街道上。他跑向他的老福特汽車，跌坐在駕駛座上，心思充滿了各種衝突的情緒。

他再度撥了主教的電話，但心裡知道這一點意義都沒有。他是不是應該先別打擾這一家人，等得到更多建議後再做打算？上帝在測試他嗎？在他的人生中，上帝有像娜狄亞的恐懼一樣這麼真實嗎？一個孩子居然這麼輕易就挑戰了他的信仰堡壘。她的狀態一定是對某種可怕事物的反應，但是是什麼？他該怎麼做？

**在你試著躲藏的時候，我已經等了你好久了**。低語的聲音從後面飄了過來。

布萊恩抬眼看向後照鏡，瞥見了一張蒼白的臉，破舊的帽子歪斜地頂著車頂。他大喊一聲，慌亂地在座位上轉過身，但是身後一個人也沒有。

他喘著氣，坐在那裡，腎上腺素使他的腸胃不斷翻攪。「聖父與聖子啊。」他說。「請保護我，讓我遠離我的瘋狂吧。」

也許和那孩子多談談也會有幫助，將他在上帝那裡找到的平靜分一些給她。那是他小時候從來不懂的事。聖經給了他一條通往光明的路，儘管他的父母從來不支持。也許這也會幫助到娜狄亞。也許他可以在這個過程中重新堅定自己的信念。在他祈求力量的時候，街道變得更黑了。最後，他從置物箱裡拿出一本翻過無數遍的聖經，放進外套口袋，再度回到那棟屋子。

這次開門的人是一個高大的男人，面帶微笑，頭髮稀疏，挺著一個啤酒肚。他伸出一隻肥厚的手掌。「史帝芬．克拉克。」

布萊恩沒有注意到這位爸爸回家了。他握了握史帝芬伸出的手。「雅各．布萊恩神父。」

「很抱歉浪費了你的時間。」史帝芬向後退開，招呼他進門。

「浪費我的時間？」

史帝芬翻了個白眼，露出一抹淺淺的微笑。「我老婆很容易心情不好。小娜狄亞顯然是遺傳自她。」

當布萊恩再度坐在沙發上時，客廳裡空無一人。「你不覺得有發生什麼嚴重的事嗎？」

史帝芬沉沉地坐進扶手椅裡。「噢，我是覺得夠嚴重了。小孩每晚都做很嚴重的惡夢。

但是我相信我老婆有點反應過度了。」

「你信教嗎？」布萊恩問。

史帝芬搖搖頭，抱歉地一笑。「不算是。卡蘿比較虔誠，又堅持要帶上娜狄亞。我是不介意。」他很快地補充道。「我從來就不反對信教。」

「很公平。」布萊恩已經沒有話題可以閒聊了。

卡蘿和女兒一起出現，穿著準備就寢的衣服。「布萊恩神父，娜狄亞有一個請求。我要她自己來問你。」

「你今晚可以留下來嗎？」娜狄亞突然說道，聲音十分高亢。

史帝芬開始抗議，卡蘿將一隻手搭在他肩上，示意他安靜。她有些難為情地微笑著。「她覺得，如果你在這裡，她會比較安全。」

布萊恩看向史帝芬．克拉克，他只是放棄地聳了聳肩。布萊恩現在有機會讓這孩子得到充滿同理心的傾聽，這是她父母沒辦法給她的；她爸爸只會打發她，而媽媽只會帶來永無止盡的恐懼。也許，在她自己的舒適圈裡，她就會願意承認她所害怕的暴行了。「嗯，如果你這樣覺得的話……」在一個孩子的房間裡過夜不是很恰當，但是這女孩在尋求他的幫助。

「你去刷牙吧，娜狄亞。」卡蘿說，女孩便蹦蹦跳跳地跑走了。

卡蘿等到細碎的腳步聲跑過樓上的地板後，才說：「很抱歉，神父，讓你陷入這麼兩難的狀況。可以和她聊聊，直到她睡著就好嗎？讓她安心一點？你當然不需要待上一整夜。」

「我希望能幫得上忙。」

「那孩子只是被惡夢嚇壞了而已！」史帝芬憤怒地咆哮。「很快就會過去了！」

布萊恩舉起雙手安撫他。「你說的也許沒錯。我會聽她說，然後待到她睡著。也許會再待一陣子，以免她驚醒。如果這樣能讓娜狄亞好過一點的話。」

卡蘿的眼神很悲傷，但笑容很真誠。「謝謝你，神父。」

史帝芬搖搖頭，打開電視。

◆

當布萊恩進到她房裡時，娜狄亞已經蓋好了被子。他從衣櫃旁拿來一張椅子，在床邊坐下。

「你知道那是真的，對吧？」娜狄亞說。

他對上她睜開的綠色大眼。「我知道你相信它是。」

娜狄亞直直地看了他好一陣子。「你等一下就知道了。」她說，然後閉上了眼。

「你家裡有發生什麼事，你想跟我聊聊嗎？」他輕聲問道。「你的家人？有什麼你不喜歡的事嗎？」

娜狄亞睜開眼，表情一片空白。「沒有，神父。」

「沒有人要求你做你不喜歡的事嗎？叫你保密之類的。你可以告訴我。我是神父。」

「沒有，神父。晚安。」她翻過身，為整個對話畫上句點。

布萊恩嘆了一口氣。他站起身，關上門、把燈熄滅。微弱的街燈從窗簾四周透進來，隨著時間過去，他的視線便適應了昏暗的室內。他拿出聖經，開始翻著書頁。

他等待著孩子的夢境到來，腸胃因緊張而翻攪。她會尖叫著醒來嗎？他會感覺到除了惡夢以外的其他東西嗎？他在蒼白的光線下讀著熟悉的經節。但是經文並沒有帶來一絲安慰。他完全是新手，沒有權力，也沒有主導的能力。他看向娜狄亞先前指出的角落。那是整個房間裡最黑暗的地方，牆壁深深陷入黑影之中。他把視線從那個空蕩蕩的地方移開。

◆

整間房子靜止了下來。布萊恩想知道卡蘿或史帝芬會不會來叫他離開。娜狄亞平靜地睡著。他豎起耳朵，想聽聽有沒有電視的聲音，但只聽見沉重的沉默。

寒冷的氣息爬進了房間，就像有人打開了一個冰箱門。緊張感從他的鼠蹊部往上爬，讓他從體內感到一陣酷寒。他試著舉起聖經，但手臂不肯做出回應。他的腳緊踩著地毯，他的背疼痛地頂著椅子。

寒冷的感覺逐漸增強，一波波冰凍感漫過他的皮膚。布萊恩只剩下眼睛能夠移動，他瞥向黑暗的角落，但是那裡什麼也沒有。他盡可能把視線轉向另一邊，試著看床上的娜狄亞。

一隻白得像骨頭的手搭在她的棉被上。細長的手指長著骯髒的指甲，抓著布料。一陣乾啞的咯咯聲傳來。另一隻手也出現了，一樣蒼白。布萊恩全身顫抖，身體幾乎要被壓垮，但還是強迫自己抬起視線。他看見模糊而破碎的影像，是一頂破爛的高帽，戴在油膩的長髮上，還有一張蒼白得憔悴的臉。黑色的雙眼，還有一抹細長而寬闊的微笑。那個東西穿著娜狄亞破碎的睡衣，發出一陣嘶聲。

布萊恩在椅子上掙扎著，儘管他的肌肉緊繃，他還是動彈不得。他呻吟著，聲音顯得虛弱又無力，嘴唇麻木。「我們在天上的父，願人都尊祢的名為聖……」

那生物從床上溜了下來，哈哈大笑，聲音像紙張一樣沙沙作響。它朝他走了過來，細長的腿踏出的步伐幾乎沒有往前移動。儘管他們之間沒有多少距離，那生物還是走了一步又一步，以不可思議的緩慢步伐往前滑動，在布萊恩的視線裡模糊不清。它把雙手抬到臉前，手指抽動著。

布萊恩尖叫起來，唸著主禱文的音量加倍了。那生物伸出長長的手臂，往神父的臉抓來。

「娜狄亞在哪裡？」布萊恩的聲音破碎了。

冰冷的觸感輕輕刮搔著他的臉頰。

「沒有娜狄亞。」它的聲音是一陣乾澀、嗚響的回音。

神父呻吟一聲，緊閉雙眼，再次開始祈禱，試著在腦中排除一切，只想著上帝的愛。但此刻，那份愛好像從未這麼遙遠過。

冰冷而黏膩的手掌貼在他的臉上，他感覺到那生物靠了上來。它的呼吸乾燥而惡臭。

「我看著你建造你的城牆，而你從來不面對我。」它的嘴唇像冰凍的砂紙，摩挲、輕咬著他的嘴唇和鼻子。

布萊恩大聲喊道：「神啊，請不要遺棄我！」

那生物向後退開，但它扁平的手掌依然緊緊抓著布萊恩的臉。「沒有神會來救你的。」

布萊恩嚥下胃酸，強迫自己睜開雙眼，對上那個抓著他的生物深邃而永恆的視線。笨拙人，她是這麼稱呼它的……還是這是它的自稱？「如果你是真的，那神也是真的！」

那東西又笑了起來。「噢，我一直都是真的。神不是人類捏造的嗎？我是永恆的。而且我很有耐心。」

神父試著從它的手中掙脫，但是他的身體麻痺了，頭也動彈不得。「我斥責你！奉聖父、聖子和聖靈之名，我命令你退開！離開我吧，惡魔！」

那生物輕蔑的笑聲持續了幾秒鐘。「惡魔？」

布萊恩啜泣著，當那生物的笑聲淡去時，他的信心也跟著粉碎了。鼻涕和唾沫覆蓋了他的嘴唇。「為什麼是我？」

笨拙人再度斷斷續續地笑了起來。「有何不可？難道樹會問閃電為什麼要打它嗎？」

就像一條出擊的蛇，那生物把嘴貼在布萊恩的左眼上。它冰冷的舌頭把他的眼皮撥開，讓他嚎叫起來。它開始吸吮，動作又深又長，發出濕潤的聲響。布萊恩的眼球被拉長、壓縮，他尖叫不止。它抵著他的頭拉扯，往下壓去，並轉動著嘴。疼痛深深刻進他的頭顱裡，當他的神經和肌肉瞬間斷裂時，他的眼睛被扯了出來。

笨拙人向後仰起頭，張開嘴，深深嘆了一口滿足的氣息，儘管布萊恩放聲哭嚎，他都還能聽見。它咀嚼、吞嚥著。布萊恩僅存的眼睛流著疼痛的淚水，恐懼不已。有那麼一瞬間，他看見了那張蒼白、微笑的臉。他的視線中再度充滿寒冷，當笨拙人占有他的另一隻眼睛時，又陷入一片黑暗。

它粗糙的嘴唇摩擦著他的皮膚，它冰冷的舌頭刺入他的眼窩，疼痛甚至更為強烈。它吸吮著，布萊恩的眼球更快地彈了出來，這次比上一次更痛。他大聲呼喊著上帝，哀求神的憐憫，他抬起失明的雙眼，試圖尋找天堂，卻只看見黑暗。他懇求能遺忘痛苦，但得到的只有冰冷、黑暗與痛楚。

壓在他身上的重量離開了，他的四肢也獲得解脫。他跌跌撞撞地站起身，用手摀住空洞、流著血的眼窩。

笨拙人粗啞的笑聲在房間裡迴盪。它的聲音突然變得很響亮，卻很輕柔，直直對著布萊恩的耳朵說道：「你學會了嗎，人子？沒有什麼比不願看見的人更盲目的了！」

布萊恩踉蹌地往門邊走去，伸出雙手。他撞上了牆，又撞到了裝滿小馬的櫃子，在他摸索著出路時，把小馬全都撥到了地上。他的手指摸到門框，然後他摔了出去。他撞上某個溫暖結實的龐然大物。

「小心你的腳步啊，神父。」史帝芬．克拉克說。「別摔下樓梯、跌斷脖子囉！」

卡蘿．克拉克發出一聲爆笑。「噢，史帝芬！」她站在丈夫身邊，擋住了去路。

布萊恩推開他們，他們便消失在一片虛無中。他踉蹌前進，抓住扶手，半跑半摔地衝下樓梯。他往前門撲去，拉開門，跑上街道。他踢到了某樣東西，一股熟悉的臭味立刻竄進了他的鼻腔。是他在教堂外說過話的那名盲人流浪漢。男人的聲音一如往常地粗啞。「我們再會吧，雅各．安東尼．布萊恩神父。」

# 過於清澈的水

灰色的天空下著雨，雨勢大得驚人，霍華德．布洛赫驅車向東前進。他已經在方向盤後方坐了幾個小時，絲凱的聲音仍然在他的腦海中迴盪，啃咬著他，嘲諷著他。

「所以你真的要去？」

「我必須去！」他因為她拒絕理解而感到憤怒。

「一場萬聖節派對？你是個成年人了耶！」

「這是我們的會議。這是我的工作。」

「會議。」她說這個詞時透露出濃濃的不屑。「你只是拿它當作成年人表現得像小孩一樣的爛藉口而已。」

「我是區域銷售經理。今年的目標和策略都會在這三天內決定好。」

「你也是拿這個當作舉辦爛派對的藉口而已。」

這句話背後還有更多沒說出口的東西。爛工作，爛丈夫，爛男人。他聳了聳肩，不知道該如何回答。

「你真的要去？去討論俗氣的萬聖節裝飾，而不是留下來拯救我們的關係。」

「現在還有『我們』嗎？」他當時這麼問了。

「我猜沒有了吧。」

當她轉身離開時，眼眶因為感到受傷和憤怒而盛滿了淚水。她一句話也沒說，只是推著行李箱走到車邊，然後就開走了。

在波士頓北部某處的九十五號州際公路上，霍華德的眼睛也潮濕了起來。他愛絲凱……愛她勝過愛自己的生命。他活潑而美麗的女歌手。她在嬉皮父母的照料下度過童年生活，他們每天都嗑藥嗑得頭昏腦脹，滿嘴永續農業和風精靈之類的瘋話，所以她愛他的穩定。可是她的靈魂也像風一樣，所以也許她對他的厭倦也是無可避免的。但就只是這樣而已嗎？因為無聊？他們的生活缺乏冒險，絲凱一直都這麼抱怨。*你太務實了，身上沒有一根反骨！*但這不正是她嫁給他的原因嗎？也許他們應該生小孩，但她一直拒絕。多年來，他們在許多事情上的輕微差異似乎已經逐漸擴大，直到現在，所有的差距似乎都無法跨越了。

他從九十五號公路駛入洋基區高速公路，瞇著眼看向手機導航，讓它引領他前往艾克斯灣。鉛灰色的天空像破了洞一般，雨水傾盆而下。他終於看見了指引向北的標誌：印斯茅斯，十公里。

「舉辦會議的爛地方。」霍華德喃喃自語。即使以十月底的標準來說，現在的天色也太過黑暗了。

總公司不斷吹捧這個地理位置的優點，吹噓它擁有舊世界的魅力和強烈的恐怖感，就像被時間遺忘的小鎮。「今年對公司來說，是非常吉利的一年。」公司備忘錄這麼寫道。「我們要回到一切的源頭，舉辦一場非常特別的會議。」顯然，如果要舉辦一場目前為止最優秀的萬聖節派對，這裡是個完美的選擇。戴伊高恩公司不慶祝聖誕節，他們是靠萬聖節商品發財的，所以萬聖節一直都是公司關注的焦點。在今年之前，年會都是在匹茲堡舉行，離霍華德的家更近。為什麼執行長傑佛瑞·戴伊堅持要在今年做出改變？他一點也不懂。

霍華德駛過艾克斯灣，海灣在他東側的黑暗中消失，然後他便駛進了印斯茅斯。他筋疲力盡，眼睛因長途跋涉而布滿血絲，又因為在傾盆大雨中盯著路面而緊繃。他只想要洗個熱水澡和躺上一張柔軟的床，明天就會好多了。他已經開始想念絲凱了。

雨下得很大，他放慢速度，目光穿過快速掃動的雨刷，望向面積廣闊而擁擠的城鎮。一切都顯得漆黑而寂靜，即使現在才快七點而已。窗戶中幾乎沒有燈光，煙囪靜止地立在向下傾斜的屋頂上。隨著道路向海港的方向傾斜，破爛腐朽的氛圍越來越強烈。有些屋頂已經完全坍塌，有些牆壁上沒有窗戶，就像骷髏黑色的空洞眼窩。有些建築物的狀況比較好一點：有著圓頂的喬治時代房屋，還有被彎曲鐵欄杆圍繞的屋頂瞭望臺。三座高聳的尖塔聳立在海平面上，在黑夜的映襯下顯得無比漆黑。霍華德駛過一座用磚塊砌成的工廠，看起來比他剛才見到的大多數建築都還堅固，不過碼頭上其他的建築物似乎都因為腐朽而無法居住了。

與其說是有魅力的舊世界，不如說這裡是個被人遺忘的廢棄鬼城。人都去哪了？他經過填滿沙子的港口，走過包圍在四周的消波塊，深水旅館就在小港口上方地勢較高的位置。至少那裡光線充足，似乎帶著一點活力。他轉上馬倫路，進入停車場，停了下來。等到引擎熄火後，四周唯一的聲音就是雨聲。寒冷的氣息瀰漫在車裡，好像他轉動鑰匙後，就打開了身後一扇看不見的冰箱門。

他邊發抖著下了車，弓著背、頂著雨，在冰冷的微風中聞到海水與古老海草強烈的特殊鹹味。他從後車廂裡拖出行李箱，跑進旅館大廳。沒有人在門口迎接他，接待櫃檯也沒有人。遠處的某個地方傳來輕聲低語和杯盤碰撞的聲音。他想到，要是能在洗澡睡覺前喝一杯烈酒，那就再好不過了，前提是不需要進行太多社交活動。他還沒有準備好要和人互動，絲凱的失望仍然無比真實而傷人。她真的就在家門口對他死心了嗎？他們之間的鴻溝終於再也彌補不了了嗎？如果他們認真試試看的話，一定有辦法再次找到共通點的。

「需要幫助嗎？你是來參加會議的嗎？」

聲音突然憑空出現，嘶聲說著話，霍華德跳了起來。他轉過身，卻沒有看見半個人。當他把目光轉向櫃檯時，他又跳了起來。有個人在那裡等待著，好像一直都在似的，正揚著一邊的眉毛看著他。那個人一直都在那裡嗎？那霍華德一定會注意到的。男人的臉色蒼白，幾乎像灰色，嘴巴又扁又大，眼睛睜得有點太大了，緊盯著他。

「對，是來參加會議的。」霍華德勉強說道，對方冷漠的瞪視使他倍感不安。「霍華德·布洛赫。」他補充道，並拼出了自己的姓氏。人們總是預設他的姓氏最後面是C和K。

「三樓的三一五號房。沒有電梯，壞了。樓梯在那裡。」男人的手指比臉更灰，修長而微微顫抖，指向一道深色木樓梯。那道樓梯拋光得閃閃發亮，有著厚實的欄杆和精細雕刻的欄杆，像海草一樣向上捲曲。

霍華德低頭看了一眼自己沉重的行李箱，疲憊更加滲入他的全身。他張開嘴，正要說話，但櫃檯人員卻說：「沒有服務生。他們已經下班了。」

「好。」霍華德接過他遞來的鑰匙，小心不要碰觸到他蒼白的手，並轉過身去。

「達貢的雙眼在看著你。」

霍華德回過身。「你說什麼？」

「我說祝你住宿愉快。」男人的表情沒有任何變化，也沒有明顯的情緒起伏。

「好。」霍華德又說了一次。「謝謝。」

他推著行李箱往樓梯走去，卻被從一旁沉重的雙扇木門中走出的一個人攔住了。「霍伊．布洛赫！」

霍華德瑟縮了一下，但忍不住露出微笑。至少現在有一點正常的事物了。是他熟悉的人。「迪恩．史丁格。我要跟你說多少次，不要叫我霍伊啦。」他媽媽總是這樣叫他，當他爸爸發酒瘋後，他媽媽總是這樣輕輕喚著他的名字安慰他。他媽媽的呼吸也因為波本酒、香菸和放棄而發酸。他總是向自己承諾，等他結婚後，他的婚姻絕不要像他爸媽一樣。他卻讓自己的婚姻無聊到乾涸並枯萎了。

迪恩．史丁格微笑著。「霍華德，對不起啦。很高興見到你啊，老兄！」

「我也是。」

他們握了握手，迪恩的手堅定而熱情。「你敢相信這個地方真的存在嗎？這裡感覺就像……我也不知道！」

「是滿奇怪的。」

「老闆說這次萬聖節一定要在這裡舉辦。說現在是讓公司成長的完美時間點。」

「完美時間點？」

「說是星星排列到位了什麼的。」史丁格大笑著，聳聳肩。「但這對我們來說真是個好地方，是不是？試著把萬聖節裝飾品賣給這些人吧。這就像賣雪給愛斯基摩人一樣，我沒說錯吧？真的要考驗你的技巧了，年度最佳區域銷售經理。」

霍華德笑了起來。「那是去年的事了。」

「也許今年也是啊！你三天後就會知道了。」

「我們等著看吧。」老實說，霍華德不相信自己符合資格。他的工作表現不錯，一直都不錯。但是和絲凱的生活逐漸崩盤，尤其在過去幾個月裡，崩解的速度越來越快，這確實影響了他的工作表現。這一定也影響了他的業績，儘管他還是達到了自己所有的目標。一定有人超越了他們的銷售數字。

「來喝酒吧！」迪恩喊道。「快來。」

「我的行李。」霍華德虛弱地說。「我才剛到，我覺得……有點累。」

「先喝一杯啦！」

旅館的酒吧裡擠滿了戴伊高恩公司的員工，裡面充滿生命力與各種活動，本身就像一場洗禮。霍華德不太情願地喝著第一杯啤酒，但很快就放鬆了下來，並和許多他早就認識的人打了招呼，也遇到許多他從未見過的員工。他覺得自己在人群中十分孤獨，但是他在啤酒後接著喝了波本威士忌，一個小時後，他便感到溫暖起來，也能和人說笑了，不再去想工作之外的人生。

他頭暈目眩，跌跌撞撞地摸索著三一五號房的鑰匙，回到房內。他把衣服脫在地上，然後倒在床上。時間才剛過午夜。床單冰冷得像滲著水一樣。挑高的天花板角落壓著金屬線板，上面有著黑色的霉斑，還有一攤攤水漬，但是他沒有細想，睡意就像波浪般席捲而來。

◆

霍華德夢到了波濤洶湧的大海，因為夢境及翻攪的腸胃而醒了過來。他夢到自己靠在嘎吱作響、油漆斑駁的船隻邊緣，凝視著陰暗的深水，看著他無法辨識的東西在下方環繞、游竄。他的嘴巴乾澀，舌尖粗糙，腦袋沉重。

他從床上跌跌撞撞地爬下來，前往小浴室裡上廁所，看到髒污的馬桶、生鏽的浴缸和滴水的蓮蓬頭時瑟縮了一下。他上完廁所，又喝了一大口水，儘管水又苦又澀。然後他回到了房間裡的小小窗戶旁。他看向南方的海港，露出微笑。雨已經停了，儘管天空依然十分陰暗，但街道上已經有不少行人。有些建築似乎是商店，門都是打開的。一切都顯得更有活力、更完整了一些，比昨晚被雨水浸透的樣子好多了。霍華德很高興自己見到了這樣的畫面。在旅館繁忙的餐廳裡用過早餐後——裡面只有他們公司的員工——他便前往主要會議室，很快就開始討論公事，例如銷售地區、新產品，還有可以藏在屋子裡的小電子裝置，能夠提供更全面的恐怖體驗。這些東西都是他可以理解的。

午餐時間，執行長傑佛瑞・戴伊重重地拍了拍他的背。男人長得又高又壯，有一張寬大的臉，還有凸出的雙眼。儘管他不像昨晚的櫃檯人員那麼蒼白，但是他們的相似處還是讓霍華德有點驚訝。

「很高興見到你，布洛赫！」戴伊喊道。「一切都好嗎？」

「當然啦！」霍華德撒謊道，絲凱的事情從他腦中閃過，夾雜在他的思緒之間，然後很快就消失了。

到了晚上，他又回到酒吧，吃了晚餐，然後喝了更多酒。度過了一天，還有兩天，接著就是派對了。他開始放鬆下來。晚餐很平凡，一份沒什麼特色的燉魚料理，配上又硬又沒味道的麵包，但他和迪恩決定隔天要去附近的市區走走，尋找可以嘗鮮的餐廳。幸好迪恩還在這裡，霍華德無法與其他人產生連結，他們的臉全都模糊成一片，融入人聲鼎沸之中。他不該在這裡的。他開始想念起家和絲凱，有些心不在焉。這讓他感到緊繃與苦澀，想著他們的婚姻就要結束了，令他倍感受傷。他們應該生小孩的。他應該堅持生小孩的。他現在突然覺得，他們永遠也不會有小孩了。但現在還不遲……

霍華德迴避交談，找到一張陳舊的皮長椅坐下，卻發現有個一頭黑髮的纖細女人坐在他身邊。他推測她大約比三十九歲的他年輕個五六歲，她有一股年輕女子的魅力，所到之處都吸引了大家的目光。在寒暄之下，她對他露出微笑，伸出一隻修長纖細的手。

「我是達雅。」

「我是霍華德。達雅真是個好聽的名字呢。」他邊說邊接過她的手，一邊對手中冰冷的手指瞥了一眼。

「我從來沒辦法習慣新英格蘭的冬天。所以我才會離開。我一直都覺得好冷喔！」

「現在都還沒秋天耶。」

她聳聳肩。「但現在就已經冷死人了。」

「而且這裡也很潮濕。」霍華德說。

「一直都很潮濕。對了，它的意思是『海』。」

「什麼意思？」

「達雅的意思。這是個伊朗名字。」

「喔，好。你是伊朗人？」

「不，只是我爸媽喜歡而已。我是土生土長的新英格蘭人。」

霍華德笑了起來。「但你一直都沒辦法習慣這裡的冬天。」

「所以我才搬走。」

一陣沉默降臨，有那麼一刻，尷尬的古怪感伴隨著尷尬的對話出現了。達雅對他拋來另一個微笑，霍華德急促地吸了一口氣，試著穩住突然的不安。「要喝酒嗎？」他說。

達雅明顯放鬆了下來，雙眼彎起。「好啊！伏特加套汽水？」

「沒問題。」

迪恩站在酒吧邊，歪著嘴露出微笑，好像他的嘴巴被漁夫勾到了一樣。

「你在笑什麼？」

迪恩對著角落的桌子點點頭。「在跟新來的女孩搭訕是吧？」

「她是新人嗎？」

「我從來沒看過她。和我聊天的人也沒有一個看過她。一定是新來的吧。」

霍華德咕噥一聲。「我也沒有在搭訕她。」

「幹嘛？因為你已經結婚了嗎？出來旅行的事，就留在旅行的時候啦，老兄。我不會告訴你老婆的。」

「天啊，多謝喔？你老婆還好嗎？」

迪恩扮了個鬼臉。「老實說，我不覺得我們會在一起太久。真要說的話，我覺得有點迷失。說來話長啦。我晚點再跟你說。」

霍華德點點頭，不太確定該說什麼。他顯然是最沒有資格給意見的人了。迪恩勉強用兩隻手拿起四個杯子，回到他的桌邊，那裡有幾個同事大聲談笑著，互相打岔。

霍華德在吧檯等了好一陣子，女調酒師才終於注意到他。他嚇了一跳，一瞬間以為她是昨晚在櫃檯接待的那個男人，只是戴了亂糟糟的亞麻金假髮。他們異常相似，只是這個女人的下唇下方有一個肥胖的隆起，眼睛是淺灰色；那個男人的眼睛則是令人不舒服的綠色，但他們肯定有親戚關係，霍華德認為這大概是個家族企業。他點了酒，為自己點了波本威士忌和可樂，然後回到達雅身邊。

他們的對話依然很糟糕，尷尬不已，但他們喝了更多酒，就更不在乎了。達雅朝他靠近，把一隻手搭在他的手臂上、膝上，還有大腿上。在她面前，他感到暈眩，還有一點莫名的混亂感。他不斷把關於絲凱的念頭推出腦海，一次又一次在腦中回想著他們最後的兩句對話。

現在還有「我們」嗎？

我猜沒有了吧。

夜晚繼續下去，酒吧的人潮漸漸減少了。達雅湊上前，在他耳邊低語。她冰冷的嘴唇貼著他的耳朵，說的話卻讓他渾身發熱。「我們該上樓嗎？」

「去我的房間？」他問，像個青少年一樣顫抖著。

她點點頭，一邊牽住他的手，溫柔地將他拉起，帶離酒吧。他們快速爬上樓梯，醉醺醺地跟蹌著、咯咯笑個不停。進入他的房間後，他們沒有再說話，只是摸索、拉扯著彼此的衣服，吻著每一吋露出的肌膚。她的舌頭冰涼，帶著鹹味，好像她喝的是伏特加套海水，而不是汽水，但那股味道並不討人厭。他們接吻時，他感到更加暈眩，迷失在慾望與酒精之中。

她渾身上下都很冷，這可憐的女孩說她從來溫暖不起來，可不是在撒謊。當她把他的陰莖含進嘴裡時，他倒抽了一口氣，既是來自她舌頭的冰涼觸感，也是因為突如其來的快感。他們滾到床上，他伏在她身上，她的體內和體外一樣冰冷。儘管這個事實令他感到不太舒服，但他太醉、太瘋狂，所以並不在乎。酒精讓他變得笨拙，卻給了他時間，而這場性愛很不錯。她在他身下弓起身子，瞪大雙眼，好像她不敢相信自己高潮似的，而這讓他慾火焚身，他也射了出來，既突然又徹底。他們還是一句話也沒說，只是翻過身，身體交纏在一起。當睡意席捲而來時，他意識到，她還是渾身冰冷。

◆

霍華德夢到了一座水底城市。螺旋尖塔在過於清澈的水中向上延伸，海水的水面過高，他無法看清。他憑直覺就知道，這絕不是地球上的海。這個城市存在於每一個地方，就在真正的生命下方，好像它會流動，並和現實的一切交織在一起。

霍華德走在城市街道上，不可置信地看著盤旋的建築、蜿蜒的小路，一切都顯得好平滑。一簇簇水草叢生，在溫柔的水流中波動著。他來到城市中央的一座寺廟，這座塔樓的樑柱交纏著向上延伸，更小的螺旋狀塔樓包圍著中間的主塔，還有深色的岩石拱門。巨大的雙扇門有十二公尺高、十公尺寬，上頭刻著令人不舒服的符號。門在他出現時靜靜地打開了，他意識到，這裡的一切都十分寂靜。廟宇裡，一排排長椅從地底浮起，就像直接從地上的岩石雕刻而成。幾百人占據著座位，就像水草般，被深層而溫柔的波浪夾帶著搖擺。所有人都戴著帽兜，或留著遮住面孔的長髮。在昏暗的室內，他看不清任何一個人的臉。廟宇的盡頭有一個祭壇，高得不可思議的身影正緩緩繞著它踱步。他們的身形瘦得不可思議，動作僵直，並對著集會的民眾伸出細長如棍的手臂。手臂在大約三分之一的位置彎曲，前臂似乎有點太短了。然後他們的手臂又向上彎曲，一條手臂都有兩個手肘，一邊做出複雜的動作，這是霍華德無法理解的手語，但他迫切地想要看懂。他意識到自己一直屏著氣息，從他進入這場夢境的時候就是了。他屏息多久了呢？幾小時嗎？他知道如果他呼吸就會溺水，但他突然覺得自己已經開始溺水了。一部分的他渴望著在水下窒息的感覺。他驚慌地倒抽一口氣，如冰一般的鹹水灌進他的嘴裡和肺裡。

他驚醒過來，從冰冷的床上彈起，心臟怦怦跳著，呼吸短促。他嚐到了鹹水，但他意識到，那是因為他吻了達雅，而不是因為夢境。不是嗎？他翻過身，然後發現她已經離開了。失望挖鑿著他。他的大腦因為睡眠、酒精還有過度清晰的夢境而一片混亂。他從床上爬起來，準備去上廁所，冰冷的空氣貼著他潮濕的皮膚。他的腳在乾硬而破舊的地毯上壓出一攤水漬，留下一道潮濕的足跡。他還在宿醉，困惑而失落，所以他忽略了地上的水灘，上完廁所便倒回床上，陷入一段不安、混沌而無夢的睡眠。

◆

「你可不是昨天晚上唯一一個賺到的人喔！」在用黑色木板裝潢的飯店餐廳中，迪恩一邊興奮地吃著早餐，一邊說道。負責送餐的服務生看起來臉色灰暗。他們真的都長得很像。這個家族企業究竟有多少家人在經營啊？

「什麼意思？」由於睡眠狀況很差，又喝了太多波本威士忌，霍華德的頭很痛。他的心情低落，不只是因為頭痛，還有他的罪惡感。他和絲凱還沒有結束，而達雅甚至沒有留下來過夜就偷偷溜走，好像他只是嫖客似的。當他醒來時，他的手機裡有一則絲凱的訊息：

親愛的，我們真的得談談。等你回來之後，我們就去哪裡放個假吧。我們需要時間相處。

她已經準備好要重修舊好了。他也是，事實上，他非常渴望。但是他需要告訴她昨晚的事嗎？他有辦法承擔這樣的罪惡感嗎？他發現自己開始質疑自己人生中的一切，不知道自己究竟在幹什麼，但是他知道一件事。他想要絲凱。

迪恩還在說話。

「抱歉，什麼？」

「老兄，你一直在放空。喝太多了是吧？我剛才在說，我們好幾個人昨晚都賺到啦。跟你上樓的那個女生，她不是來參加會議的，她是當地人。」

霍華德皺起眉，麻木地點了點頭。「她有說。但她之前搬走了。」

「知道我們來這裡開會，她們就幾個人一起來了。」迪恩向前傾身，像在密謀著什麼。「你看看這裡的人，誰能怪她們呢？這裡根本就是醜人大本營，對吧？」

霍華德試著回想昨晚和達雅的對話，但記憶一片模糊。他大多都不記得了。「所以你也找了對象嗎？」

迪恩容光煥發。「而且超讚的，老兄！」

「她是不是……」霍華德嚥了一口口水，搖搖頭。他本來想問他，她是不是很冷？但那聽起來似乎有點突兀。

「她是不是怎樣？」

「不重要。恭喜你啊，老兄。」他把盤子推開，一點胃口也沒有了。「我得打給我老婆。」

「良心不安囉！」迪恩咬著吐司笑起來，用奶油刀指著他，像在指控他。

霍華德沿著碼頭走，和絲凱討論著未來，他倍受鼓舞。對話令他不太自在，但是她又重申了一次想和他一起度假的願望。他說他也想要。她叫他好好享受會議和派對，她聽起來像真心的。當他掛掉電話時，他覺得自己快被罪惡感壓垮了。

他四處打量，想要在第二天的會議開始前再多看看印斯茅斯。但儘管這個城鎮不像他第一天晚上以為的那麼荒蕪，也依然瀕臨崩解邊緣，骯髒而不友善。蒼白寬闊的臉從四周的門框中露出來，好像在逼他離開，希望他不要晃進他們的店裡。一棟巨大的建築上有著斑駁的商標，「梅倫貨運公司」。他在這個城鎮裡看到這個名字好幾次了。不知為何，這讓他感到有點不安。他顫抖著，回到旅館裡。

◆

午餐時間，在吃完軟爛的蘋果和潮濕的魚肉醬三明治後，霍華德便上樓午睡，想將昨晚沒有睡好的覺補回來。他再度夢到水底城市，夢到自己走到那扇高大寬闊的門前，但是他緊張地停下了腳步。他想到了達雅、想到絲凱，挫敗地大喊出聲。冰冷的水灌進他的嘴裡，讓他驚醒過來。他的衣服都濕了，好像流了太多冷汗一樣。他換了一套衣服，回到樓下，準備進行下午的會議。為了獲得溫暖與乾燥的環境，他什麼都願意付出。

◆

他沒有和迪恩一起去探索不歡迎外人的街道，而是又在旅館裡吃了燉菜。雜燴的食物跟前一天晚上一樣。以魚肉的標準而言，肉質有點太硬了，有幾個奇怪的隆起物，肉醬也味同嚼蠟，十分濃稠。如果可以吃一頓單純的漢堡和薯條就好了，但他也不是很在乎。他只希望會議快點結束，好好享受派對，然後回家去找絲凱。就連派對本身現在都感覺像例行公事罷了。絲凱說得對，這只是大人試著捕捉失去的童年而已，這實在太哀傷了。旅館用他們公司的產品裝飾著，而一切對他來說都有些過分浮誇而寒酸了。

他對自己承諾，他不會再喝酒了，但迪恩回來之後便請了第一輪酒，在那一刻，什麼都比清醒的感覺要好多了。十點時，他渾身都因為酒精而溫暖、放鬆，而達雅又再度出現。

「抱歉，我沒說再見就離開了。你睡得很熟，非常……熟。」

霍華德舔了舔瞬間乾燥的嘴唇。「我沒想到……」

「你沒想到我會回來？我得上班，但是我一下班就回來了。」她舉起杯子，和他乾杯。他張開嘴要說話，想要告訴她絲凱的事，想要告訴她他的人生，但是她用冰冷的嘴唇封住了他的言語。她帶著鹹味的舌頭掃過他的舌尖，一股頭暈目眩的感覺漫過他的全身。越過她的肩頭，他看見迪恩正與另一個女子交纏著，她看起來和達雅很像。迪恩對他豎起大拇指，然後把注意力轉回他的新朋友身上。

霍華德試著把注意力轉向酒吧。這裡還有那麼多人，但他們全都只是一片空白的面孔，看起來十分詭異。只有達雅感覺像真實的。只有她身上有足夠的細節，能夠吸引他的目光。他嚥了口口水，覺得他好像比想像中更醉了一點。達雅又吻了他，冰冷而帶著鹹味，這點燃了他身上每一吋細胞。她向後退，又給了他一杯酒。那是從哪裡來的？酒的口感十分濃烈，至少是雙份的濃度。他內心挫敗地啜泣了一聲，嚥下嘴裡的酒，讓他的心靈任意遊蕩。

達雅拉著他的手，帶他回到房間，他們重複了昨天晚上的行為，這次更快、更用力，感覺從來沒這麼好過。他瘋狂地沿著她的脖子親吻下來，猛力地進出，他的嘴唇摩擦過一排細細的條紋。他向後退，看見她的喉嚨側邊有三條細得幾乎不可見的裂口，就在這時突然閉闔起來，好像從來不存在一樣。達雅把他的臉拉到她的胸部之間，在他身下迫切地弓起身子。

◆

霍華德再度夢到蜿蜒的廟宇，那些高瘦的神職人員們用複雜的手勢指引著信眾。他凝視著，似乎開始理解那些手勢了。**他已經準備要復甦，還有他已經沉睡很久了。**那些簡短而破碎的訊息使一股恐懼在霍華德心中蔓延，他感覺到自己屏息所帶來的強烈壓力。他想要深呼吸，並加入這群人們的朝拜，但是又同時想要逃走、逃到絲凱身邊，感覺她的擁抱所帶來的真摯溫暖。

想要逃跑的衝動獲勝了，他跌跌撞撞地跑離廟宇，沿著蜿蜒的街道跑去。他想起這片海洋並不屬於地球，而是一個介於中間的地方，一個會蔓延至現實各處的地方。他用力踢向街道，往上游去，腦中只想著絲凱，然後發現他自己正游在他們家中的臥室上方，距離十分遙遠。絲凱正沉睡著，一個人躺在床上，一隻手臂跨過屬於他的位置。她的枕頭上墊著他離開前一天穿的襯衫，皺巴巴的，看來還沒有洗過。她一定是想要有他的味道在身邊。他的心隱隱作痛。

他倒抽一口氣，冰冷的水湧進他體內，他醒了過來。

達雅已經離開了。

◆

餐廳裡的氣氛十分凝重，大家的面色陰沉。霍華德花了一點時間才知道原因，發現發生了一場悲劇。迪恩・史丁格死了。

「發生什麼事了？」霍華德問莎拉・契斯曼，一邊在她和另外兩個人的桌邊坐下。

「溺水。」莎拉告訴他。

「什麼？」

「在床上溺水？」

「但是是在床上被發現的！」蓋瑞・克拉克邊說邊搖著頭。

蓋瑞大笑一聲。「我聽到當地警方在跟老闆說，昨天半夜他摔下碼頭，溺死了。一個當地人把他帶回房間床上，沒有發現他死了，只以為他是喝醉呢。」

霍華德皺起眉。「誰會做這種事啊？」

蓋瑞聳聳肩。「誰知道。但你不可能在床上溺水，對吧！」

「傑佛瑞．戴伊在你來之前，有過來一下。」莎拉說。「儘管發生了這麼可怕的事，他還是要把會議跟派對辦完。」

「根據戴伊的說法，迪恩一定也會想要我們這樣。」蓋瑞說，面色陰沉。

霍華德機械性地叉起濕潤而稀薄的炒蛋，塞進嘴裡，卻一點味道也嚐不到。

◆

霍華德想要回家，但今天是十月三十一日，是會議的最後一天，也是萬聖節。回家的車程很長。他準備找個藉口請假回家，但傑佛瑞．戴伊在會議開場時要求大家向迪恩．史丁格致敬，並團結起來，因為迪恩一直把戴伊高恩公司當成一個家庭，這對他來說意義重大。**是這樣嗎？**霍華德想著。憂愁的臉填滿了會議室，每個人都戴著虛假的面具，假裝自己充滿決心。如果他現在跑掉，他會看起來像個混蛋。

「就算說我迷信也好。」戴伊強而有力地說。「但這個萬聖節，行星軌道將會交會，這是數百年才發生一次的奇觀。這一天剛好就是我們的日子，是萬聖節！所以我們才會在這個地方，在這個時間點，在這裡聚集。我們會看見業績大幅增長！」

接著戴伊開始宣布年度最佳員工，當霍華德聽見自己再度獲選年度最佳區域銷售經理時，他倒抽了一口氣。掌聲和那些假裝慶祝的錯愕面孔使他困惑不已，他上臺接過了獎牌和獎金支票。他的人生正在崩解，他怎麼可能還表現得比所有人都好？他的競爭對手真的有這麼弱嗎？他的人生需要這面獎牌代表的事物以外的更多東西。而他知道人生中還有太多事情可以體驗了。

在午餐時間，他打給絲凱，告訴她他有多想她，而且他不是在撒謊。但他想到了另一件事，他知道鬼靈精怪的她會覺得很有趣。

「今晚，我要游過夢境之海去找你。」他擠進拋光樓梯下的角落，對她說道。

她笑了起來。「是嗎？」

「我是認真的。這地方讓我做了超多奇怪的夢。昨晚我游去找你了，還看著你睡覺。」

「這有點詭異喔，親愛的。」

「不，這很美好。」

「聽起來是個好夢。」她調整了觀點。

他深吸一口氣，準備測試自己的理論。「你把我的藍色襯衫墊在枕頭上睡。」

她在電話另一端倒抽一口氣，很快就壓抑住聲音，然後兩人之間陷入一片沉默。

「絲凱？」

「你怎麼會知道？」

「我覺得這很美好啊。」

「但你怎麼會知道？」

「我告訴你了，我做了夢，夢境比你想像的深層得多。我今晚會再去找你，去你的夢裡，然後我們就可以一起游泳。」

她又笑了起來，但笑聲中帶著一點緊張。「你有點嚇到我了，但是好吧，我會期待的。」

◆

會議結束，當他們從會議室離開、回到酒吧時，它已經被布置成園遊會般的鬼屋場景。到處都是蜘蛛網、蝙蝠、南瓜和騎著掃帚的女巫，從所有可以懸掛裝飾的地方垂下來。除了一般的萬聖節裝飾之外，還有奇怪的甲殼類生物，就像塑膠版的龍蝦和螃蟹，有著細緻得不可思議的足部，放在各種地方，好像正在獵捕著什麼。

角落的ＤＪ臺放著震耳欲聾的音樂，藍綠色的燈光旋轉著，在牆上和天花板上留下水面一般的閃動光線。桌面上擺著食物和飲料。霍華德忽略了這一切，只想要獨處。達雅朝她走來，扭腰擺臀的樣子就像在波浪中一樣，雙眼半闔。他現在覺得她冰冷又危險，迪恩和另一個幾乎長得和她一樣的女人親密的樣子浮現在他腦中，讓他的肚子翻攪個不停。

她朝他遞來一個酒杯，正準備說話。霍華德把酒杯推開，搖搖頭。「今晚不行！不要再來了，好嗎？」

她的臉上閃過一絲怒氣，有那麼一刻，尖銳的牙齒在她豐滿的嘴唇後方摩擦著，她喉嚨兩側的三道裂縫憤怒地張開，然後再度闔上。霍華德目瞪口呆，恐懼在他的四肢中流竄。

達雅的表情軟化下來，眼神移向霍華德身後。他轉過身，看見傑佛瑞・戴伊對女人打著手勢，正做出霍華德在夢中沉默聚會裡看見的那些祭司們的手勢。夠了。霍華德的雙眼大睜，回頭想看達雅的反應，但她已經轉過身子，準備把他的飲料拿給另一個員工。他有點心不在焉地發現那是蓋瑞・克拉克，早餐時才和他說過話的人。

霍華德看向傑佛瑞・戴伊，但是老闆已經開始和其他人說起話，笑得無比開懷。

霍華德趕忙回到自己的房間。他鎖上房門，鬆了一口氣。此刻，他只想要擁抱絲凱。他想向她展示他在現實世界下看見的所有奇蹟。那些人們從未瞭解的奇異事物，那個呼喚著他的地方。那個地方引誘著他，要他飛向無盡的深處，而他必須帶著絲凱一起前去。他會帶領她踏上新的冒險。他可以忽視這個黑色的城市。叫這些人去死吧，他和絲凱還有許多旅程要享受呢。

他看著時間逐漸過去，直到確定絲凱上床睡覺後，便爬上冰涼潮濕的床，閉上眼睛。他放鬆身體，深吸一口氣，只想著睡覺，還有這個世界下方的深海。當他緩緩走在蜿蜒的城市裡時，他露出微笑，永恆的海水支撐著他。但他沒有受到誘惑，他踢著水往上游去，與廟宇拉開距離，腦中只想著絲凱。

他在下方的陰影中看見床單的碎花圖案，便向下朝她游去。屏住的氣息開始令肺部疼痛，但他知道在前幾天晚上，他屏氣的時間比現在長多了。他可以忍耐更久的。久到他能展示這些奇蹟給她看。

他將一隻手搭在絲凱肩上，她驚醒過來，瞪大雙眼看著四周。然後她抬眼看向霍華德，表情既驚嘆又不可置信。他點點頭，指向她身下的枕頭，還有他的襯衫。你在做夢，他用複雜的手指動作說道。這個動作對他來說突然再自然不過了，就像眨眼一樣。我們在這永恆的海洋中一起做著夢。

他把自己和達雅做的事產生的罪惡感拋到腦後，牽起絲凱的手。她讓他把她拉起，他們一起漫游。他們不確定要去哪裡，只是向上漂浮著，那座城市就在他們腳下。他驚訝地看著廟宇裡集會的人們都站在外頭的街道上，抬著頭，寬闊的臉看起來十分悲傷。高瘦的祭司們在他們四周繞行，人數超過十人，然後也同時抬起瘦長的臉。他們有著奇怪關節的手臂向上舉起，一起用手語說著話，叫霍華德和絲凱呼吸，叫他們讓永恆進入，並感受永恆的達貢所帶來的神聖祝福。

當然了。

霍華德笑了起來，知道反抗也沒有意義了。海洋已經進入了他體內，當他的嘴唇第一次碰到達雅的時候就是了。這是無可避免的。他把絲凱轉向他，她的臉因恐懼而扭曲，睜大了雙眼。她左右搖著頭，頭髮在身後漂浮，在水流中就像一個光圈。她張開嘴想尖叫，試著從他身邊抽離，但他緊緊抓住她，雙手緊握著她的上臂。他張開嘴，吸進一大口冰冷的鹹水，並對她點點頭，示意她照做。她尖叫完後，再也別無選擇，只能照做。他拒絕放開她。這就是他們在一起的最後結局。永遠在一起。

◆

戴伊・高恩公司的執行長傑佛瑞・戴伊和印斯茅斯的警察局總長，也是傑佛瑞的表哥西賽爾・梅倫站在一起。他們身邊則是西賽爾的哥哥史丹利・梅倫，這個城鎮的驗屍官。他們圍繞在霍華德・布洛赫的旅館床邊，看著他冰冷潮濕的身體。他暗淡的雙眼瞪視著發黴的天花板，卻什麼也看不見。

「你們填好表格了嗎？」傑佛瑞・戴伊問他的表哥們。

西賽爾點點頭。「在海港淹死的。真是悲劇。」

史丹利在破爛的寫字板上簽好文件，把它還給戴伊。

「最近的親屬呢？」戴伊問。

西賽爾笑了起來，聲音黏膩而濕潤。「他老婆。我們今天早上和當地的警察局聯絡了。他們說真是太可惜了，他們今天發現她也死在家裡的床上。一切跡象都表明她是溺水身亡。」

離開房間時，戴伊也笑了起來。他們讓旅館員工進來收拾善後。「達貢的雙眼在看著你。」當他們在旅館大廳分開時，戴伊對他的表親們說。

「並見證了你的虔誠。」他們齊聲回答，然後走進雨中。

## 夢之影

金髮女郎笑了起來，笑聲輕柔而清脆。她高挑而美麗，克雷格知道自己在哪裡看過她。也許她是個知名模特兒。他懶洋洋地坐在一張長椅上，喝著雞尾酒，欣賞著城市天際線的燈光和建築。

「我是克雷格．湯姆森。」他在她經過時說。「想和我喝一杯嗎？你真的應該試試……我在喝的這個東西。」

金髮女郎露出微笑。她的笑容越來越燦爛，嘴巴越來越寬。她的眼睛變黑，牙齒也動了起來，突然拉長。她張開嘴，露出一排排尖銳的牙齒。隨著一陣痙攣，她的脊椎向上弓起，肩膀向前夾緊，雙手變成又長又細的爪子。克雷格大叫一聲，放下酒杯，跌跌撞撞地站了起來。不應該是這樣的。他知道自己在做夢。他一直都知道。他努力想把她變回去，但什麼也做不了。她的笑聲斷斷續續，就像子彈一發發打進黏稠的柏油裡。她踉蹌地向前走來，把手伸向他。

「這不是真的！」他大叫著，拚命想把她徹底抹除，但她還是繼續向前衝來。

克雷格用盡自己的意志力命令夢境結束，決心要從夢中醒來。醜陋的金髮女郎模仿者開始消失。他感到有什麼東西在吸走他身上的力量。某個東西退縮了，從他的夢境中溜走。

一個不應該存在的東西。他不肯放手，想把它拉回夢裡，想看看它到底是什麼，但它很強壯。它就像一道激流，硬是把他從自己的夢中一起撕扯出來。他的思緒延展，圖像和聲音變得破碎，旋轉飄散。他倒抽一口氣，從睡夢中驚醒。他坐起身，看見一個黑影從他房間敞開的窗戶竄了出去。

克雷格從床上爬起來。他四肢著地，向前撲去，從窗戶探出身子，進入溫暖的夏夜中。他那片嶄新的方形草坪沐浴在蒼白的月光下，修剪整齊，顏色深綠。他的雙眼掃視著後方籬笆旁新種的灌木叢，一些樹幹上還掛著標籤。他又看到了那個影子。那是個模糊的人形，駝著背，骨瘦如柴，手臂太長、腿又太短，正靠在籬笆完美無瑕的新木頭上，然後就消失了，好像融化後穿過了木板。

克雷格喘著氣，瞪視著那個東西剛才所在的方向，心臟怦怦直跳。他完全清醒了，套上短褲和一件舊T恤，爬出窗外。他走到籬笆前，眺望外頭遠處的灌木叢。他的心臟重重一跳，他又看見了那個骨瘦如柴、彎著腰的影子，就站在不到二十公尺外的樹叢中，正注視著他。「你是誰？」

當他翻過籬笆時，那東西就消失了。橡膠樹乾硬而尖銳的葉子和樹枝刺在他的赤腳上，他瑟縮了一下。他跑向它剛才所站的地方。那裡什麼都沒有。

◆

「你確定那不是袋鼠什麼的嗎？」

克雷格挑起眉，手肘撐在吧臺上，他的酒杯在一個髒兮兮的杯墊上凝結著水滴。「妳認真嗎，凱特？你覺得我會認不出袋鼠？」

凱特看著自己的酒，深色的鮑伯頭向前垂下，陰影遮住她的眼睛。「你自己說你在做夢的。」

「它在我的窗戶旁邊。我看到它的時候，它就跑了，然後穿過了籬笆。不是翻過去，而是穿過喔。」

凱特聳聳肩。「你不是在怪我把那間房子賣給你吧？」她抬起眼，綠色的雙眼帶著惡作劇的光芒，嘴角揚起一絲微笑的弧度。

克雷格忍不住也用微笑回應她。「當然不是。在這麼多年後，它給了我們重新聯絡的機會耶。就算這間房子爛透了，我也不會改變那個決定。」

凱特的微笑從嘴角邊流逝。她轉開視線，眼神掃過吧臺後方冰箱中的特釀啤酒。「所以，那是什麼東西？」

「不知道。我看向籬笆外的時候，它也站在那裡，看著我。然後它就消失了。」

凱特沒有提供任何解釋，只是直接從瓶子中啜飲著她粉紅色的波普甜酒。克雷格看著她，一邊喝著自己的啤酒，開始沉思。酒吧的吵雜聲開始褪去，點唱機裡的狂亂電子舞曲也漸漸消音，他眼裡只有她。兩個月前，他還在猶豫搬回老家的決定是否正確，不知道這究竟是不是他所需要的改變，或者是退步。然後他在郊區的新建案看了一棟房子，來替他介紹房子的人居然是笨拙的小凱蒂・皮爾斯。只是她已經一點也不笨拙了。他以前在學校裡時常捉弄的女孩已經成了一個非常美麗的女人，充滿魅力的笑容取代了大大的牙套，吸引人的身體曲線也取代了男孩子氣的直線條。這個在地女孩倒是出落得很不錯。搬回老家附近似乎出現了新的樂趣。他去看了第二次房子，只希望能再見到她一眼。他們第三次一起進到屋內時，就是為了簽合約，他們充滿熱情地成交了，就在那張嶄新的廚房流理臺上。現在，他不太確定自己該告訴她多少昨晚發生的事。她會覺得他是瘋子嗎？他猜大部分的人都會。他試著再度回想那個東西的模樣，但是他只能看見它的剪影。儘管它在月光下站了一會，它依然只是個漆黑的影子。

凱特從吧臺椅上站了起來。「我得回去工作了。」

「沒問題。你還有更多鬼屋要賣嗎？」

她推了克雷格的胸口一把，然後抓住他的襯衫，把他拉回身邊，吻了他一下。「我晚點去找你？也許它會再出現一次，你就可以讓我看看了。」

「我不覺得我會想要它回來，或者它會想要讓你看到。」

凱特的一隻手撫過克雷格金色的頭髮，然後撫上他帶著雀斑的臉頰。「我們晚點再說吧。你先好好放假。」

克雷格看著她離開，不敢相信自己的好運。他很高興自己在她叫廢物前男友滾蛋後，立刻又和她見了面。他當時需要振作一下，需要一個外力把他從困頓的現狀中推出來。現在他有了自己的房子，還有了凱特。一切都越來越好了。在她走進戶外的陽光裡後，他繼續看著酒吧的門，並把最後一點啤酒喝掉。

◆

他站在搖晃的大門口，露出微笑。就算現在已經長大了，這個地方還是能帶給他安慰。掉色的遮雨棚、布滿蜘蛛網的紗窗、鏽蝕的錫製屋頂，一切就和他的記憶中一樣。

在一扇破舊的紗門後方，前門開著，屋子裡陰涼而黑暗。「哈囉？貝蒂姨婆？」

一件矮短而肥胖的碎花裙出現在走廊的盡頭。「克雷格？」

「嗨。你好嗎？」

「還沒死呢。頑固到死不了啦。很高興見到你。你需要什麼嗎？」

克雷格打開紗門，走了進去。「其實有點難為情。」

年老的女人消失在屋子的深處，聲音從陰暗的室內中飄出。「沒有什麼東西能讓我難為情了，親愛的。」

克雷格深吸一口氣，聞到了薰衣草和煮過了頭的綠色植物氣息，空氣中滿是家鄉的味道。他轉身進入黑暗的客廳，看見他的姨婆坐上一張破舊的扶手椅，並把電視靜音。她對他擺了擺手。「進來啊。」

克雷格微笑起來。「希望我沒有打擾你。」

「不。我只是坐在冷空氣裡，等著電視上出現有趣的東西而已。」

克雷格坐在一張舊沙發的邊緣，外頭的碎花布套花樣就和他姨婆的裙子一樣。他覺得自己像個傻瓜。「對不起，我很久沒來了。」

「你是個有自己人生的成年人了。我不介意。」

克雷格深吸一口氣。「我記得，在我爸媽死了之後，我住在這裡的時候，你都會說很棒的床邊故事。」

貝蒂姨婆搖著頭，雙眼濕潤。「太年輕了。克雷格。你太早失去他們了。」

「但你都陪著我。」

「我是你爸爸的阿姨。一家人。我說的故事怎麼了？」

克雷格一手撫過臉。「我小時候，這個地方對我來說有點恐怖。我突然就搬來這裡，不知道爸媽去哪了，也不知道我為什麼不能回家。但你的故事都會讓我覺得舒服一點。你對我說一個故事，然後幫我關燈，當我一個人躺在那裡時，就又開始害怕了。為了讓自己睡著，我都會把眼睛閉上，假裝故事都是真的，假裝我真的是英雄。後來，我開始會在睡著後夢到你說的故事，開始控制夢裡的劇情。在那之後，我就一直都有這個能力。這叫做清醒夢。」

貝蒂姨婆揚起眉毛。「你從來沒有告訴過我。」

克雷格聳聳肩。「這感覺滿私人的。」

「所以你為什麼現在告訴我？」

「昨晚發生了一件很奇怪的事，而我得跟某個人說。你知道我上星期搬進新家了，對吧？」

貝蒂露出挖苦的表情。「你是有告訴我你最近要搬家啦。」她搖搖頭。「這些新建案就像癌症一樣，把大自然都侵蝕掉了。一切都在改變。」她舉起一隻手。「我不是反對你搬家。每個人都需要有地方住。我還記得這間房子以前四周圍繞的是圍場，而不是鄰居家，就這樣。現在我家和樹林之間，已經有上千棟房子了。」

克雷格點點頭。「問題是，自從我搬進去之後，我的夢就變得很混亂。昨晚我做了一個可怕的惡夢，然後我醒來時，看見一個奇怪的生物在我的窗戶外面。」

「奇怪的生物？你一定還在做夢吧。」貝蒂看起來不太自在。

克雷格搖搖頭，瞪視著破舊的地毯。「不，絕對不是。你知道這個地方有什麼怪東西的傳說嗎？」

貝蒂笑了起來。「我唯一知道的怪東西，只有那些搬來開店的亞洲人而已。」看見克雷格錯愕的表情，她又笑了。「別擔心。你知道我沒有種族歧視。我只是在鬧你而已。」

克雷格輕笑起來，不太確定這位老女士種族歧視到什麼程度。她出生長大的環境和他完全不一樣。「我是指……嗯，真正的生物，就像……」他垮下身子。「我不知道我是指什麼。」

「你是指像本耶普[1]那種東西嗎？」

1　澳洲的一種傳說生物。據傳牠們有像狗的臉、像馬的尾巴，還有鰭、鴨喙及海象般的獠牙，生活在沼澤、死水潭及河流。

「也許吧，但不是那種野獸。我覺得這東西更有智慧一點。感覺好像衝著我來。」

「你才剛展開新生活，有著全新的工作，全新的一切。你為什麼要回來？」

「我跟你說過，我想要擁有我自己的房子，我自己的一片土地。我不可能買得起城裡的房子。我得看看郊區。我想說搬回故鄉附近會很不錯。離你近一點。而且我還能去哪裡找後院外就有森林的房子呢？我還是在展開新生活啊。」

「而且你找到了小凱特．皮爾斯，對吧。她現在一點都不小囉！」

「貝蒂姨婆！」

貝蒂笑著站起身，消失在一片碰撞的串珠簾後方，彩色的塑膠珠子掛在磨損的油氈地板上方。克雷格瞪視著壁爐上的家庭合照，其中有好幾張他長大過程的留影。牆上掛著澳洲鄉村的老舊水彩畫，有馬車和拿著乾草叉的男人，那是已經逝去的舊時代畫面。

回憶在他的腦中翻滾，但並不是每一個都是好的。這是他九歲時所坐的那張沙發，警察就在這裡告訴他，他的父母永遠不會回來了。在那之後，也是在這張沙發上，警察好幾次告訴他的姨婆，他又被抓到闖了什麼禍。那張老橡木餐桌和椅子依然站在角落，他就坐在那裡，垮著臉，忽略學校安排的輔導員說的話。輔導員告訴他，他完全有權力生氣，但他沒有資格發洩在其他人身上。他搬回家是想找到某種淨化心靈的效果嗎？如果沒有再見到凱特的話，他還會搬回來嗎？

姨婆拿了一個托盤回來，上面放著兩個高高的玻璃杯，還有一瓶果汁，冰塊在頂部碰撞著。玻璃杯上有著磨損、蜿蜒的紅綠色花紋，就是他小時候用過的杯子。「我小時候，這裡什麼都還沒有。」貝蒂一邊說，一邊倒著飲料。「只有幾間房子，包括我這間，點綴在牧羊場周圍。後來，農夫開始慢慢把土地賣掉，然後就搬來了好幾千人。」她把冰涼的玻璃杯遞給他。「但是當時，這附近有很多原住民。他們說了很多奇怪生物的故事。」

克雷格喝了一大口，覺得自己好像又變回了十歲。「你還記得有哪些嗎？」

貝蒂點點頭，她的頭髮稀薄而灰白，就像一圈雲朵圍成的小光圈。「一點點吧。我記得一件事，那就是他們不會靠近這裡以西的森林，一點也不會。而且他們絕不會在那裡過夜。」

「就是我的房子現在的位置嗎？」

「他們說那片土地有某種邪靈。有某種東西被困在那裡。它會在你試著睡覺的時候侵擾你的夢。他們說，它會把你逼瘋，靠著你的惡夢過活。」

克雷格大笑。「你是在編故事吧。」

貝蒂的眼神很哀傷。「我真希望這是編出來的。他們稱之為夢之影。」

◆

克雷格站在門邊，疲倦地揮著手。凱特把她的日廠後掀式小車倒出仿紅磚車道，一邊揮手，一邊扮著鬼臉。他笑了起來。他感到疲憊，那是只有像年輕愛人那樣做愛才會帶來的疲憊。

駛到街道上後，凱特把身子探出窗戶。「明天打給我吧？」

他拋出一個飛吻。「當然囉。」

「不管昨晚你看到的是什麼，我相信那只是……你知道……一個突發事件而已。」

「妳搞不好把它嚇跑囉！」

凱特佯裝憤怒地張開嘴。「幹你——」

「明天吧。我好累。」

凱特大笑一聲，引擎一陣運轉，然後她就開走了，在十字路口稍作停頓後，便消失在主要幹道上。

克雷格的視線沿著一排房屋建築以及整齊的前院草坪望去。剛修剪過的草皮在土地上形成階梯狀的景色，有些兩層樓的房屋還沒有完工，藍色的工程帆布覆蓋著木樑。他關上前門，進入客廳，跌坐在沙發上，瞪視著玻璃門外的花園。在月光下，夜色似乎帶著金屬光澤，草坪顯得特別明顯，而院子的邊界則沉入了黑影中。白晝的熱氣逐漸消逝。他昨晚看見的會是夢之影嗎？那真的是某種生物嗎？也許他是**真的**還在做夢。無論如何，他都是個強大的造夢者，他可以選擇不要做夢。**它會把你逼瘋，靠著你的惡夢過活**。嗯，也許他可以一段時間都不要做夢。如果它是真的，那他就可以把它餓死，把它趕去別的地方。

他突然看見了草皮上的影子，一股冰冷的感覺從鼠蹊部往上竄起。他剛才還在沉思，雙眼放空，但是它突然就出現了。它回望著他，在月光中顯得無比漆黑，沒有五官。那東西沒有眼睛、沒有臉，也沒有任何細節。它只是徹底的黑暗，有著卡通般的人類外型。但他就是知道，那東西正在回望著他。

他緩緩地深吸一口長氣，嚥下喉頭湧起的哽塞感。那個影子站在那裡，瞪視著他。克雷格的驚嚇和恐懼揉合成一股憤怒。他大步走向拉門，把一片門板重重推開。「滾蛋！」

那影子繼續看著他。

他憤怒地低吼一聲，大步走進花園，雙手舉起，好像要用雙拳打在那東西身上。「現在這是我的地盤了！」

就在他走到靠近那影子一公尺處的地方，近得可以感覺到它身上透出的冷空氣時，它便融進了草地裡，消失了。克雷格站在原地，面孔扭曲，呼吸短促而憤怒。

◆

夜晚漆黑而溫暖，窗戶敞開，窗簾幾乎沒有被微風吹動。克雷格躺在床上，掀開被子，感到筋疲力盡。他知道那東西在外面等著。他很想打給凱特，但這只會讓他覺得自己很蠢。她明天還得上班。他也是。他放鬆下來，專注在呼吸上，讓睡意降臨。黑暗、安靜，沒有夢境的睡眠。堅守他的計畫。不管這東西是什麼，他都要把它從生活中餓走。這是最簡單的解決方法。

他站在一片開闊的圍場裡，鬱鬱蔥蔥的草地在微風中搖曳。他沐浴在燦爛的陽光中。一個又大又黑的東西越過田野，朝他逼近。他的心開始狂跳。這不可能。他可以選擇不做夢的。他一直都可以選擇不做夢。他試圖抹去那個正在逼近他的東西。它變成了一隻巨大的生物，介於熊和恐龍之間，長著毛皮、鱗片、爪子和牙齒。

他大叫一聲，用盡全部的意志，想將那東西從夢境中抹去。那隻生物抓住了他，把他高高舉到空中。一聲怒吼後，它將他重重摔在地上。疼痛在他體內流竄。他看見這生物發光的雙眼，他知道，它每晚都會來找他。他知道自己無法阻止，也無法改變它。它不在他的掌控範圍內。長著黑色鋸齒狀爪子的巨手從空中朝他揮過來，他尖叫著，從夢中驚醒。

幾小時後，當黎明的橙色與灰色模糊了地平線時，他坐在床上啜泣。他一次又一次地驚醒，一個又一個惡夢接踵而來，他筋疲力竭。不管那是什麼，它就在這個地方。現在，他也在這裡了。

◆

「噢，克雷格，你看起來糟透了！」

克雷格虛弱地笑了笑。「昨晚的狀況很糟，貝蒂姨婆。我只需要好好睡覺。」

「工作呢?你吃過了嗎?我幫你煮個雞蛋，你就可以去睡了。」

「我請了病假。」克雷格跟著姨婆走進廚房，沉重地坐在紅白相間的膠木餐桌旁。貝蒂忙著從玻璃櫥櫃和舊冰箱中拿出碗盤和香料。克雷格靠在桌子上，頭枕著手臂。

「昨晚怎樣很糟?」貝蒂一邊打蛋一邊問道。

他悶聲說道。「這東西，不管它是什麼，它在我的夢中攻擊我。它讓我一直做惡夢。我只能一直醒來。」

貝蒂的身子僵了一會。「也許這就是讓人發瘋的原因。它讓你無法入眠。」

他抬起頭，目光陰暗而絕望。「我要怎麼辦？」

他的姨婆從流理臺旁轉過身來。「搬去別的地方。」她身後的老舊烤麵包機發出一聲金屬碰撞聲，吐司彈了出來。她轉身，開始抹起奶油。

「這應該是我的夢想才對。擁有我自己的房子。」

貝蒂用老舊的平底鍋炒著蛋。「也許有些地方注定就不該是家。」

克雷格吃了蛋，喝了一些濃郁的甜茶，立刻就覺得好多了。現在有人照顧他，他很安全。這就是回家的感覺。不管在這棟房子裡有多少艱難、痛苦的回憶，至少他也有許多美好的回憶。他的姨婆對他很好，照顧了他、在這裡重建了他的生活。在創造出回憶之前，沒有一間房子可以稱得上家。他前往客房，那裡是他原來的房間。他倒在嘎吱作響的金屬床上，熟悉的黑色鐵桿立在床架兩端。他的手指捲動著五顏六色的鉤織披毯，閉上了眼睛。睡意像一件厚重的斗篷般，籠罩在他身上。接下來，是一場安靜而無夢的睡眠。

◆

傍晚的陽光穿透過貝蒂的古老不鏽鋼水槽上方的網狀窗簾照了進來，顯得暗淡不已。

桌面上，兩人之間的茶壺上罩著彩色的針織茶壺套，空茶杯裡的茶葉訴說著不為人所知的命運。

「噢，親愛的，請不要這麼做。」

「貝蒂姨婆，幾百年來，人們已經將這片土地據為己有了。」

貝蒂瞪大了眼睛，皺起眉頭。「克雷格，如果這是真的，你就得小心了。你今天早上的樣子……」

他搖搖頭。「我拒絕放棄我的領土。我睡了一覺，現在覺得神清氣爽。我準備好了。這個……幽靈，或者管它是什麼，它是住在我的財產上。」

貝蒂低頭看著自己放在雙膝上的手。「你的財產？地方議會為了賺錢在地圖上畫出的線，並不會真的讓土地成為你的。銀行的巨額貸款也不會讓它變成你的。現在的人不了解這片土地。我們過去總是和土地共存。但現在，人們只是在壓榨它的價值。你不能一直改變土地，又不准它反擊。」

「今天早上我筋疲力盡，又很害怕。我無法在夢中改變那個東西，我也無法將它趕出夢境。但它們仍然是**我的**夢境。你不是一直教我要為正確的事而戰嗎？」

「有時候這更像那首古老的鄉村歌曲，親愛的。你得知道什麼時候該棄牌。」

克雷格站起身，彎腰親吻他的姨婆。「如果我不能打敗那個東西，那也許我就必須搬家了。但我可不會直接放棄。今晚，我會在夢中面對它，和它正面對決。」

凱特站在克雷格的屋外，輕輕咬著下唇，若有所思。他們的關係發展得很快，照她父親的說法，是有點太快了。但她深深被他吸引。而且沒關係，克雷格是個好人。只是最近，關於夢和怪物的事突然憑空冒了出來。雖然她不想完全不相信他，但他是不是有點太瘋狂了？也許這和焦慮有關，或許她可以幫助他度過難關。

但他一整天都沒有接電話，也沒有回訊息，這很不對勁。她這麼做是違反了協議，但她還有一把他房子的鑰匙，這是房地產公司在銷售時準備的備用鑰匙。她應該在克雷格買房的時候把它一併拿給克雷格的，但她是真的忘記了。而且她很擔心他。顯然，他沒有去上班，也沒有接她的電話。這應該給她足夠的理由進去檢查一下了。

她點點頭，向自己保證這樣做沒錯，然後轉動了門上的鑰匙。「克雷格！」她的聲音在依舊簡陋的屋子裡迴盪著。他說他打算慢慢購入家具，但並不著急。他想「摸索出他的風格」。她咧嘴一笑，再次叫了他的名字。沒有回應。

廚房和客廳裡空無一人，四周一片寂靜。凱特站在那裡，感到矛盾。克雷格的臥室是他私人的避難所。她真的可以不請自來嗎？她受邀的次數已經夠多了，而且也留下了美好的回憶。她微笑起來，然後突然聽見一個輕柔的聲音。她在原地愣了愣。淺而急促的呼吸聲，幾乎就像喘氣。就像一隻很熱的狗咧開嘴，燦爛地微笑。但是那個聲音聽起來似乎更絕望了一些。而且是從克雷格的臥室傳來的。

她皺著眉頭，小心翼翼地往前走，輕輕推開門。克雷格坐在床上，頭靠著牆。他的眼睛睜得大大的，布滿血絲，淚水從臉頰流下，雙眼瞪視著某個看不見的遠方。兩道鮮紅的血流從他的鼻孔中淌出。他的嘴巴張開，口水從一側流了出來，胸膛因驚恐的喘息而快速起伏著。

「克雷格？」凱特喚道。她的男朋友開始尖叫。

# 活著與死亡的各種方法

街角的老房子並沒有鬧鬼，但在那裡可以召喚出亡靈。至少當地傳說是這麼說的。薩爾曼站在外頭的人行道上，盯著從窗戶垂下的破百葉窗和彎曲的壁板，油漆剝落，呈現出灰白色，就像曬傷的老人皮膚。房子的屋頂上有洞，露出的樑柱比剩下的瓦片還多。整間房子的中央凹陷，好像很累似的。好像它已經準備放棄了，卻還不能真正坍塌。

低矮、生鏽的鐵絲網圍欄內，院子裡雜草叢生，高長的草都已經落下種子。這個地方為什麼沒有被徵收，真是一個謎。薩爾曼緩慢地轉了一圈，將整個中產階級的郊區景色映入眼簾。這裡不富裕，但也不貧窮。這是一個有許多家庭的好社區，犯罪率低，環境乾淨宜人。整個健康的身體上，就只有這一個骯髒的傷口。

「真是個垃圾場，對吧。」

薩爾曼跳了起來，轉身尋找聲音的來源。一個少年騎著一輛破舊的曲架腳踏車，就像變魔術般出現在這裡，沒有任何聲響，也沒有引起他的注意。從七零年代以來，薩爾曼就再也沒有見過這樣的腳踏車，他簡直不敢相信它還存在，但這孩子的腳踏車卻閃閃發光，看起來很新。小鬼的嘴角揚起一抹微笑。

「你喜歡我的腳踏車嗎？」

「我以前有一輛。在你這個年紀的時候。」

「是嗎？我看起來像幾歲？」

薩爾曼輕輕聳了聳肩。「十三？十四？」

孩子笑了起來，聲音沙啞得很奇怪。「當然，隨你說。」他對著破敗的老房子打了個手勢。「你想和死人說話嗎？」

「你不是真的相信那些故事吧？」

「我相不相信並不重要。你才是站在這裡、看起來難過得要死的人。你相信嗎？」

薩爾曼的胸口一陣劇痛，夏綠蒂閃亮的黑髮從他腦海中掠過。「不。」他說，儘管他的聲音有些微弱。「那只是都市傳說，對吧？」

「你是在詢問還是在陳述？」

薩爾曼吸了吸鼻子。這孩子動不動就誤會他，令他惱火不已。「你是本地人嗎？」他反問道，沒有回答。

「我在這裡很久了，對。」

「這地方一直都是這樣嗎？我是說，這麼破爛。」

孩子終於看向那棟房子，輕輕點了點頭。「比這個社區裡大多數的房子都更早出現。在我印象中，它一直都這麼破爛。有些東西就像被時間困住了。」

「為什麼它沒有被拆除？或是重新裝修？為什麼沒人住在這裡？」

孩子聳聳肩，踩著腳踏板站起身。「不知道。」他一邊離開一邊回頭喊道，然後轉上一道斜坡，拐過房子東側的轉角。然後他就消失了，只留下薩爾曼獨自盯著毀壞的老屋，聞著夏綠蒂的香水味，並試著不要落淚。

◆

「我每天上下班的路上都會經過它。」薩爾曼喝著他的啤酒，注視著玻璃杯上凝結的水滴，而不是對上史蒂夫的目光。

「這不代表你得相信這些故事啊。」

「我知道。對，當然啦。但我只是……想知道，你懂嗎？」

「那怎麼可能是真的，薩爾？依我對你的認識，你不是一個迷信的人吧。」

薩爾曼輕聲笑了起來。「而且這讓我爸媽非常不爽。對他們來說，不信教就和叛徒一樣糟糕。」

「對。但那是因為你是……他們是怎麼說的？會批判性思考的人？」

「大概吧。」

史蒂夫喝了一大口啤酒，然後向前傾身，手肘撐在桌子上。酒吧裡喧鬧不已，但他們也不至於需要大吼大叫。「所以，你就對此抱持批判的態度吧。你把死者的東西帶到屋子裡，把你的一滴血擠在地上，然後它就會出現，而你有三個問題可問，對吧？」

薩爾曼點了點頭，沒有抬頭。他不想看到史蒂夫眼中的懷疑。除此之外，他不更想看到憐憫。

「這一切對善於批判性思考的人來說，到底哪裡合理了，薩爾？」

薩爾曼用舌頭舔了舔牙齒，不知道該說什麼。這當然是廢話了。但他需要一點什麼。他們沉默地坐了一會兒，周圍低沉的談話聲就像海水般潮起潮落。玻璃杯發出碰撞聲，又有個人笑得太大聲了。

史蒂夫把手搭在薩爾曼的前臂上。「她死得很慘，老兄。她死得真的很慘。但是已經過了六個月了。如果他們現在還沒辦法給你更多答案，也許你需要接受他們永遠給不了。」

薩爾曼急促地吸了一口氣，不確定自己能在不崩潰的狀況下開口說話。

史蒂夫捏了捏他的手臂。「我真的很遺憾。」

薩爾曼點點頭。他把另一隻手覆在史蒂夫手上，捏了捏他。這個男人真的是個好朋友，總是陪在他身邊。儘管不願意，他的眼淚還是流了下來，落在桌子上，就像深色木頭上閃閃發光的勳章，反射著上方的霓虹燈。

「我再去買一輪酒。」史蒂夫說，然後悄悄溜走了。

◆

「艾比楊先生？」警官站在他家前門說道。玄關的燈光在漆黑的雨夜中把他照得像個聖人，全身包裹在一圈光暈之中。他身邊站著一位女警，臉上是經驗老道的同情，薩爾曼的世界一瞬間墜入了谷底。

「你們找到她了？」他勉強說道。

「我們可以進來嗎？」

「當然可以。」

「我們該坐下來談，先生。」

「這邊請。」

「艾比楊先生，我要非常遺憾地告訴你，你的妻子夏綠蒂已經去世了。」

接下來的幾天裡，一切都是一片模糊，充斥著雨水、黑暗、淚水、憤怒和否認。她的車幾乎被一棵大橡樹的樹幹撞成了兩半，大火則是從破裂的油箱開始的。只能透過牙科紀錄來正式辨識她的身分。根據專家的說法，只有超過時速一百二十公里的車速，才會造成這種程度的傷害。但是這條路就和一片木板一樣筆直。沒有其他車輛，也沒有剎車痕跡。這裡的速限是八十公里。她為什麼要開得這麼快？她為什麼會偏離馬路？

「你的妻子有自殺傾向嗎，艾比楊先生？」

「沒有！」

「她在事故發生前幾天，沒有表現得很奇怪嗎？」

「沒有。」

「沒有和任何人起衝突？有沒有敵人？」

「敵人？當然沒有！」

他們和他都想要一樣的答案，儘管出自不同的原因。但這些答案對他們雙方而言，真的有意義嗎？

◆

他又站在破敗的老屋外，覺得自己像個白痴。一個絕望、可憐又迷失的靈魂。因為他就是這樣。但他必須試試看。夜色漆黑，沒有月亮，沒有雲彩，沒有被光害遮蔽的星星微微點綴著靛藍色的夜空。他環顧四周，然後快步走過小徑。當他走到門前時，身後傳來一陣柔和的呼嘯聲。他在傾斜的門廊陰影處僵住，回頭看了看。

踩著自行車的孩子從身邊飛馳而過，水泥地上的輪胎發出唯一可聞的聲響，然後他騎進角落裡，迅速消失了。他飛馳而過時，甚至沒有看這間房子一眼。

薩爾曼嚥了嚥口水，深吸一口氣，伸手推門。木頭門板已經因潮濕和腐爛而膨脹，但從人行道上就可以清楚看見它沒有關上。黑色木條各三公分寬，由上往下延伸，門板在他的手掌下微微一彎，向內打開了，推動一地的泥土和樹葉。一股發黴的氣味飄進了涼爽的夜晚，帶著真菌和某種動物的味道，充滿野性。薩爾曼溜進去，輕輕地將門在身後關上。在他的皮鞋下方，地面嘎吱作響，其中一個聲響大得讓他擔心地板會整片垮掉。所以他站在原地，讓眼睛適應黑暗，直到一些景色從中浮現出來。門框的邊緣、被遺忘的家具，還有地板真正破裂的地方，露出更深的黑暗。都市傳說沒有說他要走多遠，所以他覺得這樣應該就夠了。

他帶著一隻水獺的玻璃小雕像，那是他在他們五週年紀念日時送給夏綠蒂的。她很愛這個小東西。在他心中，這對她來說絕對是一件私人物品，她睡覺時，總是把它放在她一旁的桌子上。現在它看守的是一個空位了。他緊緊抓著它，感覺它銳利的邊緣刺入了皮肉，然後快速倒抽了一口氣，在他把它捏碎、把手割花之前鬆開手。只需要一滴血就夠了。他拿出夏綠蒂送給他當禮物的一把折疊小刀，握把是光滑的桃花心木，刀身上有兩個銀釘，還有著八公分長、閃閃發光的鋼刃。他輕輕地將刀峰壓在左手拇指的邊緣，就在他握著玻璃水獺脖子的位置，並感覺到皮膚如電擊般刺痛。他把刀折好，用另一隻手握住，用食指擠壓著割傷的拇指。他看著一滴血在昏暗中就和焦油一樣黑，血滴緩緩浮起、膨脹，然後落到他雙腳之間的地板上。

他握著玻璃水獺，心中只想著夏綠蒂，她的黑髮、她光滑的臉頰，還有她纖細的手指沿著他的脊椎滑過時的觸感。他求她原諒自己的愚蠢，但希望她可以來找他。讓她告訴他，她超速只是為了好玩，說她轉彎是為了避開一隻鹿，說她是當場死亡，而不是在地獄之火中尖叫。這些簡單而平凡的事會讓他解脫嗎？這樣會比痛苦好嗎？或是比自殺更好？現在這還重要嗎？

「已經四十多年沒見過這東西了。」那個聲音很低沉，很遙遠，就像從訊號微弱的電話中傳來的。是男人的聲音。

薩爾曼猛地抬起雙眼，直盯著離他不到一公尺遠，一張長著鬍渣、又瘦削又醜陋的臉。

他大叫一聲，踉蹌地後退，撞上了門。門被用力撞在門框上，只是它已經變形得再也關不上了。

男人笑了起來，拇指勾在髒兮兮的牛仔吊帶褲的肩帶上。他的身體像木棍般乾瘦，滿是稜角，身上幾乎沒有任何脂肪或肌肉，他整個人呈現半透明的狀態，使他身後房間的模樣清晰可見。

「大——驚喜！」他拖著長音說道。

「什麼？」

骨瘦嶙峋的男人指著薩爾曼的右手，他依然抓著那把小折疊刀。「那是我的。嗯，之前是我的。像你這樣的男人是怎麼拿到它的？」

那是夏綠蒂送給他的禮物，在某間古董店買的。薩爾曼笨拙地舉起玻璃水獺，來回看著這兩樣物品。「但是，這個。我是為這個而來的。為了夏綠蒂。」

「你應該只帶一個死人的東西來就好。」男人的笑聲聽起來就像指甲在刮黑板。「天啊，我用這把小刀幹過多少事啊。」他伸展了一下，四處張望。「我們在哪裡啊？這是那間一直快要倒塌的老房子嗎？老兄，我一輩子都住在羅特拉，倒是從沒有進過這裡。直到現在吧，我猜。」

「你是誰？」薩爾曼。

「我是誰？雷金納・T・皮柏帝，很榮幸為您效勞。我在一九六八年到一九七六年之間殺了十三個女人，都在科羅曼德爾半島，從來不會離家太近。我就是用你手上那把小刀剝了幾個人的皮。一九七五年的時候，我不小心把這把刀弄丟了，兩年後，他們就把我關進了監獄。三年後，我在監獄裡被捅了一刀，然後我就死了。這樣是兩個囉。」

「兩個什麼？」

「問題。那是第三個了。你把你所有的權力都用光了，沒用的白痴。」皮柏帝仰起半透明的頭，大笑起來，聲音刺耳又尖銳。

薩爾曼動彈不得地站在那裡，只覺得渾身顫抖。他的口腔變得乾澀，雙眼濕潤。最後，他勉強深吸一口氣，好讓自己可以開口說話。「你是說，這真的有用，我召喚出你了？」

「對，傻子。試著跟上速度好嗎。」

薩爾曼搖搖頭，轉身準備離開。這根本就是場惡夢。他隨時都會在冰冷的被單中醒來的。

「你要去哪裡啊？」

薩爾曼忽略那個鬼魂，再度拉開潮濕膨脹的門板。

「喔，老兄，那場車禍真慘，對吧？」

他轉過身，顫抖得更加厲害了。「什麼？」

「你老婆。很可怕的意外。」

「你知道這件事？」

皮柏帝竊笑起來，聳聳肩。「如果我夠專心的話，我好像可以看見一點東西喔。」

薩爾曼嚥了嚥口水。「你可以看見發生什麼事了嗎？」

「啊，原來如此啊？你什麼都不想知道，只在乎結果？你是來這裡問她有沒有受苦的嗎？你是來告訴她你愛她的嗎？」

「你可以告訴我嗎？」

「可以。」

薩爾曼盯著他，等待著。

皮柏帝的笑容更深了。「但我不會說的。你把你的問題用光了，記得嗎？」

儘管他召喚錯了對象，他本來還是可以得到答案的，而他搞砸了。這個事實讓薩爾曼的腸胃疼如刀割。「你為什麼不告訴我？這樣你有什麼損失？」

「這對我有什麼好處？」

「我不知道啊。你想要什麼？」

「你終於問了一個聰明的問題了。你花的時間也是夠久的。」

薩爾曼知道這不可能是什麼好事，不管他的要求是什麼。但他是**可以**知道的，薩爾曼想要的就是這個。就算他失去了和夏綠蒂最後一次對話的機會，再也沒辦法告訴她他有多愛她，他還是可以知道。這是一個了斷，可以阻止因為失去她而留下的新鮮傷口繼續流血。然後他想到了另一件事，他壓抑住一抹微笑。他可以下次再來，只要帶玻璃水獺就好，把那把邪惡的小刀扔掉。買一把新的小刀來取得血液就可以了。他的第一次成功了，他只需要再做一次就好。他**可以**跟夏綠蒂對話。

「這樣行不通的。」

薩爾曼嚇了一跳，抬起眼。這個鬼魂能讀到他的心思？「什麼？」

「你有三個問題。你問過了。你已經沒有機會了。」

希望和快樂崩塌了，墜入他體內深處的一個黑洞裡。

「但我可以告訴你你想知道的一切。如果你可以先幫我做一件事的話。」

薩爾曼挫折地點點頭。「你想要什麼？」

「你看，我一直都可以躲過追捕，一直到某一刻。我是隨機犯案的，只選我看到的漂亮女孩。他們逮不到我。直到我的蠢老婆開始想太多為止。是她出賣了我。」

「你有老婆？」

皮柏帝皺起眉。「這有這麼難以置信嗎？」

薩爾曼聳聳肩，並不相信他憂鬱的口吻。

「所以我想要你去把她幹掉。她現在已經超過八十歲了，本來就快死了。我要你去傷害她、殺了她，確保她知道是我搞的鬼。她現在還住在羅特拉。」

「你要復仇？」

「對。然後我就會告訴你你想知道的一切。你想問三十個問題都沒關係。」

◆

兩天後，薩爾曼回到了那棟老屋。他走路的樣子彷彿正走向絞刑架一樣。他的肩膀下垂，拖著雙腳，三天沒刮的鬍子讓他的下巴泛著一層黑影。他背著一個十八公升的罐子，身體因此左右搖擺。

薩爾曼用肩膀推開膨脹的門板，皮柏帝便突然出現在他眼前。腳踏車從他身後的人行道呼嘯而過，但薩爾曼懶得回頭看。

「你成功了嗎？」皮柏帝的臉上帶著近似痛苦的期待。

「你看不見嗎？你不是能**看見東西**嗎？」

皮柏帝皺起眉，全神貫注。然後他的臉垮了下來。「你沒有動手。她還活著。」

「我考慮過了。我很認真。但是有些答案不值得我這麼做。另外，我還上網查了。」

「那是什麼？」

「人類所有知識的總和。你過世好一段時間了，世界已經變了。我只要在電腦上查一下，就什麼都知道了。你不是什麼連環殺手。也許你希望你是吧，但你只是一個糟糕的家暴男而已。是**她**殺了你，一九七七年的時候，因為你喝醉之後常常打她。你四十公斤的老婆刺了你十四刀，卻沒有坐牢。」

皮柏帝吐著口水、不斷咒罵，揮舞著沒有意義的拳頭，徒勞地踢著腿。薩爾曼開始將汽油噴灑在地板和牆壁上。

「你的老婆是個英雄，雷金納．T．皮柏帝。自從她結束了你的生命之後，她又過了將近五十年幸福快樂的生活。她是個可愛的女士，做得一手好檸檬汁。她的老公也是一個好人，他在房地產業工作。他們賺了很多錢，然後快樂地退休了。就算她再活十年，我也不會驚訝。她的外表和行為看起來只有六十五歲，一點都不像八十五歲。」

「你這個他媽的……！」皮柏帝氣急敗壞地跳腳。

薩爾曼露出微笑。「不過我還是該感謝你。你讓我明白了一件事。」

皮柏帝停了下來，把頭歪向一邊。

「有很多種活著的方式。」薩爾曼說。「就算有些問題得不到答案，也沒關係。世界上也有很多種死法。夏綠蒂知道我愛她。我也知道她愛我。也許有一天我會再見到她，我們就可以談談，也可能沒辦法。但沒關係。你知道你老婆對我說了什麼嗎？她告訴我，要我別讓夏綠蒂的死也害死我。」他劃了一根火柴。火柴在昏暗的房子裡閃耀著光芒，皮柏帝沉默地搖了搖頭。「她非常聰明。」薩爾曼說，並拋下了火柴。在他走出去的同時，一團熱氣和火焰在他身後點燃。

一個年輕人騎著閃亮的腳踏車沿著馬路前進，遠離那棟老屋，進入了夕陽的餘暉。薩爾曼站在那裡，看著這個地方燃燒了一會，然後在遠處的警笛聲響起時，轉身離開了。

# 黃心

安雅在車裡加滿無鉛汽油，回頭看了看加油站的小商店。奧利維耶和莎拉在裡面走動著，正因著某件事哈哈大笑。她努力不讓嫉妒再次啃咬她的心，並衷心為朋友的幸福而高興。她只是希望自己和蓋文的關係也還是那樣。就在不久前，他們也曾經是如此。

她關掉汽油閥，掛回油槍。她傾身向前，看著依然獨自坐在車裡的蓋文，他正在副駕駛座上皺著眉頭。她用唇語對他說，**你有想要什麼嗎？**並指了指商店。他搖搖頭，只露出最淡的一抹微笑。也許這整趟旅行都是個錯誤。

「你還好嗎？」莎拉在店裡問道。

安雅勉強笑了笑，意識到她的擔心一定是表現在臉上了。「當然囉。」

「他沒有在付出努力，是不是？」

安雅的笑容消失了。「我不知道。」她回頭看了看車子，但蓋文只是直視著前方。他捲曲的黑髮在陰影中像一團烏雲，反映著他的心情。「對不起了，兩位。我現在覺得這不是個好主意了。」

「沒關係。」奧利維耶說。「我們愛你，安雅。我們會陪你的。」

他淡淡的法國口音令她著迷，一直都是這樣。他從十幾歲開始就在澳洲生活，現在已經十五年了，但他的口音一直存在。在高中時，她曾被這種口音吸引，但幾年後，他們便建立了緊密的友誼，一直持續至今。奧利維耶在二十出頭時與莎拉相識，安雅則差不多在同一時間認識了蓋文。有很長一段時間，他們的感情進展十分相似，但在過去幾年中，事情已經有了明顯的差異。在某個窮鄉僻壤度過一個漫長的週末，就他們四個人，和過去一樣一起玩樂、喝酒、歡笑，享受戶外活動，這似乎是個好主意，至少在他們出發之前是。

「你們會沒事的。」莎拉說。「我知道蓋文有點喜怒無常，但我們會玩得很開心的。等我們到達那裡之後，他就會放鬆下來了。」

「他不只是喜怒無常而已。」安雅輕咬著口腔內側。「不管怎樣，我們現在都在這裡了，對吧？至少快到了。我們就看看狀況吧。如果我讓你們度過了糟糕的假期，我很抱歉！」

「沒事啦！」奧利維耶說著，一邊用手臂摟住她的肩膀，捏了捏。「他會開始投入的，你等著瞧。」

安雅點了點頭，但沒有對上奧利維耶的目光。她不想讓他看見她眼中的懷疑。她努力工作，積極熱情，認真運動，也好好吃飯，她做了每一件一個人應該做的好事。而蓋文只是渾渾噩噩地過活。一切都是別人的錯。就像他的藝術生涯一樣，他之所以會失敗，是因為這一行的門檻太高，沒有人給他機會。

「我太胖了，但去他的，現在可是放假呢！」

安雅被莎拉突如其來的粗口嚇了一跳。「你才不胖！你是一個有曲線的真女人好嗎。」

安雅的身材向來高挑纖瘦，她喜歡自己的身體，但有時，她也想知道，擁有像莎拉那樣的臀部和胸部，會是什麼感覺。她知道蓋文討厭奧利維耶的身高和寬闊的肩膀，而且認為那種身材愚蠢。

莎拉咧嘴一笑，手裡拿著一包超濃起司玉米片。「我就是愛吃這些東西，它們就像酥脆的古柯鹼。我不在乎它們會不會直接變成我屁股上的肥肉。」

奧利維耶從背後抱住了她。「我不怪它們，你的屁股非常優秀。」

「滾啦！」

他們爆笑起來，安雅也跟著笑了。三個人笑嘻嘻地前往櫃檯為點心和汽油結帳。她發現蓋文正從副駕駛座上朝他們看來。他又給了她一個虛弱的微笑。他在努力了。

她朝他眨眨眼，然後付了油錢。

「我們要不要準備更多食物？」奧利維耶問道。

「現在不需要。」安雅看了看手機的時間。「天色不早了，每年這個時候，天都黑得很快。如果我們要囤貨，我們可以明天或週日再回來城裡。我們已經有很多酒、很多零食，還有麵包和牛奶這種必需品了。Airbnb那邊說他們會準備一些當地的農產品，放在房間的桌子上。這個安排滿友善的。」她回頭看了車子一眼。「很抱歉，我們沒辦法像計劃好的那樣早點到。」

莎拉拍了拍她的手臂。「蓋文的小脾氣雖然耽誤了我們一點時間，但是無傷大雅。」

「我應該把他留下來的，我們三個人會玩得比較快樂。」她注意到奧利維耶和莎拉都頓了頓，顯然不知該如何回答。她想，也許是因為他們同意她的說法，但他們都知道她話說得太重了。「我在開玩笑啦！」是嗎？「來吧。」她很快地說道，好驅散這一瞬間的尷尬。「我等不及要去那裡看看了。」

安雅再度駛上單一車道的高速公路，塔斯馬尼亞西北部的群山在傍晚的陽光下呈現著壯麗的景觀。他們離開了小休息站，然後經過一片零散的房屋群，穿過農田，進入森林。她把音樂開得很大聲，讓說話變得有些困難，奧利維耶和莎拉在後座愉快地接吻。蓋文似乎並不在意眼前的美景，只是面無表情地盯著前方。他輕輕轉動著戴在拇指上的深灰色鈦金屬戒指。最近安雅越來越討厭他這種神經質的習慣了。

管他的，安雅想，然後再度把音樂關小聲。「這也太美了吧。」她的聲音很大，顯然是在對後座的朋友們說話。儘管如此，她還是看了蓋文一眼。

「我一直都很喜歡這一區的風景。」莎拉說著，一邊傾身向前，往車頭看去。「這裡離家只有三個小時的路程，我們以後要不要多來幾次？」

「我們總會忘記。」奧利維耶說。「我們太容易被工作和其他事情分心了。我們要記得，把那些屁事隔絕在外。」他也向前傾身，拍了拍蓋文的肩膀。「可以擺脫那家店一段時間，你一定很高興吧？」

他的碰觸讓蓋文嚇了一跳，驚訝地回頭看去。「真希望我能擺脫它一輩子。」

**他說話了！**安雅心想。

「你是該這麼做。」奧利維耶說。「找個不同的地方，改變一下。一直對別人推銷吉他和喇叭，你應該很無聊了吧。」

蓋文發出像動物般的哼聲。「找什麼不同的東西？我還可以做什麼？」

「你一開始是為了什麼去那裡上班，那就是你該做的。」莎拉說。「你知道，重新開始表演，重新組一個樂團，讓事情運作起來。」

那又是一條太難達成的創意之路，因為他必須付出一些實際的努力，安雅心想。

「那也沒有意義。」蓋文聽起來真心感到懊惱。「你永遠不能期待別人準時參加團練，演出的時候，觀眾席也總是半空。反正唱片公司只想要人造的流行音樂，而不是真正的音樂。」

這一切顯然都不是真的，安雅心想，但她也沒必要嘗試告訴他。

「但你還是得試一試。」莎拉堅持道。「如果你不去追求的話，就什麼都得不到了。」

蓋文聳聳肩。「也許吧。」

安雅感謝朋友們的努力，但她為蓋文感到無比難堪。她從後視鏡中對上了奧利維耶的目光，他微微一笑，但笑容中帶著苦惱。路邊的一個標誌給了她轉移話題的機會，讓大家不要這麼尷尬。

「前面就是鼴鼠溪了！我們會在這裡下匝道，這代表我們快到啦。」

道路變得越來越窄，最後，安雅不得不仔細觀察前方，以免有迎面而來的車輛。如果他們被迫與他人會車，她就得開上柏油路旁的碎石和草地了。接著，柏油路到了盡頭，輪胎的嘶聲變成了低沉的轟鳴，整輛車在未經打理的地面上震動顛簸。

「這條路看來沒什麼在維護喔。」莎拉說，一邊抓住頭頂的乘客握把。「我不喜歡這樣！」

安雅露出微笑。「別擔心。我預訂房間的那篇貼文上說，等柏油路到了盡頭，我們就沿著這條路再開三公里，然後左轉，會有一條路，標示著『黃心木屋』。」

「然後我們就到了嗎？」

「嗯，幾乎啦。然後那條路又要再開四公里。」

「啊，靠。如果我要吐了，記得停車。」

安雅朝鏡子裡瞥了一眼，莎拉並不是在開玩笑，她的臉色憔悴，而且有點蒼白。奧利維耶緊緊抱住她，好像這樣就可以吸收她感覺到的震動。安雅快速地心算了一下。還有七公里，以安全的時速四十公里來算，其實不到十二分鐘。「只有十分鐘。」她說，為了莎拉四捨五入。「我不知道你會暈車。」

「只有在這種不平的路上。而且是從我流產之後才開始。在我懷孕之前，我從來不會暈車。」

安雅瑟縮了一下，想起莎拉和奧利維耶經歷晚期流產和誕下死胎時有多麼痛苦。對他們來說，這段時光太可怕了，從那之後到現在已經過了快兩年，但他們再也沒有嘗試過。她不知道他們這輩子會不會再試一次。「這太奇怪了。」她說。他們之前談過這件事很多次，她已經沒有話可說了。

「我知道，對吧？懷孕確實會把你的身體搞砸。」

「女性在懷孕過程中必須承受這麼多的負擔，真的很不公平。」蓋文說。「大自然實在太愚蠢了。」

莎拉笑了起來。「你沒說錯。」

**老蓋文回來了**，安雅心想。喜歡說冷笑話，但打從心底是個好人。莎拉呻吟一聲，低頭看著她的大腿。

「想想我們看過的那些照片。」安雅急忙轉移話題。「想想我們的目的地。連綿起伏的青草山坡上，那個白色遮雨棚小木屋。四周都是寬敞的露臺，有開放式壁爐，後面還有高山。」

「裡面看起來就像經典的狩獵小屋。」奧利維耶接著說道。「拋光的深色木頭家具和裸露的橫樑。」

安雅看了蓋文一眼。他對上她的目光，看了她一秒鐘，然後說：「還有後車廂裡那麼多的酒！」

她嘆了口氣，但歪著嘴一笑。他是真心想加入話題嗎？他們沉默了一會兒。奧利維耶是第一個看見路標的人，因為安雅正忙著避開最糟糕的幾個坑洞。

「在那裡！『黃心木屋』。」

「快到啦。」安雅將車子轉彎，看著鏡子，朝莎拉咧嘴一笑。

莎拉的臉因驚恐而扭曲，幾乎是恐懼。就在安雅開口想問發生什麼事的時候，蓋文大叫出聲：「小心！」並把雙手拍在儀表板上。

安雅猛地將視線轉向前方，看見擋風玻璃被一個人影填滿。那是一個高瘦的男人，穿著深藍色的技師工作服和厚重的黑色工作靴，他的腳看起來大得可笑。他就站在馬路中間，停下腳步，看著他們，咧嘴一笑。安雅踩下剎車，方向盤往旁邊一轉，輪胎在礫石上打滑，汽車迅速向左傾斜，一顆前輪滑進了崎嶇不平的道路一側的疏水道中。她渾身一顫，在距離一棵粗壯的桉樹不到一公尺的地方，終於讓車停了下來，每個人都驚恐地大叫著，身子前後搖晃。車子的火熄了，車身跳動了一下，然後一切都靜止了下來。他們的喘氣聲充斥車內。安雅坐起身，雙手顫抖，腎上腺素的分泌讓她的腸胃翻騰不已。她回頭看向道路，希望自己沒有撞到那個男人。但那裡一個人也沒有。

她跳下車，檢查了馬路的另一邊，以防自己把他撞倒了，又看了看茂密的灌木叢、桉樹和矮樹叢，卻沒有發現人影。其他人緩緩地爬下車，臉色蒼白，寫滿了擔心。莎拉的雙手撐著膝蓋，深呼吸了幾口氣。

「你們都看到他了，對吧？」安雅問。

他們點點頭，四處張望著，眉頭緊鎖。

「他一定是跑掉了。」蓋文說。「我猜我們嚇到他了。」

「好冷。」奧利維耶沒頭沒尾地說。「這裡的秋天比霍巴特的秋天還長。」

「因為是高地嘛。」莎拉說，一邊擠出一個微笑。

這是震驚過後試圖保持冷靜的閒話家常，安雅想。她轉過身，面向歪倒在疏水道裡的車。「我來把車倒出來。你們在外面等，這樣如果有需要的話，你們可以幫我把它拉出來。」

幾分鐘之後，他們又開始前進。道路上方的樹梢之間，天色開始變暗，陰暗逐漸籠罩。

安雅把車開得更慢了，對突如其來的行人感到有些不安。這裡什麼都沒有，方圓好幾公里內都是森林。那個人是誰？她又看到了另一個標誌寫著「黃心木屋」，指向左邊。「就是這裡！」

她轉進一條往右的長長車道，爬上一座巨大的圓頂山坡。他們從樹林間來到開闊的草地上，蓋文說：「這他媽的是在開玩笑吧。」

安雅緩緩停下車，難以置信地瞪著眼前。小屋位於前方約五十公尺處，與 Airbnb 的預約圖片中一模一樣——如果這些照片是三十年前拍的，而且在那之後都沒有維修過的話。亮白色的壁板已經剝落腐爛，鐵皮屋頂生鏽彎曲。四周的陽臺都還在，但幾處的欄杆已經斷了、掛在那裡，有些地方則連欄杆也沒有。她至少可以看到陽臺地板有兩處已經完全塌陷。窗戶上布滿髒汙，爬滿了蜘蛛網，四周長滿草皮的光滑山丘現在則被雜草和灌木叢破壞。一輛鏽跡斑斑、破舊不堪的卡車歪斜地停在木屋旁，只剩下三個輪子。在那後方則是一個坍塌的大車庫，中央凹陷，好像它覺得生活太苦了，所以決定放棄撐下去似的。

「這裡不對。」奧利維耶說。

「這裡是對的地方。」莎拉說。

「我知道，但這跟廣告上說的不一樣。這實在不能接受。你看這些照片。」他掏出手機，準備點開什麼，然後惱怒地哼了一聲。「這裡沒有訊號。當然了。你的呢？」

莎拉看著她的手機，搖了搖頭。「我也沒有。但我們都看過照片。我們知道這地方是在搞笑。但現在我們也不能怎麼辦。」

安雅挫敗地抓緊方向盤。真是一團糟。她早該知道的。有那麼一刻，她想像著在平行宇宙中的另一個週末，她叫蓋文去死、她和他已經結束了，然後到奧利維耶和莎拉家大喝高級紅酒，等蓋文打包自己的東西滾蛋。在那個宇宙中，現在的她待在霍巴特，渾身溫暖，酩酊大醉，那絕對是再好不過的選擇。其他人都沒有說話。她環顧四周，又看了看外頭陰暗的天空。夜晚和雲雨爭先恐後地往這裡湧來。她瞥了一眼擺在中控臺的手機，按下按鈕，確定她也沒有訊號。沒什麼好驚訝的。但話說回來，她又能打電話給誰呢？這就是他們現在面對的狀況，沒什麼好說了。

「走吧。」蓋文說。「這太扯了。」

「走去哪裡？」莎拉問。

「哪裡都可以！回到附近的城鎮，德洛蘭之類的，然後找一家飯店或汽車旅館。我們不能留在這裡。」

輕微的怒火讓安雅感到脊椎發熱。「才不要。」她不會讓蓋文稱心如意的，尤其是在他出發前搞了那齣鬧劇之後。「這位屋主顯然是在搞笑，就跟莎拉說的一樣，但我們現在已經在這裡了。馬上就要天黑了，也許裡面一切都還好啊。不管怎樣，我都不會在黑暗中開那條可怕的路了，所以我們要留下來。」她回頭看向莎拉和奧利維耶。「如何？」

他們對她咧嘴一笑，聳聳肩。「當然。」奧利維耶說。「這是一場冒險，對吧？我們小時候那麼想要冒險。我們都變軟爛囉。」

「那我自己開車回去。」蓋文說。

安雅轉過頭來，面對他。「我們要留下來！」她把最後一段車道開完，將車停在廢棄的卡車旁邊，然後下了車。莎拉和奧利維耶跟上她的腳步。

奧利維耶走到生鏽的大卡車旁，檢查了一下後方的車床。他拉開一塊骯髒的防水布，拿出一根沉重的鐵撬。他把它扔回車裡，又把防水布拉得更開。「這裡還有幾把舊鏟子。」

「你期待會有寶藏嗎？」莎拉竊笑著，問道。

「我以為會有屍體呢。我很高興只有一堆舊垃圾而已。」

「走吧。」

他們三個從後車廂裡抓起背包，每人拿了一袋裝有食物或酒的購物袋。蓋文留在車裡，一臉憤怒與沮喪。安雅嚥下自己的怒火。不管他有沒有意識到，這是他們最後的機會了，所以她必須這樣面對。盡量和他互相配合，給他回頭的機會。

她走到副駕駛座旁，打開車門，微笑著，就像她還愛著他的時候那樣。「來吧，蓋文。一定會很好玩的。我們來吃點東西，然後喝個爛醉吧。」

他抬頭看了她一會，然後嘆了口氣。他甚至勉強擠出一個微笑。她在他眼中看到了決心，看見他對自己說，**為了她，再努力一點**。他顯然記得他們前陣子的談話。於是她對他心軟下來，並讓自己認為他們可能會好起來。「喝到超級爛醉！」他說。

「當然囉！」安雅轉向莎拉，她正小心翼翼地走上通往露臺的歪斜臺階。「屋主說門邊的舊罐頭裡放著一把鑰匙。」

「知道了！」

屋內並沒有像安雅預想的那麼糟糕。稱不上好，但在看過屋外之後，她已經準備好要迎接一場徹底的災難了。家具都像照片上的一樣，只是不再閃閃發光，室內的裝潢也破舊不堪，地毯又薄又髒，但大致都還算完整。牆上裝飾著奇怪的畫和幾個動物頭，其中幾個是鹿，還有一個是袋熊。

「誰會獵殺袋熊之後，又把牠的頭做成標本啊？」蓋文問道，一邊伸手指著那個東西，好像他們看不見它似的。

奧利維耶哼笑一聲，莎拉也跟著笑了起來，然後就連蓋文自己也開始大笑。安雅感覺緊繃的氣氛像就被剪斷的鋼絲一樣斷裂了，她鬆了一口氣。他們的笑聲一波波蕩漾，幾乎快要消停時，又會有人再度笑起來。

他們把補給品放在一張有點搖晃的餐桌上，然後安雅指了指右邊的兩扇門。「那兩間是臥室，是並排的。」她轉過身，指向對面。「那邊是浴室。用的是水箱的水，但想想現在是雨季，最近下了那麼多大雨，我們應該用不完啦。」

「你想要哪個房間？」莎拉問道。

「都無所謂。」

他們把兩扇門都打開，往裡面看了看。兩個房間都各有一張雙人床、一個五斗櫃和老式的衣櫃。雖然有點簡陋，但還算堪用了。兩個房間呈鏡像布置。安雅走進左邊的房間，把包包扔在床上。莎拉和奧利維耶把他們的東西拿進另一個房間，蓋文則朝她走來。他放下自己的背包，四處張望了一下，然後伸手摟住她。「你把我們帶到了一個真正的屎坑喔。」

他說。

「最好的一切，都保留給你和我最親密的朋友。」

他吻了她。她希望事情真的能有所好轉。

「他們幫我們準備了一頓大餐喔！」莎拉喊道。

小木屋的客廳內，其中一面牆上有個巨大的磚砌壁爐，周圍擺放著沙發和扶手椅，一側則是餐桌和六把椅子，後面還有一個大廚房。莎拉站在廚房的流理臺前，整理著各種農產品。

「有一打雞蛋、一些胡蘿蔔和馬鈴薯，一條自製麵包。還有某種蘑菇。」

奧利維耶跪在壁爐前，正把木柴堆上爐架，準備生火。房子裡有著近乎寒冷的濕氣，儘管一切看起來都很乾燥。「某種？」

「他們還有留一張紙條。上面寫著：『土特產，這裡的一切都來自不超過三公里的地方。這種蘑菇只會生長在塔斯馬尼亞的這個地區。』」

「看起來不太可能。」蓋文說。他湊過去看了看，然後聳聳肩。「我看，它們就只是普通的蘑菇，只是小了一點。」

「我可以用這些做出一道美味的蔬菜歐姆蛋。」莎拉說。「我們甚至不需要打開自己準備的食材。」

安雅露出微笑。「好主意。你來做吧，我去把我們的東西收進冰箱裡，奧利維耶可以讓這個地方暖和起來。」

「那我要做什麼？」蓋文問道。

莎拉回頭看了他一眼。「為我們跳舞吧，婊子！」

就連蓋文也笑了起來，然後他說：「我想我要來做最重要的工作了，就是把酒打開。」

他開始在櫥櫃裡翻找酒杯，然後拿出一瓶紅酒，幫每個人都倒了一大杯。十分鐘之內，壁爐裡劈啪作響的柴火便讓這個地方暖和起來，外面的夜色使所有的窗戶都暗了下來，爐火的橙色光芒讓一切更加柔和。莎拉的廚藝令小屋裡充滿了香味。安雅將一隻手搭在蓋文的肩上，吻了他一下，然後走去將窗簾拉上。

當她動手把最後一組窗簾拉上時，一個動靜吸引了她的注意。她停下動作，再次拉開布簾，想知道她看到的是不是袋熊。就在生鏽的卡車附近，接近地面的地方。黑夜降臨的速度很快，她凝視著黑暗，然後又看到了一個動靜。一顆頭轉向她，雙眼明亮，牙齒潔白，深藍色的工裝褲幾乎消失在陰影中。男人的背脊詭異地弓起，手腳並用地爬行著，對她咧嘴一笑，然後消失在破車底下。她覺得彷彿有冰水在腸子裡打轉，發出了破碎的叫喊。

「怎麼了？」奧利維耶快速趕到她身邊，蓋文則緊跟在後面。

「在外面，在卡車底下！」

「什麼？」

安雅看著兩個男人，然後又看向外面的夜色，不確定能不能相信自己的眼睛。「在我們到這裡來的路上，差點撞到的那個傢伙。他剛剛爬到卡車底下了。」

「什麼？」奧利維耶傾身向前，向外張望。

「你說『爬』是什麼意思？」蓋文問道。

「就是那樣啊，他用爬的！」

「來吧。」奧利維耶說。他掏出手機，打開了手電筒。「蓋文！快點！」

蓋文如法炮製，兩人一起穿過前門。安雅在窗邊緊張地看著，渾身顫抖。莎拉已經停止料理，站在廚房中島的另一邊看著他們。「詭異的混蛋。」她說。兩個男人正在外頭，藉手電筒的燈四處查看。

安雅走到門口。「不開玩笑。」她探出身子。「在那下面。」

「我知道。」奧利維耶回道。「但那下面只有草和泥土。」他站起來，提高音量。「這裡有人嗎？有沒有人在那裡？我們是用Airbnb訂房的。」

男人們回到屋裡，關上門，擋下了黑暗與寒冷。「什麼都沒有。」蓋文說。

外面已經快要全黑了，安雅被前來途中發生的小意外嚇壞了。那傢伙的模樣深深刻在了她的記憶裡。也許她只是看到了幻覺。「可能是袋熊之類的，我只是嚇到了。」

「應該嚇到的是袋熊才對。」蓋文指著牆上那個可笑的標本腦袋說。

「也許那是牠爸爸什麼的。」奧利維耶說。

「我叫伊尼戈·蒙─袋熊。」莎拉在廚房裡說道。「你殺了我爸爸，準備領死吧！」

笑聲再次在木屋中迴盪，每個人都拿起了自己的酒，莎拉繼續做菜。安雅決定別再鑽牛角尖，但在他們睡覺前，她會確保每一扇門窗都有鎖好。

莎拉做的歐姆蛋很好吃，當地的蘑菇口感厚實，味道辛辣。他們配著大塊的自製麵包一起吃，麵包上塗了厚厚的奶油，然後一行人回到沙發上。安雅和蓋文一起蜷縮在其中一張，莎拉和奧利維耶則在另一張，但他們之間的距離觸手可及，好來回交換第二瓶酒。火光劈啪作響，影子舞動，溫暖與放鬆包裹著他們。酒精緩緩地帶走了安雅的緊張。

聊著聊著，安雅眨了眨眼，突然覺得視線有些模糊。也許是因為酒精和倦意，加上差點發生車禍的驚嚇，都在影響她的大腦。她抬起頭，看到奧利維耶正舉著一隻手，在自己眼前來回移動，緊盯著手看。莎拉著迷地看著奧利維耶，嘴角勾起一絲微笑。隨著奧利維耶的動作，他手指所產生的殘像在空中拖曳著。「搞屁？」安雅吐出一口氣。

蓋文坐起身子，從她身邊離開，盯著爐火，然後看向小屋的牆壁。「一切都在動。」他說，聲音裡充滿了擔憂。

「什麼在動？」安雅順著他的目光看去，問道。

「牆壁他媽的在呼吸！」蓋文的聲音提高了八度。

「冷靜點，各位。」奧利維耶說。「我認為他們對我們開了一個惡劣的玩笑。我們中了一點毒，正在產生幻覺。」

安雅的視線轉向他身上，看到莎拉咧嘴笑著，像個假馬戲團小丑。「幻覺？」

「我想，也許那些當地蘑菇有一點精神性的毒性。」奧利維耶說。「如果他們認為這很有趣，那他們真是混蛋。但你知道，這也沒關係。不要讓它影響你，對吧？如果你為此感到不爽，你的幻覺會變得糟糕。我以前用過LSD，也用過蘑菇，等一下就會好起來了，大概會花幾個小時。我們只需要撐過去就好，好嗎？」他環顧四周，看著其他人。

「天啊。」安雅說，然後無法抑制地笑了起來。她同時感到既空虛又興奮。如果她仔細看，牆壁似乎真的正在微微地來回收縮，窗簾也輕輕起伏著。火焰則看起來不可思議，明亮地舞動著，複雜的動態令人著迷不已。「這個週末變得越來越奇怪了。」

奧利維耶和莎拉咯咯笑著，但蓋文很安靜。她轉向他，看見他的臉垮了下來，好像快要哭了。他環顧著四周，動作飄忽不定，忽動忽停。「黑影來了。」他說。「它們正在逼近。」

安雅伸出一隻手，放在他頭上，將他的頭髮向後梳。「沒事的，只是一種藥而已。別慌。不會有事的。」

他推開她的手，移動到沙發的另一端。「一切都變暗了！」

「別緊張，老兄。」奧利維耶的聲音像在唱歌，他的法國口音從來沒有這麼明顯過。「這是幻覺，老兄。放輕鬆，只要微笑就好，一切都會過去的。這都是假的，只是你的大腦在後空翻罷了。」

「一切都變黑了！」蓋文說，他的聲音充滿了發自內心的恐慌。「你們在哪裡？」

安雅往他靠近了一些。「我們都在這裡。我就在你旁邊。」

「你們都在哪裡？」蓋文大聲喊道，目光直接越過了她，瘋狂地掃視著房間。

安雅看向奧利維耶，尋求指引，並擔心起蓋文的狀態。奧利維耶站起來，從沙發上拉起一條厚重的毯子。他走到蓋文身邊，溫柔地把他包裹起來。

「沒事的，蓋文，好嗎?沒事的。放輕鬆，夥伴。深呼吸。」

蓋文左右張望著，好像沒有看到奧利維耶或其他人，但他抓緊裹在身上的毯子，在沙發的角落緊縮成一團，靠在破舊的扶手上。他的一隻手摸著另一隻手，不斷轉動著拇指上的深色金屬戒指。

奧利維耶回到莎拉身邊。「可憐的混蛋。」他說。「他的狀況不太好。發生得太快了。」

安雅皺著眉頭，想安慰蓋文，又怕把他嚇得更厲害。她試著壓抑幻覺所帶來的影響，那些鮮豔的色彩，還有一股狂喜。儘管她很擔心，但當她咬緊牙關時，嘴唇卻咧出一個誇張的微笑。她也得讓自己冷靜下來，否則她會像蓋文一樣陷入可怕的漩渦。「他會沒事嗎？」

「會。他現在會有點痛苦，但這會過去的。我們會看著他。」

安雅看到奧利維耶眼中的神情，他似乎也不太確定，但她還是決定接受他字面上的意思。

一陣快速的滴答聲在小屋內迴盪，就像一千隻小腳從地板上爬過似的。安雅想像著那個身穿深藍色工裝褲和厚重靴子的瘦削怪人縮小到只有幾公分高，又產生了幾十個、幾百個複製人，用小手小腳在地板上爬行，朝她衝過來。她跳到沙發上，抬起雙腿，瘋狂地環顧四周。

「是雨啦！」莎拉說，忍不住笑了起來。「只是在下雨而已。」

奧利維耶也笑了。「她說得對。是金屬屋頂的聲音。不要慌。我們最需要擔心的是漏水問題，但這裡沒有被漏水損壞的痕跡。我們沒有別的選擇了，所以就好好享受這段旅程吧。很快就會結束的。」

「我要在旅遊網站上給這個地方他媽的一顆星。」莎拉說，然後又爆出一串笑聲。

安雅放鬆下來，讓如釋重負的咯咯笑溢出嘴角。「也許兩顆星吧，因為歐姆蛋太好吃了。」

「那是我的功勞，不是那些混蛋！」莎拉說，然後皺起眉頭。「牆上那隻該死的袋熊在呼吸。你看牠的小嘴正在上下移動！」

「牠是標本！」安雅說，儘管她也能看見那東西正在不自然地移動。只是幻覺而已，她告訴自己。只是幻覺。

「牠現在肯定是標本了。」奧利維耶說。「有人砍下牠的頭，然後把牠黏在他媽的牆上耶。」

這一點都不好笑，但他們三個還是像打嗝般咯咯笑個不停。奧利維耶起身鎖上門，然後在笑聲逐漸平息時坐回莎拉身邊。安雅看了看蓋文，他仍緊縮著身體，雙眼從毯子邊緣上方左右掃視。他伸出手，像要在半空中抓住什麼，然後有些難受地看著自己的手掌。他縮到毯子的更深處。安雅輕撫著他的頭髮。「你會沒事的。」她輕聲說。他似乎沒有注意到她。

◆

大家吃飽飯之後，逐漸籠罩在蓋文周遭的陰影終於覆蓋了一切。他蜷縮在這個新世界的大灌木叢下，某個泥土形成的角落。他身邊葉子的又厚又軟，更像肉而不是植物，每一片都比他的身高還長，巨大的樹葉陰影就像一座教堂。他將兩片葉子拉緊，裹著自己，卻只帶來聊勝於無的安慰，一種微弱的保護。一切只剩下單色，只有深淺不一的黑色和深灰色。在植物形成的庇護所之外，地面起伏不定，大多都只是岩石。翻騰的天空幾乎是黑色的，卻透出深紫色和藍色的光芒，偶爾還有幾道深紅。數以百萬計的微塵像灰燼一樣漂浮在空中。他伸手想抓住它們，它們消失在他的手掌上，就像煙霧一樣縹緲。

時間似乎是有彈性的，不太連貫。他閉上眼睛，然後猛地驚醒過來，感覺自己昏迷了幾分鐘，甚至是幾個小時。然後他凝視著漆黑荒涼的景色，時間就像柏油一樣流過，他每一次呼吸之間的間隔都像永無止境的靜止狀態。一點聲音也沒有。

他一直都在這裡嗎？他記得幾個人，一個金髮碧眼的苗條女人，對她的記憶在他心中激起一陣刺痛。他想起了另一個女人，個子更矮，更有曲線，長著黑頭髮。還有一個男人，頭頂光禿，是個高個子。他們是誰？他們為什麼很重要？

他需要找到一條路……一個地方。他不屬於這裡。他不應該在這裡。但一想到要闖入那片漆黑陰暗的荒地，他就害怕。他又眨了眨眼，感覺已經過去了幾個小時。

◆

黎明的到來為窗外的世界染上一層粉灰色。安雅沉重地眨眨眼，終於感覺到蘑菇對精神造成的影響逐漸消退。「我想我終於可以睡了。」她說，一面對自己含糊不清的聲音感到擔憂。

奧利維耶點點頭。「對，我想我們已經度過最困難的時候了。睡個好覺現在對我們來說是最好的。」他低頭瞥了一眼躺在他胸口的莎拉，她已經在打瞌睡了。

「蓋文呢？」安雅問道。他整晚都在發作，有時閉著眼睛，每一次的低聲呻吟都持續一個小時或更久。現在他的眼睛又睜開了，從毯子的邊緣偷偷地向外看，但沒有移動的跡象，似乎也沒有認出他的朋友。「他看起來好像還沒好轉。」

奧利維耶蹲在蓋文身邊。「他一定比我們更敏感。而且，你知道，他有憂鬱症什麼的。也許就是因為這樣，它對他的影響才會更大。或者是因為他吃的那一份裡面有更多蘑菇？他只是需要一點時間，讓身體來處理。」他抬起頭，一定看見了安雅眼中的關切。「我以前也見過很糟糕的幻覺，他會沒事的。我保證。」

「他會嗎？『酸性傷亡』這個詞的存在可不是沒有原因的。」

奧利維耶露出微笑。「這不是在某個家庭實驗室中製造的強力化學藥品，這是自然界的東西。讓他好好休息吧，我相信他會沒事的。」

安雅不確定自己相不相信他，但他們之中沒人有能力開車送蓋文去醫院。除了相信他之外，他們還有別的選擇嗎？據她所知，反正醫院也不能做什麼。她伸出一隻手臂攬住蓋文，正要開口告訴他一切都會好起來，他卻大叫一聲，把她甩開。奧利維耶聳了聳肩，露出溫和的微笑。

留下他一人讓她感到很糟糕，但他躺在沙發上很安全。她實在太累了。當奧利維耶領著莎拉走回他們的房間時，她也對他微笑，然後回到了她理應和蓋文共享的房間。

**這完全就是我們關係的隱喻，老兄，**她讓臥室的房門半開著，倒在床上，然後沮喪地想道。天氣很冷，但床墊柔軟舒適。她懶得換衣服，直接把被子往身上一裹，便陷入了黑暗無夢的睡眠之中。

似乎只過了一瞬間，奧利維耶便輕輕地搖了搖她的肩膀。她立刻聞到了烤麵包、培根和咖啡的味道，她的肚子咕嚕叫了起來。她翻了個身，驚訝地意識到自己睡了個好覺。

「莎拉正在做早餐，雖然已經快中午了。」奧利維耶說。

「哇喔。我們的小旅行剛開頭就這麼嗨。蓋文怎麼樣？」

奧利維耶瑟縮了一下。「還是不太好。」

「真的嗎？」她從床上爬起來，快步趕去客廳。果然，蓋文仍然緊緊地裹在毯子裡，從毯子的邊緣往外看著。她蹲在他身邊，但他沒有認出她來。「蓋文？你還好嗎？」

他環顧四周，眼睛和頭快速地轉動著。「誰在那裡？」他的聲音很虛弱，像一張薄紙。

他的視線越過了她。

「蓋文，是我。安雅。你還好嗎？」

「我聽到了聲音。」蓋文說，聲音小到她幾乎聽不見。「從某個地方傳來的聲音。」

她看向奧利維耶。「他在自言自語。」

「對。他還沒有真正恢復神智，但我想他正在好轉。他比昨晚更有反應了。」

「真的嗎？我不知道，奧利維耶。也許我們該帶他去看個醫生。」

「醫生能做什麼？他們只會叫我們保護他的安全。」

「是嗎？」安雅皺起眉頭，發現她自己也是這樣想的。「這沒有解藥嗎？」

「我試著查了一下。」莎拉從爐臺前喊道。「但我們還是沒有訊號，房子裡面和外面都沒有。」

「但是真的沒有解藥。」奧利維耶說。「只有時間。」

「如果他永遠都好不起來呢？」

奧利維耶聳了聳肩，滿臉無奈。「我覺得不會啦。」

安雅看著蓋文，複雜的情緒在心裡翻騰。一方面，她還記得他曾經的模樣，那個她曾經愛著的人。她關心那個男人。但那個男人最近很少出現了。而且，如果要她老實說，即便在美好的記憶中，她也能看到現在這種模樣的一些徵兆。那一直都是個面具嗎？真正的蓋文是那個脾氣暴躁、喜怒無常、刻薄的人，總是把自己的缺點歸咎到其他人身上嗎？這整個週末都是個錯誤，她不該試著挽救什麼的。也許她需要犯下這個錯誤，才能認清這一點。

「你真的覺得他會恢復原狀嗎？他會沒事嗎？」

奧利維耶點點頭。「真的。你看這個。」他給她看了一張影印的手繪地圖。「我在門口的小桌子上找到的。小屋的後面有一條有做記號的小路，可以帶我們上山。它說這條路很難走，但是頂端的景色非常壯麗。來回的時間差不多要三個小時，但是這些東西總是會高估步行的時間。我敢打賭，在山頂上，我們就可以收到訊號了。我們可以打電話諮詢醫院。」

安雅皺起眉頭。「也許吧。看看他剛才的反應，這可能會比我們硬把他拖上車再開去別的地方快多了。」

奧利維耶點點頭。「沒錯。而且我敢打賭，他們只會告訴我們，除了等待之外，我們也不能做什麼。我們出發吧。如果我們沒成功，回來時蓋文的狀態也還很糟，那我們就在天黑前，開車把他送到德洛蘭之類的。」

「早餐準備好了。」莎拉說著，一邊把三個盤子放在桌上。

安雅的目光從蓋文身上移向聞起來很香的早餐，再看向奧利維耶。「好吧。嗯，好吧。」

「你覺得屋主知道他們留下的東西有迷幻效果嗎？」坐下來吃飯時，莎拉問道。

「一定知道吧。」奧利維耶說。「他們不會留下莫名其妙的蘑菇，對吧？」

「嗯，它看起來很像普通的蘑菇，只是小了一點。我不太了解毒品，但我從來沒聽過長得像這樣的毒蘑菇。」

「可能是他們搞錯了。」安雅同意道。

「搞錯了，或是一個非常糟糕的惡作劇。」奧利維耶說。「不管如何，再加上這個屎坑的不實廣告，我現在已經等不及要重新連上網路了。我整個早上都在腦子裡寫我的評論和電子郵件。」

他們狼吞虎咽著，莎拉什麼也沒說就自願擔任廚師，但他們再樂意不過了。食物和咖啡幫助安雅把前一晚的不適從體內排出，她相信她的體力已經足夠，可以出發了。他們穿好衣服，打包了幾個三明治和水，穿上靴子。

安雅蹲在蓋文面前，捏了捏他的手。「我們很快就回來。我會打電話問問的，好嗎？我們會找到方法幫你。你就留在這裡，好嗎。」

蓋文嗚咽著，低頭看向她握著自己的手，然後把她甩開。

安雅嘆了口氣，站起身，走進涼爽但晴朗的天氣裡。

◆

蓋文不知道自己在奇怪植物厚實的葉子裡躲了多久，但他的身體痠痛，心思混亂。奇怪而遙遠的聲音不斷從令人不安的靜止空氣中傳來，灰燼不斷在空中飄蕩著。一切都讓人感到陌生。他周圍的岩塊和碎石既漆黑又透明，但又呈現奇怪的霧面質地。天空翻騰著，模糊不清，就連其中的顏色也變得暗淡無光。

又是一個遙遠的聲音，感覺就像從好幾公里之外傳來，就像穿透了某種牆壁或液體般模糊。字句像熱蠟般伸展，毫無邏輯。

「我聽到了聲音。」蓋文低語著，藉此來測試自己的耳朵。「從某個地方傳來的聲音。」他說的話很清楚，呼吸在空氣中凝結，好像氣溫很低似的。但他並不覺得冷。他感覺手上好像有什麼東西，他看了看，把它甩開。但他手上什麼也沒有。他應該動起來，去某個地方才對。

他顫抖著，從安全的大植物下方爬出來，搖搖晃晃地站了起來。荒涼的大地在他面前展開，在他身後，聳立著一座巨大的山峰，黑色的石頭稜角參差不齊，直直伸向翻騰的天空。也許，如果他爬得夠高，他就可以環顧四周，然後就能決定要去哪裡了。去尋求幫助。他弓著身子，因暴露在外而瑟縮，一邊往山腳下的斜坡飛奔。

◆

安雅、奧利維耶和莎拉沿著破舊小屋後面平緩的斜坡前進。走了一小段路後，莎拉停了下來。「你們看這個。」

一棵小樹上，用樹枝和破損、風化的木頭搭出了一個奇怪的結構。看起來像金字塔和鑽石的形狀，從幾公分到幾公尺高都有，用乾草和深色的皮革綁在一起。這個景象不知怎麼地令人感到有些不安。

「詭異。」安雅說。有些構造裡面掛著小動物的骨頭或羽毛。她噘起嘴唇，撇開頭。「我不太喜歡這種東西。」

「某種怪胎的裝置藝術？」莎拉問道。

安雅不知道答案。他們走向一個木牌，上面寫著簡單的「小徑」，並指向灌木叢中的一個缺口。三人走上一座濕滑、搖晃的木橋，越過布滿石頭的小溪，進入樹林。地面逐漸變得陡峭，他們沿著一公尺寬的小路前行著。空氣很冷，但陽光很溫暖，所以森林中突如其來的濕度與寒冷讓他們的皮膚有點衝擊，呼吸的感覺也不太對勁。安雅的手臂起了雞皮疙瘩，她拉下毛衣的袖子。她有一件雨衣，正用袖子綁在腰上，但她決定暫時先不穿。如果路途真的像傳單上寫的那麼艱難，那她很快就會因為運動而暖起來了。它說這條路很陡峭。她期待著即將來臨的運動，希望有機會能從肌肉甩掉挫敗感。

高大的桉樹和松樹矗立在他們頭上，上頭攀生的蕨類植物是奧利維耶的兩倍高，底下的寬度則是他的兩倍，就像有許多枝條的傘。幾十片垂死的棕色葉片像裙子般懸掛在深綠色的樹冠底下。蕨類植物的細葉在穿過茂密樹冠的細碎陽光下，投射出牙齒狀的奇怪陰影。昨夜的雨水四處滴落，閃著光，地面雖然濕漉漉的，但不算泥濘。

「所以，我們要找往上指的紅色記號。」奧利維耶說。「回來的路則是黃色的。」

莎拉伸手一指。「就像那樣。」

在他們前面一棵多結、深色的樹上，一塊塗了紅漆的三角形金屬被用一根鐵釘固定在樹幹上。三角形的長邊形成了一個向上、向右指的箭頭。奧利維耶走上前，目光越過那棵樹，然後點了點頭。「上面還有一個，看到了嗎？」他繞著那棵樹走了一圈。「這裡還有一個黃色的箭頭，在往下方指。不錯。」

「簡單但有效。」安雅同意道。

他們繼續前進，小徑大多時候都清晰可見，但有時幾乎和一般的灌木叢融合在一起。有幾次，他們只能與樹木和石頭擠在一起，一起尋找下一個紅色箭頭。這變成了一場遊戲，看誰能先發現記號，然後倉促攀爬，有時手腳並用，搶在其他人之前，爬上陡峭的斜坡。在某些地方，小徑變得太陡峭，森林又太茂密，他們得用彎曲而古老的樹根作為梯子，穿過潮濕、幾乎是黑色的土壤。光滑的苔蘚又黑又密，有時會讓他們落腳的地方變得危險。滿地都是小小的毒蕈、滑溜的銀耳和帶刺的地衣。水流在岩石的裂縫之間形成小小的瀑布，在樹的根部匯集。他們不只一次看見蓬鬆的白色絲絨，像頭髮般豎立在顏色深淺不一的毒蕈上。

「看到就連菇類都能發黴，就知道這裡他媽的有多潮濕了。」莎拉笑了一聲，有點厭惡地撇了撇嘴。

儘管天氣涼爽，安雅的臉上和手臂上還是泛起了一層汗珠，她挽起袖子，汗水不時順著她的背脊下滑。「真是太棒了。」他們停下來喘口氣時，她說。「這個地方也太原始了吧。而且往上爬實在太累了！」

「我們更像在攀岩吧。」莎拉咧嘴一笑。「幸好我們帶了午餐。你們覺得我們走多遠了？」

奧利維耶看了看手機上的時間。「我們只走了不到一小時，所以我猜我們已經走了一半，或者更多一點？」

「要命。」安雅說。「真希望不只是這樣。」

「山頂的景色會很棒的。我們會很嗨的。」莎拉從她靠著的腐爛樹幹上爬起來。她拿出自己的手機，高高舉起，他們擠在一起，拍了一張自拍照。然後她看了看螢幕。「還是沒有訊號。走吧，我們繼續前進。到了之後，我們就可以邊吃飯邊欣賞風景，休息一下再準備回程。」

「我猜回去的路會比上來時快多了。」奧利維耶說，一邊看著他們面前似乎無窮無盡的陡坡。

他們繼續前行，莎拉走在前面，然後是奧利維耶，安雅則十分樂意押隊。他們偶爾也會並排而行，但每當小路再次變窄，變成只比袋熊的足跡寬一點點的危險小路時，他們就又排成一列。莎拉驚叫一聲，停下腳步，安雅還以為她的朋友是被樹枝或岩石卡住了。然後安雅看見一個又高又瘦的男人，她的腸胃一片翻攪。他的深藍色工裝褲十分骯髒，過大的黑色皮工作靴磨損不堪，沾滿泥濘。他瘦骨嶙峋的手臂裸露著，從寬鬆的肩帶下伸出來，臉上留著鬍渣，狹長的大眼睛似乎分得太開了，幾乎沒有下巴的臉連接在皮肉下垂的脖子上。他有可能是三十歲，也有可能是六十歲，她真的看不出來。但他很眼熟。他的左手抓著三隻死去的大負鼠的尾巴，右手拿著一把寬刃的獵刀。刀刃的銀色在穿透樹冠層的一縷陽光中閃閃發光。奧利維耶快速走到莎拉身邊，和她並肩擠在在狹窄的小路上。

「你們好啊！」男人笑著說道。他只剩下一半的牙，剩下的牙齒沒有變黑的地方也被菸草染色了。

「我們有在路上看見你！」安雅說，緊張使她的喉嚨緊縮。見到他讓她倍感震驚，但另一方面，她又慶幸他不是幻覺。

「什麼路？」他問。

「通往黃心木屋的泥土路。昨天的時候。」

他扭曲著臉想了一下，然後搖搖頭。「對，但那不是我。也許你是看到我弟弟了？我這邊是有幾個兄弟，還有個爸爸。不過我爸年紀大了，不怎麼在外面走動了。」

「你跟你弟弟是雙胞胎嗎？」莎拉問道。

「不是。但有些人是認為我們長得很像啦。也許你看到了格倫。但我不是格倫，我是迪倫。」他向那群負鼠打了個手勢。「想要一隻嗎？是很棒的叢林野味喔。」

「不了！謝謝。」這個點子使奧利維耶的臉驚恐地扭曲起來，迪倫放聲大笑，發出濕潤的喉音。

「你們住在黃心木屋，是嗎？」

「你認識屋主嗎？」安雅問道。

「這裡的每個人都互相認識。」他傾身向前，突然認真地凝視著莎拉。「你真的長得很漂亮。」

「嘿！」奧利維耶向前逼近了一點。

「嘿什麼？你不覺得她漂亮嗎？」迪倫用刀朝奧利維耶的方向比去，動作隨意，卻帶著威脅性。「你不該和一個看不出你有多漂亮的人待在一起。」他對莎拉說。

「我們走吧。」莎拉說。「能不能請你讓一下路。讓我們過去。」

迪倫沒有動，而是轉過身，打量著安雅。「你也很漂亮，但我喜歡女人身上多一點肉。所以我更喜歡這一個。」他對莎拉咧嘴一笑。

「你真是個噁心的混蛋！」莎拉說，奧利維耶再度走上前。

「請讓開。」奧利維耶說。「我不會讓你嚇唬這些女人的。」

「不然呢？」迪倫向前快速地踏出一步，走下斜坡，奧利維耶驚嚇地向後彈。然後迪倫的刀就指在奧利維耶的喉頭，幾乎快要碰到他的皮膚。「我可不會善待無禮的人。」

安雅嚥了嚥口水，強迫自己不要指出誰才是那個無禮的人。這傢伙絕對不會接受這種爭論的。她一生中遇過不少可惡的惡霸，她看到了就能認得出來。她看著奧利維耶的拳頭緊握，恐懼在她的腸胃裡打轉。他是要動手打這個怪胎嗎？他一定會被割喉的。有那麼一刻，一切彷彿都凝固了，像鼓面一樣緊繃，但感覺隨時都會斷裂。

然後迪倫向後仰起頭，再度發出那種濕潤的笑聲。「你們好好走走吧。」

他大步走進樹林之間，速度快得幾乎像在飛。他行經的時候，樹枝來回彈動著，安雅看到一兩個深藍色的身影，直到他完全消失在陰影之間。

「我他媽的老天爺啊。」莎拉的呼吸急促，聲音很小。

「剛才真是令人不爽。」奧利維耶說。

安雅走上前，一手搭在他的肩上。「你還好嗎？我還以為你要打他了！」

「我是很想啊，但是那把刀……」

「對。」

他們陷入了沉默，小徑突然感覺比之前更冷了。或者只是因為他們缺乏活動的關係？

「我們繼續走吧。」安雅說。

「你確定？」奧利維耶問。

「對。叫那個傢伙去死。我們快到山頂了，對吧？」

「一定是吧。」

又走了十五分鐘左右，樹木開始變得稀疏，坡度減緩，泥濘的岩石小路則成了一片鵝卵石。折斷的樹木在較健康的樹木之間縱橫交錯，各自處於不同的腐爛階段。一行人放慢腳步，小心翼翼地走著，以免扭傷腳踝或摔倒。

「傳單上說，你必須沿著山頂的記號走，才會到看臺。」奧利維耶一邊說，一邊尋找下一個記號。

「在那裡。」莎拉說，並指向他們的右側。

一個黑暗的東西從奧利維耶旁邊的灌木叢中竄出，重重打在他腿上。他痛得大叫一聲，倒了下去。

「搞屁啊？」安雅一邊說，一邊踉蹌後退。奧利維耶慘叫著，抓著自己膝蓋下方的小腿。

莎拉朝他跑去，但某個樣貌模糊的東西打中了她，她發出一聲尖叫，往一邊倒下。安雅眨了眨眼，試著理解自己看到了什麼。它沒有形狀，只是一團移動的黑影，從石頭中升起，然後又消失了。

奧利維耶依然痛苦地嗚咽著，一邊用空著的手從茂密的灌木叢邊爬走。他瞪大雙眼，等待著另一波攻擊。莎拉爬起身子，左臉頰帶著一片擦傷，泛紅了起來。

「是什麼東西打到我了？」

安雅搖了搖頭。「我沒看見……」她趕上前，和莎拉分別站在奧利維耶兩側，把他拉了起來。他痛得大叫起來，而她驚恐地「啊」了一聲，看見他腿上的血跡。

奧利維耶的臉因痛苦而扭曲，他試著把重心放在受傷的腿上，然後尖叫一聲，再度倒下，差點把兩個女人也一起拉倒。她們支撐著自己，再度把他拉起。在他膝蓋下方幾公分的位置，他的腿徹底變了形，好像那裡長出了第二個關節一樣，稍微歪向一邊。

「是那個該死的鄉下人嗎？」莎拉問道，一邊拉著奧利維耶。

安雅搖搖頭。「不。我覺得不是。我們到那邊去吧，那裡有光。」在她的腦海中，她看到的只有一團黑暗的東西在竄動。有時它有著人形，有時又變得矮小，就像動物。但它似乎暫時消失了，而她只想待在明亮的陽光下。

她們把奧利維耶放在一塊光滑的大石頭上。陽光十分溫暖。他的呼吸短淺，喘著氣，雙手緊緊抓住膝蓋上方的腿，好像這樣就可以把下面傷口的疼痛給擠出來。他的臉色死灰，汗水在皮膚上閃爍著。

「我的腿斷了。」他咬著牙說。

「對，我覺得是。」安雅蹲下身，仔細觀察。她試圖移動褲管，奧利維耶大叫出聲。她看著布料上的紅色污漬，似乎沒有快速蔓延。「骨頭一定是把皮膚刺破了，不過血流得還不算多。」

莎拉四處張望著，一手壓著受傷的臉頰，另一隻手無意識地撫摸著同一側的肋骨。安雅不知道自己的朋友受的傷有多嚴重。

「是什麼東西打到我？是什麼東西弄斷了他的腿？」

「我不知道。」

「是什麼？」莎拉彎下身，抓住安雅的肩膀。「你看到了嗎？剛才那是什麼？」

「我不知道！我沒有看到……那只是一團黑。像影子一樣。」

奧利維耶搖搖頭。「你是說在影子裡的東西，是嗎？」

「不！那是……我不知道。」安雅覺得自己快瘋了。她的眼睛是拒絕看清事實嗎？是她的大腦在保護她遠離不可名狀的東西嗎？影子怎麼可能打傷任何人呢？

奧利維耶仰起頭，痛苦而挫敗地大吼。「我現在這樣，要怎麼下山？我沒辦法站，更不可能在這些樹根和岩石之間爬啊。」

莎拉蹲下身子，拿出手機，用手指戳了一下按鈕。然後又一次，這次更用力了。「靠！現在還是沒訊號。在這裡等著。」她站起來，匆匆穿過石礫，朝紅色的記號走去。安雅和奧利維耶焦急地等待著，看著她消失在樹叢之間，朝看臺走去。幾分鐘後，莎拉再次出現。在她回到他們身邊之前，她臉頰上的淚水就已經清晰可見。「什麼都沒有。」她喊道。「那裡的景色很棒，但完全沒有訊號。」

「靠——」奧利維耶的聲音因疼痛而變得緊繃。

莎拉再度在他身邊蹲下。「我們會去找人幫忙的。派人上來。」

「什麼？然後讓我在這裡等嗎？」

「大概吧？我們先下去，開車到有訊號的地方，然後派人上來。也許他們可以派直升機上來接你？」

奧利維耶的臉垮了下來。「天黑之前嗎？」

「如果我們現在就走，當然。也許吧。」

他搖搖頭。「我不想要一個人在這裡。」

「那我和你一起等。」莎拉說。「安雅可以去找人幫忙。」

「不。我不想要任何一個人留在這裡，尤其是在天快黑的時候。安雅也不應該一個人去。這個地方有點不對勁。」

莎拉皺起眉頭。「你是什麼意思？」

他盯著她，臉色蒼白，滿頭大汗。「你認真說嗎？幫我找一根結實的樹枝。當拐杖用。你們兩個可以幫我爬下去，對吧？我不想留在這裡。」

安雅和莎拉交換了一個眼神。他想要繼續移動，她實在無法怪他。除了黑暗、寒冷和潮濕的環境之外，攻擊他的東西還在這裡。她也不想一個人待在這裡，或者坐著不動、和別人一起等待。「當然。我們可以讓你在我們中間前進。我們辦得到的，當然。」

「來吧，試試這個。」莎拉舉起一根和安雅的上臂一樣粗，又幾乎和她一樣高的樹枝。樹枝的一端，斷掉的地方已經變得破爛不堪，另一頭則是分岔的，看起來就像一個充滿樹結的Y字形。莎拉折斷分岔的樹枝較長的一端，把它遞給奧利維耶。奧利維耶用好的那條腿站起來，把樹枝的凹陷處夾在腋下。莎拉把他的另一隻手搭在她的肩上，開始一瘸一拐地向前走。奧利維耶疼痛地嗚咽著，但咬緊牙關繼續前進。安雅沮喪地看著他們。這種崎嶇的地形已經夠糟了，但接下來陡峭、泥濘的小路，還有幾乎垂直、只有樹根可以抓住的路段，又是另一回事了。但是他們還有什麼選擇呢？

當她看著莎拉帶著一瘸一拐、輕聲哭泣的奧利維耶前往他們經過的最後一個記號時，她覺得自己既多餘又無用。指路的黃色箭頭幾乎就像在嘲笑他們，指向樹木之間狹窄陡峭的小徑。但陰暗更讓她不安。

◆

蓋文蜷縮在一小塊岩石冒出的角落裡，充當臨時的避難所。這個詭異無光的黑暗世界勾勒出那些東西的輪廓，它們被盤旋的灰燼碎片遮擋，陰暗而模糊。不管它們是什麼，都離他太近了。他用石頭打倒了一個，然後另一個便朝他撲來。他帶著恐懼所產生的勇氣，撲向它，把它推開，然後又退回角落裡。值得慶幸的是，不管它們是什麼，他們似乎都在繼續前進，回到了前來的原路上。它們打著哈欠、呻吟著，發出結巴、吱喳的說話聲，偶爾還伴隨著吼叫。蓋文害怕它們。

等他確定那些東西都離開了很長一段時間後，他便小心翼翼地從遮蔽中鑽了出來。他沒有得知任何新資訊，周圍環境的唯一變化，只有荒涼而黑暗的景觀。他忍不住認為自己走錯了方向。爬到制高點並沒有讓他看得更清楚，所有地方都被黑暗和迴旋的灰色雲朵所遮擋。真要說的話，他更有可能在平地上找到救援，而不是在山頂上。他必須回去。他撿起一塊和他的腦袋一樣圓、又大又重的石頭，並小心翼翼地走下布滿礫石、陰暗的斜坡。

◆

奧利維耶艱難地沿著崎嶇不平的小路前行，仍痛苦地垮著臉，臉色蒼白蠟黃。莎拉幾乎是半抱著他，使她大汗淋漓，氣喘吁吁，但她顯然沒有要停下來的意思。她喃喃說著鼓勵的話，已經變得像咒語一樣。這個女人很堅強，而且充滿了決心。安雅盡可能地提供幫助，經常在遇上陡峭的路段時，在他們前方先往下走，伸手支撐奧利維耶。在某些地方，他得坐下來，痛苦地用屁股溜過樹根，或者趴在潮濕的岩石上往前滑行。每當他受傷的腿碰到冒出的石塊時，他就會痛得大叫一聲，湧出更多新的淚水。他們沿著一個個黃色記號前進，下山的路似乎無窮無盡。

「你有流很多血嗎？」安雅問道。「我們該試著包紮嗎？」

「不，不要碰！拜託。就把我送去醫院吧。」

「好，冷靜點。繼續前進吧。」

某處突然傳來一聲巨響，像槍聲，只是更低沉、更有衝擊力。三人僵住了，安雅掃視著每一棵懸掛的蕨類植物和樹枝，尋找著陰影，觀察著每一塊岩石下的黑暗，以防它突然移動起來。

「剛才那是什麼？」莎拉問道。

「不知道。」安雅指向一棵樹，上頭釘著黃色的箭頭，就在一塊岩石的上方。「繼續移動吧。」

奧利維耶痛苦地嗚咽著，在岩石上移動的速度緩慢得令人絕望，而他們又一次聽見左側的下方傳來柔和的敲擊聲。

「無視它。」安雅說。

他們又向下走了一百公尺，越過斜坡，然後又一是聲沉悶的撞擊聲，在樹林中迴盪。安雅看到了某個動靜，便愣住了。她一言不發，用手指了指。在蜿蜒的銀色樹幹之間，他們看到迪倫，那個高瘦的怪胎，正毫不費力地沿著一條狹窄的小徑滑行。他停下腳步，將某個東西壓在一棵倒塌一半的桉樹幹上，然後用一把髒兮兮的鎚子狠狠地敲了一下。在他的手移開時，他們看到了一個亮黃色的箭頭。

「他在移動那些該死的記號。」莎拉說，她的聲音幾乎只是耳語的音量。由於疲憊和沮喪，她聽起來很空洞。

「靠！」安雅啐道，聲音卻比她預想的還大。迪倫轉過身，越過陡峭的斜坡，直直地盯著他們。

他的嘴咧開，發出沙啞的笑聲。「被你們抓到啦！」他用唱歌般的聲音喊道。

「你這個混蛋！」莎拉大叫。

迪倫的身子奇怪地左右搖擺著，然後他穿過樹林消失了。

「我們已經跟著這些記號走了一輩子了。」安雅說。「我們現在距離原路有多遠？」

「直直走下去。」奧利維耶說，每一個字之間都喘個不停。他翻著白眼，額頭上滲出汗水，臉色變得灰白。他的嘴唇發紫。

「什麼？」

他向前指去。「我們直接下去。小木屋就在山腳下。離開這片該死的森林，然後沿著平地找到回去小屋的路。」

「但如果我們已經偏離道路太遠，錯過了木屋怎麼辦？」莎拉問道。「我們沿著山路開了很久才到達木屋的。」

「碰碰運氣吧。」奧利維耶忍住一聲啜泣，安雅分不清那是因為痛苦還是沮喪，或者兩者皆是。「下去就是了。」

「對。好吧。」

他們左右看了看，然後安雅說：「沒有更好的路了。這區都是他媽的石頭和灌木叢。我們走吧。」

又過了十五分鐘，他們在山上開闢著自己的道路。只要有路可走，他們就沿著小徑前進，不管那是原始的路徑，還是動物留下的足跡，他們分不清，也不太在意。在必要時刻，他們就爬過最不陡峭的路段，用岩石和樹枝支撐著他們往下。安雅的雙腿像果凍般疲軟，隨時將在她身下崩塌。她站在莎拉和奧利維耶的下方，用自己的身體當作木樁，讓受傷的男人倚靠。奧利維耶痛苦的臉和莎拉的疲憊迫使她忽略了自己的不適。面對他們的力量，她絕不會成為他們的弱點。

他們來到了一個更為平坦的區域，這裡的樹木終於不那麼茂密了。

「我不記得這裡。」莎拉說。

安雅也不記得。「我們不可能回到山腳下了。不知道那個混蛋誤導我們走了多遠？」

「你們看。」

他們轉向奧利維耶瞪視的地方。一間小木屋，因潮濕而發黑，長滿苔蘚，矗立在這片稍微開闊的空間一側。一縷柔和的煙從錫製煙囪中升起。安雅吸了一口氣，準備歡呼，以為他們終於找到了救兵，但在看到一片奇怪的樹枝裝置時，她便頓住了。有好幾十個。有些設置在地上，樹枝搭成了高窄的金字塔，就像沒有外皮覆蓋的帳篷。就像他們的木屋後面那棵小樹上的裝置一樣。每一個小木框裡，從尖頂吊掛的，都是奇怪的肉塊……某種東西的肉。是動物嗎?它們都被繩子繫著，有的還在滴著液體，有些則已經發黴了。更多更小的裝置懸掛在樹上，三角形排列交織在一起，在微風中輕輕轉動。幾個掛在樹上的裝置裡裝飾著羽毛和小動物的骨頭，還有滴著水的肉質物，或許是比骨頭新鮮得多的動物殘骸。然後安雅瞥見了其中一個懸掛在半空中的物體，上面有著一片明顯的骯髒指甲。另一個看起來則像鬆弛的陰莖，根部還帶著毛髮。她聲音凍結在喉頭。

「這些都是什麼啊？」莎拉問道。

有個人從小屋裡走了出來，一行人都發出緊繃的驚呼聲。那個人大約一百五十公分高，體格壯碩但不胖，手指粗短，雙手無力地垂在身體兩側。他的臉則完全不對勁。寬大的鼻子幾乎與正常人的位置成四十五度角，扁扁地貼在臉上，一隻眼睛長在顴骨上，一隻眼睛則在前額的中間，而不是與另一隻眼睛在同一條水平線上。他的嘴巴一側張開著，嘴唇厚而濕潤。破爛的深色牙齒從張開的一側凸出來，一串口水從他長著鬍渣的方形下巴上滴下。

「你們好啊。」他說，然後他的臉扭曲了一下，像在微笑。「距離文明世界很遙遠，是吧？」他的聲音沙啞而緩慢。

「我們需要幫助。」安雅說，好像這個需求就可以把他趕跑。她立刻就覺得這個支離破碎的男人一定會是個麻煩。

「你們被耍了，對吧？」一個聲音從他們身後傳來，安雅的心一沉。

一陣濕潤的摩擦聲後，迪倫大步繞過一塊地上冒出的岩石，來到這個男人身邊。

「你移動了記號！」莎拉對他大叫。

「我為什麼要這麼做？」

安雅感覺到淚水在眼眶裡打轉，但她拒絕讓它們落下。反之，她決定把注意力都放在她的憤怒上。迪倫現在手上沒有刀，她想，如果有需要的話，她是可以打敗他的。莎拉也很強悍，每週都會去上兩次自由搏擊。他們可以把這兩個瘋子打得落花流水，然後他們就會感覺好多了。

「你朋友受傷了？」迪倫問道，但他咧嘴一笑，好像這是一個天大的笑話。

「我們走吧。」奧利維耶說，他的聲音很細。

「你受傷了，兄弟。」迪倫說。「你有辦法阻止我和克里夫把這兩個美女據為己有嗎？」

克里夫「嘿、嘿、嘿」哼笑起來，短小的手指突然開始抓著大腿邊的空氣。迪倫咧嘴笑著，用猥瑣、搖晃的姿勢朝他們走來。他舉起手，手中拿著刀，刀刃閃爍著難以置信的銀色光芒。安雅不知道他的刀是從哪裡抽出來的。她的手不受控制地顫抖著。

「走吧。」奧利維耶拉著莎拉說。

他們轉過身，跌跌撞撞地離開，繼續往下坡前進，在濕滑的泥地上滑倒，又被岩石絆倒。奧利維耶痛得大叫，但沒有停下腳步，莎拉繃緊全身的肌肉扶著他。安雅跑上前去幫忙，光是想到迪倫的刀隨時會刺進自己的身體，她就覺得背脊發癢。

「你們要小心囉。」怪人喊道，而克里夫又發出了「嘿、嘿、嘿」的笑聲。

他們消失在樹木之間，安雅的耳朵隨時注意著後方傳來追逐的聲音，但什麼也沒有。他們沿著一道高聳的山脊前進，這段路上唯一將泥土固定的力量，似乎只有粗壯的樹根。

「沿著那邊走。」奧利維耶說，用下巴指向左邊。「然後往下坡走。」

一片模糊的黑影在斜坡下方大約七、八公尺的岩石旁移動著。安雅倒抽了一口氣，張嘴想喊叫，一道黑影卻朝他們撲了過來。那看起來就像有人用巨大橡皮擦擦掉了一部分的現實，而在它後方，一切都是無盡的黑夜，是一片無垠的深淵。然後那團黑暗擊中了莎拉的左肩，隨後便消失了。她疼痛地大叫一聲，被它撞得轉了半圈。奧利維耶的手臂從她的肩上滑落，他挺直身子，搖晃地試圖保持平衡，雙臂揮舞著。為了避免摔倒，他用斷腿撐住了地面，發出一聲痛苦的咆哮。他的腿在身體下彎曲，他頭朝下地摔下了陡峭的斜坡。安雅尖叫著，字句破碎，卻又無能為力。她離他太遠了，沒辦法抓住他。莎拉雙膝跪下，表情因疼痛而扭曲，一隻手按著自己的肩膀。她們看著奧利維耶以自由落體的狀態懸在半空中一會，先撞到扭曲的樹根表面，然後翻了過去。一聲令人作嘔的斷裂聲響起，他的身體翻滾著、四處碰撞，滑過岩石和樹根，最終停在離黑影竄出的地方不遠的位置。他的四肢向兩旁張開，斷腿顯得更加變形，他的頭轉向和身體完全不合的方向，呆滯的雙眼空洞地回望著她們。

莎拉尖叫起來。

黑暗從奧利維耶身體附近的岩石中湧了出來，安雅準備好要迎接它的攻擊，但它只是掠過岩石和一棵倒下的樹，沿著下坡，離他們遠去。

◆

蓋文從陡峭的山坡上爬下來，不時在碎石地上滑動著。每次在黑色岩石堆之間出現開闊的地面時，他都感覺自己整個人暴露在外。然後他看到了動靜。另一群那種生物，像影子般模糊不清，直直朝他走來。

他不想冒著與他們碰頭的風險，從遮蔽中站了起來，用盡全力，把他帶著的大石頭扔了出去。它飛得比他想像的更快，也更直，直接擊中了其中一隻怪物。它們分散了一會，不知道是出自於驚訝還是痛苦。然後其中一個開始衝下斜坡，朝他奔來，它的無數肢體在空氣中拍打著，將四周的灰燼雲霧攪成了漩渦。當它離他只有幾公尺時，他便驚慌地逃走了，動作慌亂而踉蹌，絕望地想從它身邊逃離。

他流下了恐懼和孤獨的淚水，頭也不回地逃走了。

◆

莎拉溜到奧利維耶身邊，放聲大哭。安雅趕到朋友身邊，然後倒抽一口氣，拚命想讓空氣進入她的胸腔。她感覺自己好像再也沒辦法正常呼吸了。

「不，不，不。」莎拉說，一邊跪在她的伴侶身邊。她抱起他的頭，把臉貼在他的臉上，無法控制地大哭。那人當然已經死了。

安雅蹲在朋友身邊，雙手環繞著她，緊緊抱住。「我很遺憾。」她說，心想著，沒有比這更詞不達意的話語了。

上面傳來一陣聲響，是樹枝擺盪和石頭掉落的滾動聲。她想像著迪倫和克里夫輕鬆得出奇地穿過樹林，手裡拿著閃亮的刀，從陡峭的小徑上走下來。

「我們得走了，莎拉。」

「我們不能拋下他！不能把他留在這裡。不能像這樣子。」

「我們必須這麼做！對不起，但我們不能帶著他。我們下去尋求幫助，然後就會有人上來……上來接他的。」

莎拉用絕望的眼神看著她的朋友。「這裡到底發生了什麼事？」

「我不知道。我……我真的不知道。我們走吧。」

「他們要怎麼找他？」莎拉掏出手機，拍了一張又一張的照片，奧利維耶僵直的身體，周圍的灌木叢，還有上坡與下坡。她繼續哭泣著，再次將臉貼在奧利維耶的臉上，深情地吻了他，然後把他的頭緩緩地放回在潮濕而肥沃的土地上。她閉上眼睛，不斷發出壓抑的嗚咽聲。然後她站起來，把手機塞進口袋，兩人又開始繼續前進。莎拉一直用一隻手按住被打中的肩膀，那隻手臂下垂著，無力地擺動。她的臉色蒼白。

「你的傷有多嚴重？」安雅問道。

「不知道。我的手就像被針刺一樣，我的肩膀痛得要命。」

「有什麼東西斷了嗎？」

「我不知道，但受傷的不是我的腿，所以我們就繼續前進吧。」

由於不再需要協助奧利維耶，她們很快就下山了。她們幾乎是奔跑著，跳過倒下的樹木，閃避灌木叢和露出地面的岩石。她們發現了曲折的小徑，穿過了最陡峭的部分，只是偶爾需要在沒有明顯道路的地方攀爬或滑行。地面開始變得平坦，坡度也比陡峭的山坡來得更為緩和。森林變得濃密了，更多巨大的蕨類植物從潮濕的泥地中長了出來。

她們突然走上了一片空地。長滿雜草的小山平緩地從她們身邊綿延而去，天空湛藍，陽光明亮，儘管薄薄的雲層已經開始聚集了。她們倒抽一口氣，四下張望。

「在那裡！」莎拉說。

從草叢上方，安雅只能看見一小片生鏽的鐵皮屋頂。雖然還有一公里以上的距離，但那看起來像她們的小屋。如果不是，至少是某些人居住的地方。她們轉過身，開始狂奔，安雅的肺因為用力而燃燒，但一想到能逃走，她的肌肉就充滿全新的力量。

「我們去找蓋文，然後上車，然後趕快離開這裡。」她在兩人狂奔時說道。「其他什麼都不帶。」

「說得好。」莎拉說。「我們得報警。」

她們翻過斜坡，就看見了下面的小屋，生鏽的卡車和安雅的車就停在旁邊。她們跌跌撞撞地向小屋前進，安雅發出鬆了一口氣的啜泣。

◆

蓋文幾乎就要找到通往平地的路了。奇怪的黑色景觀向四面八方無盡地延伸下去，但他認出了一些岩石的形狀。一股如釋重負的感覺湧上心頭，卻又被全新的絕望所取代。就算他回到了起點，那又怎麼樣？那究竟有什麼意義？他不知道自己是怎麼來到這個黑暗而可怕的地方，更不知道要怎麼出去。他要去哪裡？他又屬於什麼地方？他只知道他不屬於這裡。他死了嗎？這裡是地獄嗎？這個突然而具體的想法，就像一把鐵鎚打在他身上。他喘著氣，肺部緊繃，雙腿顫抖。

他看到了他一開始躲藏的那棵又大又厚又鬆軟的植物。在那之前，他去過哪裡，做過什麼？他不記得了。但熟悉的地方帶給他安全感。他需要休息，讓這陣恐慌過去，如果真的能過去的話。在空曠的地方，他就顯得太脆弱了。

他轉向令人安心的寬闊葉子，然後看見了兩隻怪物，像影子一樣，長了許多肢體、異常扭曲，出現在他和安全空間之間。它們的身形舒張著、移動著，他無法在腦海中將它們定義成固定的形狀。「不！」他大吼著，不顧一切地想要回到他的安全之地。他跑向他們，決心要闖過去。

◆

「那是什麼鬼？」莎拉尖叫著，看著一團黑色的影子從地上冒了出來，朝他們翻騰而來。

安雅現在拒絕接受任何打擊。她們幾乎就要回到小屋、回到蓋文身邊，回到她放在屋裡的車鑰匙了。不管這團黑暗而模糊的存在是什麼，它都攔住了她們的去路。她沒辦法看清它的模樣，就像想透過渾濁的水看見什麼似的。但她至少可以看見，它正揮舞著手腳朝她們跑來。長長的鐵撬還豎在生鏽的卡車車床上，奧利維耶把它丟在那裡的事，就像上輩子的事了。她抓起鐵撬，用盡全身的力氣，繞著自己的頭轉了一圈，就像想打出一記全壘打一般。

暗影生物長出了一些肢節，像一條奇怪而彎曲的手臂。當鐵撬被什麼東西擋了下來時，安雅感到震驚不已。黑色的肢體繞著鐵撬，然後垂落下來，影子也隨之下滑了。安雅沒有時間思考這樣是不是就足夠了。她把鐵撬舉過頭頂，雙手用盡全力，直接打在那團模糊的黑色物體上。它重重地癱倒在地，然後逐漸下沉，在草地上留下一灘黑色的污漬，並很快就從視線中流走，往小木屋的方向細細流去。

「那是什麼鬼？」莎拉問，一邊瞪視著它的方向。

「我不在乎。我們走吧。」

安雅繼續握著鐵撬，以防她再度需要與什麼東西交戰。她跑向小屋，莎拉緊跟在她身後。安雅敲了敲門，但門動也不動，反鎖著。女人們驚恐地交換了一個眼神，都想起鑰匙放在奧利維耶的口袋裡。

「蓋文！」安雅喊道。「是我們。我是安雅！快開門！」

「他能從裡面打開嗎？」

「我不知道。」

蓋文沒有給出任何回應。

「管他的。」安雅說著，一邊揮動鐵撬，砸碎了門邊的窗戶。她用金屬握把掃過窗框，撥開玻璃碎片，然後爬了進去。

她的目光落在沙發上，發出一聲壓抑而恐懼的慘叫。蓋文坐在毯子上，渾身是血。一隻手臂垂在他的身邊，顯然已經斷了，手腕和手肘之間的骨頭幾乎反折。他的頭從頭頂被打凹了，一道寬闊的裂縫切開了他的頭骨，露出白色的骨頭和粉紅色的大腦，鮮紅的血液不斷流淌。血從他的鼻子裡滴下來，漫出他的眼睛，不管是什麼樣的打擊造成這樣的傷害，似乎都是不久前才發生的。

莎拉爬到安雅身邊，她們震驚地注視著眼前的一切。

安雅覺得一切都抽離得有些奇怪。蓋文被人殘忍謀殺的事似乎是別人的體驗，好像是有人告訴她的，而不是她的親身經歷。一部分的她想倒在木地板上，縮成一團放聲大哭，但另一部分的她，更堅強的那部分，拒絕這麼做。

她的車鑰匙就在桌上，她一把抓了起來。「我們得走了。」

她爬回窗外，莎拉跟在後方，一手仍然抓著她受傷的肩膀。就在她們走向汽車時，舊卡車底下的動靜讓她們向後彈開了。安雅再度舉起鐵撬，站穩腳跟，就像一個等待球飛來的打擊手。

迪倫從生鏽的底盤下鑽了出來，像蛇一樣挺起身，在她們前方幾公尺的地方站定。他咧嘴一笑，破碎而泛黃的牙齒在蒼白的陽光下閃爍著濕潤的光芒。「你們在黃心小屋過得還好嗎？」他問。

「什麼？」

「你們喜歡我的蘑菇嗎？希望你們能在網路上給我們一個很好的評價喔。」他向後仰起頭，發出沙啞混濁的笑聲。然後他倏地轉向她們。她們又跳了起來。「你們現在回去，好嗎？然後和你的朋友們說說我這間小屋。」

安雅憤恨而惱怒地大吼一聲，舉起鐵撬就朝他跑了過去。迪倫大笑著，以人類脊椎無法做到的動作往一旁扭開，然後雙手著地，手腳並用地爬走了，速度比任何人類爬行的速度都還要快。他消失在小屋旁，笑聲在身後迴盪。

安雅啜泣著放下鐵撬，打開了車門。她們跳進車裡，她便立刻發動了引擎。當她倒車準備迴轉時，她們看見破房子的前門有著什麼動靜。迪倫和克里夫正把蓋文的屍體抬了出來。安雅頓了頓，不可置信地看著他們。男人們把蓋文放在破爛的露臺上，克里夫蹲下身，聞了聞破碎的頭骨。他伸出太長的舌頭，品嚐著他的血。迪倫死死地盯著她們，眼神從頭到尾都沒有從安雅的身上移開，然後拿起閃亮的刀，從蓋文的軀幹上劃過，從胸部一路切到鼠蹊部。當他空著的手開始往裡頭摸索時，他的雙眼仍然和安雅對視著。她發出一聲啜泣，駕著車，瘋狂地沿著泥土路離開了黃心木屋，朝著山下的文明世界前進。

◆

安雅搖搖頭，拒絕相信對方告訴她的話。「怎麼可能結束？什麼都還沒有結束啊！」

鮑恩警探虛弱地笑了笑，移開視線。至少他還懂點情理，沒有試圖對上她的視線。「官方的調查已經結束了。當然，這對你們來說一定還沒有結束，可能永遠都不會了。」

「不要對我說教！」安雅吼道。

「你們至少得找到他們的屍體吧！」莎拉的聲音如鋼鐵般強硬，帶著赤裸裸的對抗。雖然她和安雅一樣清楚，他們可能永遠都找不到屍體了，就連骨頭都沒有。但這並不代表她們會放棄堅持。莎拉坐得更直了，她的手臂用吊帶緊緊地束在胸前，手臂晃動時，她忍不住皺起了眉頭。醫生說她脫臼的肩膀會痊癒的，她這樣對安雅說，如果她好好把它放在吊帶裡、之後再做必要的復健的話。「你們得找到那個混蛋迪倫，審問他啊！」

鮑恩瑟縮了一下。「我們告訴過你們了，完全沒有他們的蹤跡。」

「但你們找到了黃心木屋。」安雅說。

「對，黃心木屋已經徹底檢查過了，但你們一定是弄錯了。你們不可能住在那裡的。」

他舉起一隻手，阻止兩個女人的怒火。「那個地方早就荒廢了，大部分的屋頂都已經塌陷，一切都毀壞、風化，泡在雨水裡了。那是幾十年的荒廢啊。你們看！」

他拿過一臺iPad，快速滑過一些照片，然後遞給她們。安雅和莎拉的頭靠在一起，一同看著警探所描述的東西。他們住在那裡的時候，屋況就已經很差了，但也沒到這個地步。在這些照片中，那一定是黃心木屋，但它完全就是個廢墟。

「也沒有找到蓋文的屍體？」安雅問道，一邊將平板電腦還給了他。

「我們把他列為失蹤人口了。」

安雅知道他一直都會是失蹤人口了。她嘆了口氣，看向莎拉。

「才過去不到兩週。」莎拉的聲音幾乎像耳語。

「我們必須把他列為失蹤人口，因為我們沒有其他證據能證明他和你們在一起。」鮑文說。「儘管沒有屍體，但有你們拍的照片，奧利維耶就被列為已故了。還有文書工作、等待期，但是……」他的話音漸弱。

莎拉壓下一聲啜泣。安雅把手放在她朋友的膝上。半山腰上的自拍、他摔下後的無數張照片，莎拉手機裡的數位證據就足以證明一切。他們說，在那麼茂密的樹林中，奧利維耶的屍體可能在任何地方，甚至可能被動物給帶走了。安雅知道他們說的是事實，但關於那些動物的本性，她盡量不去深入思考。她和莎拉對這段經歷的描述，被歸類成在奧利維耶在叢林徒步旅行中意外死亡所造成的極度創傷症候群。驗屍官詳細審視了他所受的傷，並同意這些傷與嚴重的摔落相符。警察心理學家則是安雅這麼久以來，遇到最令人惱怒、最諂媚的混蛋。

「我們該回家了。」安雅說。

莎拉搬進了安雅的公寓，因為她自己的公寓會讓她想起奧利維耶。至少，這是主要原因，但安雅知道也是因為恐懼，她不會怪她的朋友。她很高興有莎拉在身邊，也只有莎拉真正知道發生了什麼事、真正相信她。莎拉頑固地坐著，盯著警探。

「你們到底在想什麼，為什麼會爬到這麼陡峭的地方去？」在沉重的寂靜中，鮑恩說道。「你們為什麼要上去？」

最初幾天，在安雅還非常挫折而憤怒的時候，她從手機上打開了 Airbnb 的軟體，想要給鮑恩看關於黃心木屋出租的貼文，但根本就沒有這一個物件。「你有和 Airbnb 跟進了嗎？」她問道。「不然我們怎麼會知道要去那裡？」

鮑文點了點頭，發出一聲挫敗的嘆息。「我們有，單純是為了讓你們開心一點。」

「去你的！那他們怎麼說？」

「我們正式要求對方提供資訊，但他們向我們保證，他們從來沒有貼過像你說的那種物件。我們的技術人員也看了他們的紀錄，發現根本就沒有黃心木屋的資訊。從來就沒有過。他們的紀錄保存得很好。」

「什麼？」安雅看著自己交握在膝上的雙手，關節都發白了。

「但我們都看到了。」莎拉說。「我們四個人都看到了。我們是一起選的。」

「是你們推了他嗎？」鮑恩突然問道。

安雅連生氣的力氣都沒有了。「不。」她說，她的聲音甚至比呼吸還輕。

「去你的。」莎拉說，儘管她聽起來也同樣洩氣。

事件後，鮑恩對她們兩人進行了嚴格的盤問，一起和分開的都有。他毫不隱藏自己的疑心，並直接對安雅和莎拉說，那裡顯然發生了一些詭異的事情，但他不知道是什麼。由於他不相信真相，安雅也不知道還能告訴他什麼。他無法證明奧利維耶的死不只是一場可怕的事故，儘管它肯定不是。但如果他不接受這個說法、如果他找不到證據，也找不到真正的肇事者，那就沒什麼好說的了。截至目前為止，這個問題還沒有真正的答案，兩名女人仍然繼續情緒崩潰，她們的感受真實而絲毫未減。

安雅不得不向鮑恩承認，蓋文一直陷在憂鬱情緒裡，他們的關係也很不穩定。警方詢問的其他朋友和家人也證實了蓋文的精神狀態。他的母親甚至在兒子失蹤後安慰安雅，安雅無法勸阻這個女人做出這種平凡的假設。她不確定認為他失蹤會比較好，或是知道他死了比較好。不過想到他的死狀有多麼淒慘，還有後續對屍體的褻瀆，以及對於這件事情令人難以置信地發生了，她感到多麼內疚，她認為自己也最好認定他是失縱了。

「對不起，我真的很遺憾。」鮑文說，他看起來很真誠。「相關文件會保持開放狀態，但對你們所描述的那個區域，搜索已經結束了。我們沒辦法再找得更努力，也不能投入更多資源了。我向你們保證，我們的努力真的非常徹底。那裡什麼都沒有，除了我剛剛給你看的斷垣殘壁之外。」

安雅站了起來。「走吧。」她扶起莎拉，兩人一起走到警察局門口。

當安雅把門拉開時，鮑文說：「不管這有沒有意義，但我相信你們。」

她們兩人回過頭。「什麼？」安雅不信任他。

「我相信你們在那裡度過了一段可怕的時光。我相信可能有些壞人對你們做了糟糕的事情。至少這份工作教會了我這一點。很抱歉，我們無能為力了。」

安雅點了點頭，不知道該如何回答。

「他們不是壞人。」莎拉低聲說。「他們是比這更糟的東西。」

# 後記

首先，感謝安東尼．李佛拉（Anthony Rivera）和灰質（Gray Matter）出版社對本書的信任。感謝所有的編輯和選集編者，感謝他們一開始就將信念和金錢投入本書中過去曾發表的故事裡。

短篇小說集的誕生是一種奇怪而無形的過程，這些不同的部分來自許多不同的發源地，現在同時聚集在這裡，十分令人感到欣慰。但是，如果沒有這些原始出版的話，這一切就不會發生了。

因此，我非常感謝所有短篇小說出版領域的工作者。這是一種藝術形式，有著輝煌的過去，我更希望它有茁壯的未來。感謝我的早期讀者們，是他們幫助我將這些故事打磨成更好的樣子。

感謝我所有的作家朋友們，尤其是恐怖小說界的作家。我們真的是一個社群，你們的支持和友誼給了我許多力量。特別感謝保羅．崔布雷（Paul Tremblay）、克里斯．高登（Chris Golden）和喬．安德頓（Jo Anderton），他們在早期就讀了這本選集，並對我說了很多美好的話。還要感謝約翰．F．D．塔夫（John F.D. Taff），感謝他為我寫下序言，我倍感謙卑。

最後，我永遠道不盡對漢琳卡（Halinka）和愛蘿（Arlo）的愛和感謝。在黑暗的世界中，你們就是我的光。

這本書獻給我最棒的男孩，我的狗兒潘利（Penry）。我想你。

高寶書版集團
gobooks.com.tw

TN 303
冷酷復仇
Served Cold

作　　者　艾倫・巴克斯特（Alan Baxter）
譯　　者　曾倚華
責任編輯　陳柔含
封面設計　林政嘉
內頁排版　賴姵均
企　　劃　鍾惠鈞

發 行 人　朱凱蕾
出　　版　英屬維京群島商高寶國際有限公司台灣分公司
　　　　　Global Group Holdings, Ltd.
地　　址　台北市內湖區洲子街88號3樓
網　　址　gobooks.com.tw
電　　話　(02) 27992788
電　　郵　readers@gobooks.com.tw（讀者服務部）
傳　　真　出版部　(02) 27990909　行銷部 (02) 27993088
郵政劃撥　19394552
戶　　名　英屬維京群島商高寶國際有限公司台灣分公司
發　　行　希代多媒體書版股份有限公司/Printed in Taiwan
初　　版　2023年11月



國家圖書館出版品預行編目(CIP)資料

冷酷復仇/艾倫.巴克斯特(Alan Baxter)著；曾倚華譯. -- 初版. -- 臺北市：英屬維京群島商高寶國際有限公司臺灣分公司, 2023.11
　面；　公分. -- (文學新象；TN 303)

譯自：Served cold

ISBN 978-986-506-841-7(平裝)

887.157　　112016340

GOBOOKS
& SITAK
GROUP©